쌍둥이

FUTAGO

by FUJISAKI Saori

후지사키 사오리 소설
이소담 옮김

쌍둥이

H
현대문학

프롤로그 쌍둥이   007

1   여름날   013

2   피아노   024

3   도서관   033

4   거리감   045

5   두 사람   057

6   이케가미선   064

7   위화감   073

8   눈물의 맛   083

9   쓰키시마의 집   091

10   마지막   097

11   반딧불   108

12   전화 소리   118

13   마지막 날   125

14   나이프   130

15   종말   139

16   여름방학   147

17   파도 소리   153

18   하얀 꽃   160

19   붉은 하늘   166

20   분기점   172

제2부

1	지하실	187
2	계약서	199
3	있을 곳	207
4	처음 한 일	214
5	화장	221
6	밴드	230
7	출발점	241
8	뒤돌아서기	251
9	리듬	262
10	불면증	273
11	심박 수	282
12	신발 끝	292
13	새벽녘	297
14	라디오	306
15	중국식 덮밥	315
16	너의 꿈	321

작가 후기	339
옮긴이의 말	345

그는 나를 두고 "쌍둥이처럼 생각해"라고 말하곤 했다.

술을 마시다 보면 때때로 그런 말을 했다. 쌍둥이. 마치 이 세상에 같은 타이밍에 태어나 같이 살아온 것만 같다고.

쌍둥이. 다른 사람에게 이 말을 쓰면 울림이 생생해진다. 마치 태어나서 처음으로 들었던 소리나 처음으로 보았던 경치까지 똑같다고 말하는 것처럼.

우리가 함께 생활한 지 몇 년이 지났을까. 우리 둘의 뒤로는 츄하이 빈 캔이 높이 쌓여 있다. 이 역시 늘 보는 풍경이다.

그는 잔에 얼음을 넣고 술을 따라 마시기 귀찮아하는 성미여서 술은 꼭 캔으로 산다. 그리고 대여섯 캔쯤 마셔서 빈 캔이 늘어나면 탑처럼 쌓아 올리고 자랑스럽게 올려다보는 것이 취미다.

늘 보는 풍경. 이것이 늘 보는 풍경이 된 것은 최근 들어서다. 우리에게 이런 날이 오리라고는 긴 세월 동안 상상조차 못했다.

쌍둥이처럼 생각해.

그는 나를 두고 이렇게 말하지만 나는 전혀 그렇게 생각하지 않는다.

우선 나는 그가 하는 엉뚱한 행동을 하지 않는다. 무엇보다 학교도 일단 대학까지 잘 다니고 있다. 예전에 그가 "여름방학에 같이 수족관에서 아르바이트하지 않을래?"라고 제안했을 때도, 둘이 같이 아르바이트 면접을 보러 갔지만 나만 붙고 그에게는 연락이 오지 않았다. 그리고 나는 그렇게 쓸쓸한 표정으로 웃지 않고 그렇게 슬프게 울지도 않고, 그렇게 애달픈 목소리로 노래하지도 않는다.

듣는 사람의 눈에 눈물이 맺힐 것 같은 목소리로 노래한 그 밤에 술을 샤워하듯이 퍼붓고 기억을 잃지도 않는다.

내가 입을 다물고 있어도 그는 전혀 신경 쓰지 않고 스피커로 틀 음악을 찾는다. 술을 마실 때 꼭 음악을 듣는 것도 그의 취미다. 그리고 큰 소리로 노래한다.

어떤 노래를 틀어도 가수의 목소리를 지워버릴 정도로 크게 노래하기 때문에 결국 모든 노래의 보컬은 그이다.

오늘도 평소처럼 그가 소리 높여 노래하기 시작했다. 요즘 자주 듣는 노래여서 나도 안다. 생글생글 웃는 그의 눈이 '같이 노래 부르자!'라고 외치고 있다. 벌써 '쌍둥이' 운운은 머릿속에서 지워졌나 보다.

그가 나를 '쌍둥이'라고 부를 때는 늘 이렇게 흥이 오른 밤이었다. 술을 진탕 마시고 미래나 꿈에 대해 말하고, 그런 후에 동료에게 억지스러운 요구를 한다.

그런데 그의 얘기를 듣다가 속으로 '그건 좀 말이 안 되는 소리 같은데……' 하고 불안해져서 심박 수가 빨라질 때면 그는 악마의 미소를 지으며 다가와 이렇게 말한다.

"나는 너를 쌍둥이처럼 생각해"라고.

마치 '어이, 나의 형제. 이해하지?'라는 뉘앙스로.

나는 절대 그렇게 생각하지 않는데…….

그런데도 그가 그 말을 할 때의 눈동자, 누군가에게 무언가 전달하려고 할 때면 보이곤 하는 약간 사시기 있는 그 눈동자로 나를 응시하면, 나는 나쁜 마법에 걸린 것처럼 결국 고개를 끄덕이고 만다.

마치 '어이, 나의 형제. 당연히 이해하고말고'라는 뉘앙스로.

그는 츄하이 캔을 하나 더 땄다. 다 마신 캔을 이미 높게 쌓인 탑에 추가했다. 위쪽이 흔들거려서 금방이라도 쓰러질 것 같다.

정리하기 힘드니까 이러지 좀 말라고 지금까지 셀 수 없이 말했는데 도통 들어주지 않는다.

저기, 그러는 거 좀 그만했으면 좋겠는데. 이렇게 말하면, 그는 이쪽을 빙그르르 돌아보고 전부 다 이해한다는 표정으로 싱글싱글 웃는다. 그러고 끝이다. 취했을 때는 무슨 말을 해도 효과가 없다.

쌍둥이처럼 생각해.

그는 알고 있을까? 예전에 내가 그의 쌍둥이가 되고 싶어서 얼마나 괴로워했는지를. 쌍둥이가 되고 싶지 않아 혼자 울던 밤이 얼마나 많았는지를.

차라리 정말로 쌍둥이였다면, 이런 식으로 언제까지나 함께하지는 않았을 것이다. 아니다, 솔직히 말하자. 우리가 정말로 쌍둥이였다면 절대로 같이 있지 못했다.

분명 나는 인생 대부분을 그의 곁에서 보냈다. 화창한 날도 비가 오는 날도, 건강한 날도 아픈 날도, 넉넉할 때도 빈곤할 때도, 분명 나는 그의 곁에 있었다.

그렇지만 그 대부분은 엉망진창으로 휘둘린 기억뿐이다.

제 1 부

1   여름날

가족들이 아무도 없어서 이때다 싶어 소파 위에 다리를 획 올렸다. 중학교는 오늘 쉬는 날이다.

보리차가 담긴 유리잔을 테이블에서 들었는데 이슬이 맺혀 있었다. 물방울이 손목을 타고 흘러 읽고 있던 책 표지 위로 떨어졌다. 당황해서 휴지로 닦으려고 상체를 일으켰는데 녹색 천 표지에는 꼭 눈물 같은 얼룩이 생겼다.

전화가 울렸다. 후다닥 일어나 수화기를 들었다.

"여보세요, 니시야마입니다."

수상쩍은 영업 전화면 어른인 척하며 거절해야 해서 약간 점잔 뺀 목소리를 내자, 수화기 너머로 "목소리가 왜 그래, 아줌마 같잖아"라며 웃는 소리가 들렸다.

전화를 건 사람은 쓰키시마였다.

"나쓰코, 나 지금 DVD 빌리러 갈 건데 같이 안 갈래?"

"DVD……? 응, 그래."

"왜 그래?"

"어?"

"무슨 일 있어?"

쓰키시마는 언제나 '응'이나 '아니'라는 한 마디만 듣고도 무슨 일이 있는지 묻는다. 그리고 그가 물을 때면 대부분 무슨 일이 정말로 있을 때다. 하지만 나는 가슴속에 소용돌이를 일으킨 사건을 떠올리면서도 말을 삼켰다.

"아니야. 아무 일도 없었어. 마침 나도 영화 보고 싶었는데."

테이블에 놓아둔, 얼음이 다 녹은 보리차를 한 모금 마셨다. 꿀꺽 넘기는 소리가 들리지 않게 입술만 수화기에서 멀리 뗐다.

쓰키시마와 친해진 것은 중학교 2학년에 막 올라갔을 때였다.

같은 중학교에 다니는 한 학년 선배 쓰키시마를 학교의 뻥뚫린 계단참에서 종종 보곤 했다.

눈이 예뻤다. 쓰키시마는 쌀쌀한 하늘 아래에 선 동물 같은 눈을 하고 혼자 먼 곳을 보고 있었다.

"안녕하세요. 저는 니시야마 나쓰코라고 해요. 지금 뭘 보고 계세요……?"

나도 모르게 이렇게 말을 걸었다.

그것이 우리가 나눈 첫 대화였다. 쓰키시마는 나를 좀 이상한 후배라고 생각했다고 한다.

전화를 끊고 외출할 준비를 하는데 금방 인터폰이 울렸다. 문을 열자 쓰키시마가 바로 등을 보이며 돌아섰다.

빨리 가자며 자전거에 걸터앉은 그를 보고 나는 급하게 신발을 신었다.

집에서 자전거로 10분쯤 떨어진 곳에 이케가미라는 역이 있다. 도큐이케가미선의 이케가미 역이다.

쓰키시마도 나도 이 역을 좋아한다.

이케가미 역에는 쓰타야와 게오*가 다 있다. 두 군데를 뒤지면 어지간한 영화나 CD는 다 있어서 우리는 늘 양쪽을 둘러보곤 했다.

자전거를 세우고 먼저 쓰타야로 갔다. 나는 최근 있었던 일을 말했다.

"어제 국어를 가르치는 오쓰카 선생님이 문 앞에 서 있었는데, 나를 보자마자 치마가 너무 짧으니까 더 길게 내리라고 했어."

"아아, 그 마루코** 같은 머리를 한 사람."

✦ 쓰타야는 책을 독특한 구성으로 전시하는 걸로 유명한 일본의 서점으로, CD 등의 대여업도 한다. 게오는 일본의 대표적인 CD, DVD 대여 전문점이다.

✦✦ 〈마루코는 아홉 살〉이라는 만화의 주인공. 앞머리를 내린 짧은 단발머리 소녀다.

쓰키시마 말대로 오쓰카 선생님은 항상 마루코처럼 앞머리를 가지런하게 자른 머리를 고수한다. 깐깐하기로 유명한 오쓰카 선생님과 마루코가 전혀 어울리지 않아 나는 웃음을 터뜨릴 뻔했다.

"그런데 문제는 지금부터야. 오쓰카 선생님이 하도 기가 찬 표정으로 치마가 짧다고 하니까 나도 궁금해서 물어봤어. 선생님, 왜 치마를 짧게 하면 안 돼요? 하고."

"호오. 선생님이 뭐래?"

쓰키시마가 흥미진진해하며 물었다.

"규칙이니까 안 된대."

담담하게 설명하려고 했는데, 그렇게 대답하던 선생님의 얼굴이 떠올라 속이 거북해졌다. '무슨 소리를 하는 거니, 니시야마. 그야 당연하잖니?' 이런 어이가 없다는 표정이었다.

도대체가 말이야, 국어 선생님이면서 어휘가 너무 한정적이잖아. 규칙이니까 안 된다니 설명이 안 되잖아. 내가 투덜대자 쓰키시마가 갑자기 멈춰 섰다.

"그럼 규칙은 왜 지켜야만 하는 걸까?"

쓰키시마는 언제나 게임하는 것처럼 말의 의미를 생각한다. 나는 쓰타야 앞에 서서 규칙에 관해 잠깐 생각해보았다.

"음…… 예를 들어서 법률도 규칙이잖아? 법률이 왜 필요한지는 알아. 현기증이 날 정도로 많은 법률이 없다면 이 세상은 야만적인 상태가 되어서…… 분명 자제심이 사라지겠지. 우리

는 아마 겁이 나서 집 밖으로 한 발짝도 못 나갈 거야. 두려워
서 눈도 못 뜰걸."

"눈쯤은 뜰 수 있겠지."

쓰키시마는 냉정하게 말하며 쓰타야의 문을 열었다. 들어가
면 바로 보이는 코너에 영화 신작이 반짝반짝 빛을 내며 진열
되어 있다.

우리는 늘 그랬듯이 그 앞을 지나 옛날 영화가 진열된 곳으
로 이동했다. 신작은 비싸서 빌릴 수가 없다.

"나는 법률이 필요하다고 생각해. 같은 땅 위에 많은 사람이
사니까 서로 안전하게 살려면 당연히 규칙이 필요할 거야. 하
지만 치마가 짧으면 안 된다는 규칙을 꼭 지켜야 할 필요가 있
을까?"

사실 짧은 치마에 그렇게까지 집착하는 것은 아니다. 그냥
좀 귀여워 보이고 싶어서 허리를 두 번 정도 접어보았을 뿐
이다.

그보다는 규칙이라는 소리를 듣고 그 자리에서 뚱하게 물러
난 나의 소심함에 화가 났다.

"왜 나한테 화를 내고 그래."

쓰키시마가 곤란하다는 듯이 웃었다.

"그럼 만약에 치마를 짧게 해야 한다는 규칙이 없다고 해보
자."

하고 그가 말을 이었다.

옛날 DVD 코너 앞에 서서 나는 응, 하고 고개를 끄덕였다.

"그러면 어떻게 될 것 같아?"

"음……."

나는 치마 길이가 자유로워진 학교를 상상했다. 댄스 동아리 여자애들은 속옷이 보일 정도로 짧은 치마를 입을 것 같다.

"내 생각에는 불량해질 것 같아. 복장이 흐트러지면 마음도 흐트러진다는 소리, 선생님들이 로봇처럼 되풀이해서 말하는데 사실 틀린 말은 아닐 거야. 제일 꼭대기 단추까지 잘 잠그고 넥타이를 제대로 맨 날라리를 본 적은 없으니까."

교복의 꼭대기 단추를 단정치 못하게 풀고 넥타이를 느슨하게 해놓은 쓰키시마가 그런 소리를 하니까 왠지 모순 같았다.

"그럼 너는 치마를 짧게 하면 모두 불량해진다고 생각해? 그건 좀 비약이 아닐까?"

"아니야. 그게 곧바로 비행 청소년으로 이어지진 않는다고 해도 그런 규칙에서 벗어나고 싶었던 사람들끼리 모이면 혼자서는 하지 못했을 일을 해버릴 가능성이 있으니까. 혼자서는 도둑질을 하지 않고, 혼자서는 담배도 피우지 않을 텐데 말이야."

"그건 그래. 그럼 너는 불량소년을 모으는 거네."

만 열다섯 살인 쓰키시마는 교복을 후줄근하게 입는 것은 물론이고 귀도 뚫었고 머리도 금발로 염색했다. 당연히 교칙 위반이다. 게다가 교복 상의 주머니에는 새빨간 LARK 담뱃갑

이 들어 있다.

"규칙을 벗어난 놈 특유의 냄새가 있어."

그렇게 말하는 쓰키시마의 목소리가 묘하게 어른스러워서 나는 시선을 피했다. 쓰키시마는 때때로 내가 모르는 세계를 아는 듯한 목소리로 말한다.

"내 생각인데, 어른이 무슨 말을 했다고 말꼬리를 잡듯이 생각해봐야 아무 소용없는 것 같아. 그건 그냥 말장난일 뿐이야. 사실은 선생님들도 필요 없다고 생각하는 규칙이 있겠지. 하지만 정말로 중요한 것은 규칙의 의미가 아니야."

쓰키시마 자신은 교칙 따위 전혀 지키지 않으면서 어떻게 이런 소리를 당당하게 하는지 모르겠다. 나는 토라진 목소리로 물었다.

"그럼 뭐가 중요한데?"

가게 안에 내 목소리가 울려 퍼졌다.

다른 손님이 없어서 쓰타야는 한산했다.

"규칙을 지키는 거. 중요한 건 규칙의 의미가 아니야. 규칙을 지키는 데 의미가 있을 거야. 학교에서는 그걸 배우는 거겠지."

쓰키시마는 담담하게 말했다. 그러고는 곧 덧붙였다.

"뭐, 그건 알지만 지금은 무시할래. 이러는 것도 다 한때니까."

그러면서 우쭐거리며 웃었다.

나는 학교 규칙이라곤 전혀 지키지 않는 쓰키시마가 달관한 듯이 말하는 모습에 놀라 가만히 있었지만 결국 나도 웃어버렸다.

애기를 나누다 보니 치마 길이 따위는 아무래도 좋았다.

"그보다 나쓰코, 오늘 무슨 일 있었어?"

"왜?"

"전화 받았을 때 기운이 없었거든."

나는 가슴에 답답하게 걸린 것을 쓰키시마가 전부 다 꿰뚫어 본 것 같아 불안해졌다. 누군가에게 말해버리면 내 안에서 감정이 넘쳐버릴 것 같아서 아무에게도 말하지 않고 가슴에 묻어둔 사건이 떠올랐다.

우리는 쓰타야에서 나와 걸었다.

"요즘 내 방에서 자꾸 돈이 사라져."

우리의 발은 자연히 게오 쪽으로 향했다. 쓰타야 다음에 게오. 늘 가는 루트다.

우리는 2층에 있는 게오로 올라가는 계단에 잠깐 앉았다. 1층 슈퍼에서 커다란 봉투를 들고 나온 여자가 자전거를 타고 앞을 지나갔다.

"처음에는 남동생이 가져간 줄 알았어. 어느 순간 보면 지갑에서 돈이 사라지는 일이 여러 번 반복되니까 아무래도 이상하다 싶어서……."

"처음에는?"

쓰키시마의 목소리가 살짝 높아졌다.

"응, 처음에는. 그런데 며칠 전에 또 없어진 거야. 나도 화가 날 대로 나서 동생이 또 내 돈을 훔쳐 갔다고 집에서 난리를 부렸어. 그랬더니 엄마가 예상치 못한 말을 했어. 뭐라고 한 줄 알아?"

계단에 앉은 채로 쓰키시마는 모르겠다면서 고개를 저었다.

"나쓰코, 이런 말을 하기 좀 그런데 에미가 놀러 오면 꼭 돈이 없어졌다고 하더라, 라지 뭐야."

에미는 같은 중학교에 다니는 친구의 이름이다.

에미는 하교하면서 우리 집에 들러 내 책장을 구경하는 걸 좋아했다. 그대로 저녁을 먹고 자고 갈 때도 있었다.

좋아하는 남자 얘기나 에미가 소속된 취주악 동아리 얘기나 가고 싶은 고등학교 얘기를 새벽까지 몇 시간이나 나누곤 했다.

쓰키시마에게 설명하다 보니 에미와 있었던 일이 떠올라 눈물이 뺨을 타고 흘렀다. 사실만 말하고 싶은데 어쩔 수 없이 그때의 감정이 되살아났다.

"나는 곧바로 에미한테 물어봤어. 할 말이 있다고 불러서, 길가 아파트 앞에 앉아서 물어봤어.

'있잖아, 에미가 내 돈을 훔치거나 할 리 없다고 생각하는데……. 그런데 지금까지 일을 생각해보니까 그때 그날도, 또 그날도 그랬거든. 타이밍이 딱 맞으니까 네가 아닐까 싶어서.' 이렇게 물어봤어. 정말 기분이 안 좋더라. 왜냐하면 말하다 보니까 확신하게 됐거든. 이건 에미가 한 짓이 분명하다고.

그러고 나서 '단도직입적으로 물어보겠는데 내 돈을 가져간

적이 있어?' 이렇게 물어봤어. 그랬더니 에미가 한참 가만히
있더라……. 아주 오랫동안 아무 말도 없이. 그리고 작은 목소
리로 미안하다고 사과했어."

"그랬구나."

쓰키시마는 길게 숨을 내쉬었다. 이케가미 역 앞 로터리에
버스가 몇 대 들어왔다.

"그거 힘들었겠다."

그 말을 듣자 눈물이 한 방울 두 방울, 곧 굵직한 물줄기가
되어 눈에서 흘러내렸다. 슈퍼 봉지를 든 젊은 엄마가 걱정스
럽게 이쪽을 보았다.

"나는 친구를 어떻게 사귀면 되는지 도무지 모르겠어."

울먹이며 한 말이 너무 한심해서 슬펐다.

슬프다.

누군가에게 내가 특별한 존재가 되고 싶어 안달이 난 마음
을 나는 '슬픔'이라고 불렀다. 누군가의 특별한 존재가 되고 싶
지만 그 누구에게도 특별한 존재가 되지 못하는 비참함을 '슬
픔'이라고 표현했다.

누군가에게 필요한 존재가 되고 싶어서, 누군가에게 소중하
게 여겨지고 싶어서 나는 울었다.

그래서 그때, 눈물을 흘릴 만큼 간절하게 바라던 말을 해준
쓰키시마를 나는 똑똑히 기억한다.

"네가 있을 곳은 내가 만들 테니까, 울지 마."

그날은 결국 게오에 들르지 않았다. 자전거를 끌며 돌아왔다. 쓰키시마는 그렇게 말한 뒤, 천천히 걸어 나를 집까지 데려다주었다.

티셔츠 소매가 눈물로 젖었다. 열네 살의 여름이었다.

2   피아노

그날 밤, 나는 쓰키시마에게 전화를 걸었다. 내가 있을 곳을 만들어주겠다고 한 쓰키시마에게 꼭 해두고 싶은 말이 있었다.

"나, 지금까지 피아노가 친구라고 생각했어. 기쁠 때도 슬플 때도 다른 누구보다도 오랫동안 나랑 함께였으니까."

"나쓰코, 초등학교에서도 피아노를 쳤었지."

"알고 있었어?"

"알지. 체육관을 청소하는데 혼자 피아노 연습을 하는 애가 있는 거야. 쟤는 왜 청소를 안 하고 피아노만 치냐고 선생님한테 항의했더니, 니시야마는 콩쿠르가 있으니까 연습해야 한다고 하더라. 어린 마음에도 불공평하다고 생각했어."

그러고 보니 초등학교 청소 시간에 피아노 연습을 해도 된다고 허가를 받은 적이 있다. 하지만 그때 쓰키시마가 있었고 그런 생각을 했을 줄은 몰랐다.

　나는 초등학교에 입학하기 전에 피아노를 시작했다. 학년이 올라가면서 친구들과 잘 어울리지 못하게 되자 그만큼 더 피아노 곁에서 시간을 보냈다.

　"나쓰코는 친구가 없었어?"

　쓰키시마가 당돌하게 물었다.

　"응……. 왜 그런지는 모르겠는데 매번 잘 안 되더라."

　"그럼 괴롭힘을 당하기도 했어? 의자에 압정이 놓여 있거나 했어?"

　쓰키시마는 농담 따먹기처럼 물었다. 나는 순간 비난을 담아 휴대전화를 꽉 움켜쥐었다. 어떻게 그런 질문을 웃으면서 하는지 도무지 이해할 수 없다.

　"지금 농담이 나와? 하나도 재미없거든?"

　"아니, 진짜로 압정을 놨으면 만화 같겠다 싶어서."

　"놓여 있긴 했는데 재미는 없었어."

　"진짜 놓는구나."

　쓰키시마는 웃음을 참는지 요란하게 기침을 해댔다. 말도 안 돼. 내가 있을 곳을 만들어주겠다던 쓰키시마는 어디로 간 거야?

　"나는 진지하게 고민하거든? 친구를 사귀고 싶어서 이런저런 방법을 다 써봤는데 매번 실패해. 내 방법이 그렇게 잘못된 건가, 솔직히…… 잘 모르겠어."

내가 말해놓고서 또 슬퍼졌다. 비참했다. 이렇게까지 친구를 필요로 하는데 내 친구가 되어주려는 사람은 없다. 목소리가 떨리지 않도록 꾹 참는데, 쓰키시마가 내 슬픔을 가로막고서 말했다.

"그래? 나는 알겠는데."

무슨 소리지?

쓰키시마가 너무 아무렇지 않게 말해서 당황했다.

"왜냐하면 나쓰코는, 건방지고 짜증 나거든."

쓰키시마는 거침없이 말했다. 신이 난 듯한 목소리였다.

초등학교 2학년에 올라간 무렵부터 여자애들과 잘 어울리지 못했다.

그런 상황에서 적절한 반응은 무엇일까? 나는 울거나 슬퍼하는 모습을 보이면 이 전쟁에서 진다고 믿었다. 초등학교. 그곳은 전쟁터였다.

학교에 가면 제일 먼저 쓰레기통에서 실내화를 찾아야 했다. 슬퍼서 눈물 날 것 같은 기분을 꾹 삼켰다. 신기하게도 슬픈 기분은 침을 삼키는 것처럼 삼키면 가라앉힐 수 있었다.

실내화를 찾은 다음에는 공기를 한가득 들이마시고 교실 문을 열었다. 드르륵. 문이 열리는 소리는 전쟁이 시작된다는 신호였다.

내 안에 몇 가지 규칙이 있었다. 하나, 내 책상까지 가는 동안 그 누구와도 눈을 마주치지 말 것. 실내화를 숨겨놓았다고 슬퍼하는 티가 나면 놀림거리가 될 테니까.

자리에 도착해도 의자나 책상을 주의 깊게 살펴봐야 했다. 압정은 없는가. 쓰레기가 있지는 않은가. 함정에 빠지지 않도록 조심해서 자리에 앉았다.

긴장감 넘치는 전선을 지나 간신히 자리에 앉은 나는 가방에 든 교과서를 넣으려고 서랍을 열었다.

그런데 아무것도 없어야 할 서랍 안에 알파벳이 적힌 종이가 한 장 놓여 있었다.

'SHINEBAIINONI.'✦

초등학교 2학년인 나는 아직 알파벳을 읽지 못했다. 같은 반 아이들 대부분이 그랬다.

좋은 말이 적혀 있을 리가 없다, 그것만은 짐작이 갔다. 그냥 찢어서 버리면 된다. 그렇게 생각하면서도 무슨 말이 적혔는지 궁금해서 알파벳을 읽을 줄 아는 스기야마에게 종이를 가지고 갔다.

스기야마는 내가 따돌림을 받거나 말거나 별로 관심이 없는 아이였다.

"이거 무슨 뜻인지 알아?"

✦ 알파벳이 읽히는 대로 일본어로 표기하면 死ねばいいのに로 '죽지 그래', '죽어버려'라는 뜻이다.

"아. 알파벳을 읽는 표가 있어."

스기야마는 학원에서 받은 참고서를 꺼내 한 글자씩 차근차근 읽었다. 그러자 다른 남자애들도 하나둘 모여서 "뭐야, 이거?", "누가 쓴 건데?" 하고 재잘대며 종이를 돌려 보았다.

"죽…… 지…… 그…… 래……."

죽지 그래. 스기야마는 다 읽고 나서 어색하게 종이를 돌려주었다. 모여든 남자애들도 갑자기 입을 꾹 다물더니 곧 목소리를 낮추고 속닥였다.

죽지 그래라니, 무섭지 않냐? 저거 누가 쓴 거야. 이거 저주 아니야?

헉, 저주면 큰일이잖아. 나 아까 니시야마의 책상 건드렸어.

무섭다, 저주를 받는 애랑 같은 반이라니. 으아, 나는 쟤 뒷자리란 말이야, 진짜 끔찍하다.

남자애들과 섞여 여자애들이 주고받는 말이 들렸다.

"한심하기는."

나는 모두에게 들리게 코웃음을 치고 종이를 그대로 쓰레기통에 버렸다.

문이 드르륵 열리고 선생님이 교실로 들어왔다.

어이, 서 있는 사람 누구야. 니시야마, 빨리 자리에 앉아라.

활기찬 목소리가 건조한 교실을 울렸다. 나는 자리에 앉아 다시 침을 삼켰다.

수업이 끝나면 혼자 집으로 돌아갔다. 부모님이 맞벌이로 일하셔서, 나는 집 열쇠를 들고 다녔다.

당시 소규모 공동주택 3층에서 살았다. 1층에서 니시야마라고 적힌 우편함을 확인하고 계단을 올라 303호로 갔다.

콘크리트로 지은 오래된 공동주택의 계단은 어두컴컴하고 곰팡내가 났다. 가끔 지직지직 소리를 내며 들어왔다 나갔다 하는 형광등 때문에 계단은 유독 기분 나빴다.

엘리베이터가 없어서 303호까지 계단 코너를 여러 번 돌아 올라가야 했다. 그때마다 누가 있지는 않을지, 귀신이 나오지는 않을지 겁에 질려 두꺼운 가죽 가방의 어깨끈을 꽉 움켜쥐었다.

열쇠를 돌려 문을 열었다. 철컥하고 콘크리트를 울리는 소리가 무서워서 싫었다.

철컥.

그 순간, 눈물이 콘크리트 위로 뚝뚝 떨어져 잿빛 바탕에 검고 둥근 자국을 남겼다. 그 순간부터는 멈출 수 없었다.

현관에서 난폭하게 신발을 벗고 주먹을 꽉 움켜쥐고 거실로 가서 소파에 있는 쿠션에 얼굴을 파묻고 비명을 질렀다. 말로 표현할 수 없는 분노와 슬픔과 비참함을 담아.

죽지 그래.

짐승처럼 비명을 지른 뒤, 거실에 있는 피아노 의자에 앉아 건반 뚜껑을 열고 주먹으로 마구마구 때려 소리를 냈다.

초등학교 1학년이 되어 엄마를 졸라서 산 피아노. 유치원에서 돌아와 막 외운 서툰 글씨로 편지를 써서 간신히 배울 수 있게 된 피아노. 보물이었던 피아노. 그렇게 소중한데 사람을 때리는 것처럼 위에 대고 주먹을 휘둘렀다.

죽지 그래.

얼굴에 펀치를 먹이듯이 주먹을 위에서 아래로 계속해서 내려쳤다. 흰 건반과 검은 건반이 동시에 눌려 불협화음이 온 집안을 채웠다.

고함을 내지르자 눈물이 건반 위로 뚝뚝 떨어졌다.

건반 사이로 떨어진 눈물이 흰 건반도 검은 건반도 아닌 나무 부분을 적셔 색이 살짝 달라졌다. 망가져버려. 그냥 다 망가져버려. 모조리 다, 다 망가져버리면 좋겠다. 그렇게 생각하며 울다 지칠 때까지 비명과도 같은 불협화음을 계속 울렸다.

말하다가 그 젖은 건반이 떠올라 가슴이 턱 막혔다. 비참하고 외톨이였던 초등학생 시절. 어떻게 하면 좋을지 몰라 울고 또 울던 나날.

쓰키시마는 내 말을 들으며 때때로 맞장구를 쳤는데 갑자기,

"모두에게 미움을 받는 녀석, 나는 싫지 않아."

하고 밝은 목소리로 말했다.

"너는 그럴지 몰라도 나는 모두에게 사랑을 받고 싶어."

"그럼 자기 자신만 생각하는 점을 고치는 게 좋겠네."

"나만 생각하는 점?"

"본인은 잘 모르나 봐?"

쓰키시마가 오히려 놀라서 되물었다. 이런 소리를 대놓고 듣는 것은 처음이었다.

"나쓰코는 맨날 다른 사람이 나쁘다고 생각하는 것처럼 보여."

쓰키시마는 태연하게 말했다.

그 말을 듣고 보니 확실히 내 잘못을 생각해본 기억은 거의 없었다.

초등학교 때도 괴롭히는 쪽의 심정을 생각해본 적은 없었다. 나는 괴롭힘을 당하는 쪽이니까 나쁜 건 내가 아니야. 돈을 빼앗긴 피해자이니까 나쁜 건 내가 아니야.

언제나 나만 피해를 보는 것 같아서 울기만 했을 뿐, 왜 따돌림을 당하고 친구에게 배신을 당하는지 생각해본 적은 없었다.

하지만 내게 잘못한 점이 있을지도 모른다고 알려주는 사람이 아무도 없는데 어떻게 그런 생각을 할 수 있겠어?

내가 우울해하자 쓰키시마가 갑자기 다정한 목소리로 말했다.

"뭐 어때. 나는 쓸쓸해 보이는 녀석이 매력적인 것 같아."

"어째서?"

"친해질 수 있을 것 같거든."

쓰키시마는 친구를 사귀지 못하는 내가 마치 특별한 존재인 것처럼 말했다.

쓰키시마의 말은 전부 다 처음 듣는 것이었다. 직설적이고 심한 소리도 하지만 그래도 항상 어딘가 따뜻한 느낌이었다.

3　　　　　　　　　　　　　　　　도서관

쓰키시마가 중학교를 졸업했다. 그가 사라진 학교에서 나는 중학교 3학년이 되었다.

나는 잃어버린 것을 찾기라도 하듯이 쓰키시마가 학교에서 자주 머물던 계단참을 바라보았다.

얼마 전까지만 해도 저기에 앉아 있었는데…….

쓰키시마는 고등학교 생활을 시작하자마자 연락을 뚝 끊었다.

몇 개월이 지나도 연락이 없어서 전화를 걸어보니 긴 통화음이 울린 후에야 쓰키시마가 전화를 받았다. 그리고 우울하게,

"지금 친구랑 있어."

라고 하더니 내 대답을 기다리지도 않고 전화를 끊어버렸다. 그 이후로는 한 번도 연락하지 않았다.

수업을 마치고 시간이 남아 혼자 도서관에 가기로 했다. 도서관까지는 자전거로 10분쯤 걸린다.

나는 도서관에서 마음에 드는 책을 팔랑팔랑 들춰 보는 걸 좋아한다. 빌려서 읽을 정도는 아니고 이렇게 보는 정도가 딱 좋은 책이 생각보다 많다.

에어컨이 나오는 도서관에서 'ㅂ' 코너로 가서 『범죄심리학 입문』을 중간부터 읽고, 'ㅈ' 코너로 가서 『즐거운 종이접기』라는 컬러풀한 책을 꺼내 소국 접는 법을 설명한 그림을 보았다.

이런 공예는 그림으로 보는 것보다 할 줄 아는 사람에게 배우는 게 훨씬 쉽다. 수학 문제처럼 난해한 그림을 덮고 책장에 돌려놓았다. 쓰키시마가 사라진 후로 이렇게 혼자 보내는 시간이 늘었다.

자동문이 열려 후덥지근한 바람이 불어 들어왔다. 새 책을 찾으며 무심코 그쪽으로 시선을 돌렸는데, 교복을 입은 쓰키시마가 보였다. 나는 놀라서 눈을 비볐다. 역시 쓰키시마였다. 깜짝 놀라서 눈을 여러 차례 깜박였다.

그는 나를 발견하고 놀란 표정으로 손을 들었다.

"여, 오랜만이다."

그가 말을 걸었지만 바로 대답하지 못했다. 금발로 염색한 머리에 교복 차림이 도서관과 전혀 어울리지 않고 튀었다.

달라졌다. 나는 쓰키시마를 확인하듯이 살폈다. 교복이 바뀌어서 그럴 수도 있는데 조금 어른스러워 보였다. 나는 서가

사이에서 나와 그의 곁으로 달려갔다.

"오랜만이야……. 고등학교는 어때?"

"아아, 그냥 그래."

쓰키시마는 도서관에서 나가 주변을 둘러싼 돌담에 앉았다.

나는 뒤를 쫓아가면서 차가워진 손을 꼭 쥐고 할 말을 찾았다. 무슨 말이든 하고 싶었다. 그러나 예전과 달라진 쓰키시마의 분위기가 혼란스러웠다.

"고등학교에서 뭐 새로운 일 있었어……?"

불과 몇 달 전만 해도 거리낌 없이 말을 걸었는데, 내 질문은 우리 둘 사이에서 어색하게 떠돌았다.

"딱히. 특별한 거 없어."

쓰키시마는 토라진 태도로 대꾸했다. 그리고 한숨을 쉬고 "재미없어" 하고 덧붙였다.

"재미없어?"

"응. 재미없어."

쓰키시마는 화가 난 것처럼 보였다. 왜 말투가 이런지 의아했지만, 이 모습이 고등학교에 다니는 쓰키시마일 것이다.

"왜 재미없는데?"

"노력할 이유를 찾지 못하겠거든."

쓰키시마는 침을 뱉듯이 말했다. 그런 질문을 한 내게 싸움을 걸려는 말투로 들렸다.

"있지…… 나는 이렇게 생각해. 노력하는 이유가 꼭 명확해야 할까? 전에 네가 했던 말인데 기억해? 규칙에 의미가 있는 게 아니라 학교에서는 규칙을 지키는 것을 배운다고 말했잖아. 그렇다면 고등학교에서 노력할 이유를 찾지 못하더라도 노력하는 것을 배우면 되는 거 아닐까?"

나는 말하면서 내부에서 말이 술술 솟구치는 감각에 놀랐다. 전에 쓰키시마와 걸으면서 나눈 대화가 몸에 선명하게 남아 있었다. 작은 기쁨이 마음을 적셨다. 쓰키시마가 했던 언어가 내 안에 살아 있다.

나는 만족스러운 표정으로 쓰키시마를 쳐다보았는데 그는 귀찮다는 듯이 한숨을 쉬었다.

"노력하는 것을 배우는 것치고는 너무 힘들단 말이야."

말하는 것조차 귀찮아 죽겠다는 말투였다.

"뭐가 힘든데?"

"아침에 일어나는 것도 공부하는 것도 그냥 전부 다. 노력하는 것을 배우는 것만이 목적이라면 노력할 마음이 전혀 안 생겨."

"전에 네가 나한테 한 말이면서."

나는 의기양양하게 말했다. 또 예전처럼 말의 의미를 생각하는 게임이 시작될 줄 알았다. 그런데 쓰키시마는 만족스러워하는 내 표정을 보았는지,

"그러니까 내가 몇 번이나 말했지."

하고 한숨을 쉬더니,

"말장난은 아무리 해도 의미가 없어. 나쓰코는 올바른 것이 정답이라고 과신하는 경향이 있어."

라고 말하고 돌담에서 일어났다.

나도 황급히 일어났는데 쓰키시마는 내 옆을 지나 도로로 걸어갔다. 쓰키시마가 돌을 발견하고 전봇대를 향해 걷어찼다. 탁 소리를 내며 돌이 튀어 반대쪽으로 되돌아왔다.

올바른 것이 정답이라고 과신하다니. 무슨 뜻이지? 쓰키시마의 말이 머릿속에서 메아리쳤다.

"학교는 제대로 다니고 있어?"

"요즘은 거의 안 가. 갈 이유도 딱히 모르겠고."

"그렇구나. 나는 다니고 있어. 쓰키시마가 없어서 재미없는 중학교에."

"너는 원래부터 그런 애잖아."

쓰키시마가 나를 '나쓰코'가 아니라 '너'라고 불렀다. 그가 나를 '너'라고 부를 때는 보통 악의가 섞여 있었다.

"무슨 말이 하고 싶은데?"

"알면서 굳이 나한테 묻는 거야?"

"나는 음악 고등학교에 가고 싶어. 그러니까 그러기 위해서 해야 하는 일을 할 뿐이야."

그렇다. 나는 어려서부터 피아노를 배웠고 앞으로도 클래식 음악을 공부하고 싶다. 그게 뭐가 나쁘다는 거지?

"나는 널 비난하는 게 아니야. 그냥 그런 녀석이라는 거지."

"내가 그냥 성실하게 학교에 다니는 재미없는 녀석이라고 말하고 싶은 거 아냐?"

"그런 소리가 아니라니까. 하고 싶은 일이 있고 그걸 위해서 노력하고 있다면 일일이 걸고넘어지지 마."

"네가 먼저 걸고넘어지는 소리를 했잖아?"

"자신감이 있으면 남이 무슨 소리를 해도 상관없잖아."

"나는."

나는, 하고 말하다가 입을 다물었다.

불현듯 가슴에 박힌 작은 가시의 존재를 깨달았다.

나는 도대체 무엇을 위해서 매일 살고 있지?

이를테면 매일 아침 일어나 학교에 가는 것. 시험 기간이 되면 끔찍한 수학도 머리에 집어넣는 것. 준비된 당연한 일상에 최선을 다하는 것.

과연 이러한 행동이 정말로 내 선택이었을까? 정말로 내 의지였을까? 그저 아무 생각 없이 컨베이어 벨트에 올라가서 무엇을 위한 것인지도 모르고 시험 점수에 일희일비하고 있지는 않을까.

나는 가만히 쓰키시마를 보았다. 쓰키시마는 자동판매기에서 음료수를 사고 그 앞의 주차장 미끄럼 방지 블록에 앉았다. 나도 옆의 블록에 앉으려고 판판한 아스팔트 위의 먼지를 손으로 털었다.

쓰키시마는 페트병을 오른손으로 들고 울대뼈를 위아래로

움직이며 차를 마셨다. 단숨에 들이켜서 페트병이 움푹 찌그러지는 소리가 났다.

"나는 남들과 똑같이 할 수 없어."

쓰키시마는 숨을 푹 내쉰 뒤, 비관적인지 낙관적인지 혹은 양쪽 다인지 모를 말투로 말했다.

나는 침묵했다. 그렇지 않다고 위로해야 할지 아니면 특별한 재능이 있어서 그러는 거라고 격려해야 할지 판단이 서지 않았다. 그러자 쓰키시마는 무뚝뚝하게 "할 수 있을 것 같지도 않고"라고 덧붙였다.

"그럼 그걸로 된 거 아니야?"

"그렇게 간단하지 않아."

"뭐가 마음에 걸리는데?"

"다른 사람들은 다 탄 열차에 타지 못하는 인생은 비난을 받으니까."

쓰키시마가 누구에게 비난을 받는지 생각해보았다. 선생님일까? 부모님일까? 친구일지도 모른다. 아니, 어쩌면 쓰키시마 자신일 수도 있다. 적어도 남들처럼 노력하지 못하는 자신 때문에 고민하는 것처럼 보였다.

날씨가 조금 쌀쌀했고, 봄에 싹을 틔운 초록 생명이 잎을 흔들고 있었다. 대화가 끊기자 바람 소리에 섞여 나뭇가지가 좌르륵좌르륵 물결치는 소리가 들렸다. 좌르륵. 좌아아.

"모두가 탄 열차라는 게 학교에 가거나 공부하는 걸 말하는 거지?"

"응."

"그냥 노력하는 거. 이유 없이 노력하는 거, 그걸 못 하겠어?"

"그래."

나는 쓰키시마의 심리를 본질적으로 이해할 수 없었다. 나도 당연히 학교가 좋지 않지만 노력하는 것보다 노력하지 않는 것이 훨씬 무섭다. 다른 학생들이 학교에 간 시간을 집에서 보내면 나만 뒤처진 기분이 든다.

"다들 할 수 있는 건데 왜 너는 못 한다고 생각해?"

"그건 내가 묻고 싶어. 다들 수학자가 되고 싶은 것도 아닌데 수학을 공부하고, 운동선수가 되고 싶은 것도 아닌데 운동부 활동을 열심히 하는 게 도저히 이해가 안 돼."

쓰키시마가 아스팔트의 기름기 낀 돌을 운동화로 밟았다. 빠지직 소리를 내며 돌은 작은 파편이 되었다.

"그럼 너는 뭘 하고 싶어? 공부도 운동도 하고 싶지 않고 학교에도 가고 싶지 않으면?"

"모르겠어. 하지만 학교는 가도 재미없고 노력할 마음도 들지 않아. 아무리 생각해도 노력하는 의미를 못 찾겠어."

나는 주차장의 울퉁불퉁 딱딱한 돌 사이만 바라보며 한숨을 쉬었다. 어쩌면 저렇게 확실하게 말할까. 노력하는 의미를 못 찾겠다는 소리를 말이다.

"너도 초조하고 그래?"

"당연하지."

"학교에 안 가면 뒤처진 기분이 들기도 하고?"

"그야 그렇지. 아닌가, 뒤처졌다기보다는……."

이어질 말을 기다리며 쓰키시마를 보았다. 아래를 내려다보는 눈이 살짝 사시가 되어 있었다. 쓰키시마는 생각에 잠길 때면 눈의 초점이 맞지 않곤 했다.

"화가 나."

누구에게 하는 소리인지 알 수 없는 말이었다.

"화가 난다고? 누구한테?"

"딱 누구라고 하긴 그런데 굳이 말하면 모두에게. 이 세상에. 분통이 터지고 화가 나."

"왜 화가 나?"

"왜냐니. 나를 어리광이나 부린다고 여기니까. 나는 인생이 재미없는데 사람들은 어리광을 부린다고 경멸하기까지 해. 너무하잖아. 화가 나고도 남지. 정해진 레일을 달리는 열차에 다들 올라타서는 이쪽을 보고 이렇게 말해. 공부 좀 해야지, 학교에 잘 다녀야지, 아침에 못 일어나면 그게 무슨 학생이니. 하아. 잘나셨어들."

쓰키시마는 기름진 아스팔트에 침을 뱉었다.

나는 뭐라고 대답해야 좋을지 판단이 서지 않았다. 대체 무슨 말을 해야 그에게 도움이 될지 모르겠다.

분노를 겉으로 드러낸 쓰키시마에게 어떤 말이든 해주고 싶었다. 지금 쓰키시마 곁에서 쓰키시마의 진심을 듣는 인간으로서 가치 있는 대답을 해주고 싶었다. 그러나 아무리 내 안을 뒤져도 정답을 찾지 못했다. 옳은 것이 항상 정답인 것은 아니다. 그렇다면 옳은 것이 정답이 아닐 때는 대체 무엇을 정답이라고 믿고 걸어가면 될까?

내가 말을 찾는 동안 저녁노을이 사라지고 주차장이 순식간에 어두워졌다. 미끄럼 방지 블록에 걸터앉아 색이 바뀌어가는 하늘을 올려다보았다.

옆에서 들리는 숨소리가 시간의 흐름을 차분히 알려주었다. 통금 시간은 이미 지났다. 진작 알고 있었지만 최대한 오래 함께 있고 싶었다.

"그만 집에 가야겠어."

그때 까마귀가 군청색 하늘을 가로질렀다.

"그래."

쓰키시마가 엉덩이에 붙은 모래를 털며 일어났다.

자전거 페달을 밟으며 집으로 향했다. 쓰키시마와 헤어지고 나서도 가슴이 답답했다. 화가 난다고 하며 침을 뱉은 쓰키시마. 마치 학교에 가지 않는 쓰키시마가 옳고 내가 틀린 것만 같았다.

나는 이때까지 분명 학교에 갈 이유가 없어도 학교에 다녔다. 괴롭힘을 당해 학교 따위 사라졌으면 좋겠다고 바라던 시절에도 나는 꾸준히 학교에 다녔다. 지금 생각해보면 모두가 탄 열차에서 내리기 두려워서 그랬던 것 같다.

갑자기 내가 시시하기 짝이 없는 인간처럼 느껴져서 페달을 밟던 발을 멈췄다.

가슴에 박힌 가시.

싫은 것은 싫다고 말하고 재미없는 것은 재미없다고 말하는 쓰키시마의 태도에 놀라면서도 나는 이런 질문을 받은 기분이 들었다.

너는 스스로 선택한 인생을 살고 있어?

남들과 똑같이 학교에 가고 남들이 하라고 하니까 공부를 하고, 남들이 깔아놓은 레일 위를 달리는 열차를 의문도 없이 타고 있는 것 아니야?

학교가 재미없고 노력도 하지 않는다는 쓰키시마의 말이 왜 이렇게까지 가슴을 찌를까? 내가 학교에 가는 이유에는 쓰키시마가 학교를 거부하는 이유만큼 명확한 답이 없었다. 그렇다고 학교에 안 가도 되는 것은 아니다.

나는 다시 페달을 밟았다. 쓰키시마와 말하다 보면 정답이 뭔지 모르겠다. 가슴에 무언가 턱 걸린 기분이 들어 그것을 꺼내고 싶어진다. 나도 모르는 사이에 내 안에 박힌 가시의 존재를 깨닫고 대치하게 된다.

같은 생각을 계속 반복하며 자전거를 타고 달리는데 몇 대의 자동차가 나를 추월해 지나갔다. 그때마다 자전거 속도를 줄이고 한숨을 쉬었다. 쓰키시마는 벌써 집에 도착했을까? 날이 완전히 어두워져서 하늘에 가느다란 초승달이 떠 있었다.

집에 도착해 현관문을 열자마자 엄마가 잔뜩 화가 나서 "8시 통금인 거 까먹었나?" 하고 간사이 사투리를 쓰며 혼을 냈다.

오사카에서 태어난 엄마는 평소에도 사투리를 쓰지만 화를 낼 때면 더욱 억양이 강해진다. 나는 엄마에게 사과하고 내 방문을 열고 들어가 침대에 엎어졌다.

또 가슴에 무언가가 걸렸다.

돌아오는 길에 쓰키시마가 말했던 "좋아하는 애가 있어"라는 말 역시.

4
거리감

    집에 가는 도중에 쓰키시마가 어둑해진 하늘을 올려다보고 걸음을 멈췄다. 그리고 갑자기 생각났다는 듯이,

    "참, 나 좋아하는 애가 있어."

라고 말했다.

    좋아하는 애가 있어. 좌르륵. 좌아아. 바람이 불어 머리 위에서 나무들이 흔들렸다.

    "아, 그래?"

    나는 당황한 것을 들키지 않으려고 즉시 대답했다. 그리고 괜히 들뜬 척했다.

    "좀 일찍 말하면 안 되니, 그런…… 재미있는 얘기!"

    "별로 재미있는 얘기는 아닌데."

    쓰키시마는 통명스럽게 말했지만 은근히 기뻐 보였다. 더

말하고 싶은 티가 났다.

"그 좋아하는 애가 같은 고등학교에 다니는 애야?"

"응."

"같은 반 학생?"

"응."

쓰키시마가 학교에 가서 누군가를 짝사랑하는 광경을 상상
해보았다. 수업 중에 뒷자리에서 지켜보고 하굣길에 나란히 걷
기도 하려나?

좋아하는 애가 있으면서 왜 학교가 재미없다고 하지? 보통
은 학교생활이 즐거울 것 같은데.

"나쓰코, 왜 그래?"

"어? 왜는 무슨. 네가 좋아하는 애라니 어떤 사람일지 궁금
해서."

순간적으로 대꾸한 말에 오히려 내가 놀랐다. 물어보고 싶
은 마음은 확실히 있는데 동시에 대답을 듣고 싶지 않기도 했
다. 너무 동요하면 괜한 것까지 물어보게 된다.

"아, 어떤 사람이냐고?"

생각에 잠긴 쓰키시마를 보고 나는 침을 삼켰다. 어떤 사람
일까. 심장이 이상한 소리를 내며 뛰었다. 곧 쓰키시마는 입술
을 올려 웃더니,

"나쓰코랑 조금 비슷해."

라고 말했다.

숨이 막혔다. 자전거 보관소가 바로 코앞에 보이는데 여기에 서서 그 이야기를 좀 더 듣고 싶었다. 듣고 싶지 않은데 듣고 싶었다. 갑자기 다리가 무거워졌다.

쓰키시마는 내가 당황하거나 말거나 태연하게 자전거 열쇠를 풀고 안장에 올라탔다. 그러고 보니 쓰키시마는 도서관에 오면서도 가방을 안 들고 왔다. 그것을 지금에서야 알아차리고 남자는 참 간편하게 다니는구나 싶어 놀라고 있는데, 쓰키시마가 또 보자고 말하고 페달을 밟기 시작했다.

반사적으로 열쇠를 쥔 손을 흔드는데 쓰키시마가 순식간에 멀어졌다. 나는 어안이 벙벙한 채, 도서관의 자전거 보관소로 들어가 꽉 움켜쥔 열쇠를 자전거 열쇠 구멍에 천천히 끼워 넣었다. 좌아아. 나무를 흔드는 바람이 나를 뒤에 남기고 지나갔다.

나쓰코랑 조금 비슷하다는 건 어떤 의미일까?

얼굴이 비슷하다는 소리? 아니면 성격이 비슷하다는 소리?

"비슷하다니……."

나는 침대에 누워 혼잣말을 중얼거렸다. 비슷하다니 도대체 뭐지. 우리 집 주차장에서 나는 냄새는 늦은 밤의 냄새와 비슷하다. 바닷소리와 파도 소리는 비슷할까? 좌아아. 침대 위에서 내 마음은 이리저리 흔들렸다.

쓰키시마가 내 안의 어떤 점을 좋아해서 비슷한 점이 있는 다른 여자애를 좋아하게 된 것이라면 좋겠다고 생각하면서 나는 잠들었다.

쓰키시마와 처음 단둘이 만난 것은 내가 말을 걸었던 그해 겨울이었다.

연락을 나누기 시작하자 쓰키시마는 곧바로 둘이 따로 만나자고 했다.

한 살 연상인 남자애와 둘이 만나다니, 열네 살 여자애에게는 특별한 일이었다.

쓰키시마와 만나기로 약속한 날 나는 옷장을 열어 보았다. 남자애와 둘이서 만날 때는 어떤 옷을 입어야 할까? 아직 옷을 직접 사지 않던 시기여서 엄마가 내키는 대로 사다 준 옷을 한 벌 한 벌 맞춰보았다.

이런 일이 생길 줄 알았으면 내가 옷을 샀을 텐데······.

엄마가 조합 따위 고려하지 않고 사 온 옷은 어떻게 입어도 어울리지 않았다. 여러 패턴을 시도해 보았지만 거울로 내 모습을 보고 있으면 왠지 자꾸 숨이 막혔다. 지금까지 이런 쪽으로는 생각도 하지 않은 스스로가 실망스러웠다. 세련된 것이 뭔지 몰라도 지금 입은 옷이 세련되지 않다는 건 알겠다.

나는 한숨을 내쉬며 입어본 치마와 셔츠를 개켰다. 지금 엄마가 내 방에 들어오면 음악실에 걸린 베토벤 초상화처럼 고약한 표정으로 옷을 개키는 딸을 볼 테지. 옷을 정리하며 사람은 왜 옷을 입는지 고민했다. 열네 살 겨울. 세련된 옷에 욕망을 느낀 기념일이었다.

약속한 날, 집 앞으로 온 쓰키시마는 나를 보고
"어, 평소랑 분위기가 다르네."
라고 말했다. 평소에는 교복을 입으니까 분위기야 당연히 다르겠지. 내 옷차림이 빈말로라도 세련됐다고 할 수 없어서 그런 반응을 보였겠지만, 평소와 분위기가 다른 것은 오히려 쓰키시마였다.

쓰키시마의 사복을 보고 그가 나보다 일찍 기념일을 맞이했으리라 확신했다.

잘 어울리는 옷을 말쑥하게 걸친 쓰키시마는 나보다 세상사를 잘 아는 사람처럼 보였다. 쓰키시마의 눈에 나는 세상 물정 모르는 어린애처럼 보일까? 나는 내가 입은 언밸런스한 옷을 살피고 우울해져서 고개를 숙였다.

"빨리 와."
쓰키시마가 귀찮다는 듯이 몸을 돌리고 먼저 걸었다. 오른손으로 자전거를 끌고 있었다.

"아, 잠깐만."
불안한 마음을 주체하지 못한 채로 나는 쓰키시마의 등을 따라 달려갔다. 익숙하지 않은 구두를 신은 탓에 새끼발가락이 쓸려 아팠다.

"좀 기다려, 너무 빠르다고. 그런데 어디 갈 거야?"

달릴수록 발가락 끝이 점점 저려왔다. 한 발자국 걸을 때마다 심장 고동이 격해졌다. 호흡이 얕아졌다.

왜 이러는 거야. 침착해, 좀 침착해. 긴장을 풀려고 공기를 잔뜩 들이마셨는데 눈물이 왈칵 번졌다.

머리끝부터 발끝까지 모든 세포가 새롭게 태어난 기분이었다. 동시에 이 세상이 필름 한 컷 한 컷처럼 흘러갔다. 앞에서 걷는 쓰키시마가 내딛는 오른발과 왼발이 또각또각 움직였다.

이 세계는 뭐지? 뭐냐고, 이 세계는!

현관 조금 앞에서 걷는 쓰키시마가 있는 곳까지 고작 10미터.

열네 살인 나는 사랑에 빠졌다.

마치 영화와도 같은 10미터를 달려간 나는 상태가 나빠졌다. 짝사랑은 감기와 비슷하다. 열이 날 때처럼 멍해져서 이후에 무슨 일이 있었는지 기억이 잘 안 난다.

나는 그때 아마도 짝사랑에 빠졌을 것이다. 그때의 그 충격, 그리고 그 사실을 아무에게도 말하지 못한다는 것만은 분명하다.

도서관에서 만난 이후로 쓰키시마는 학교를 땡땡이치면서 다시 내게 전화를 걸기 시작했다.

학교는 가끔만 가고 생활도 불규칙한 쓰키시마는 주로 가족이 다 잠든 뒤에 전화를 걸었다. 그래도 나는 기뻤다.

중학교 3학년이 된 후로 침대에 누워도 잠들려면 시간이 오래 걸렸다. 자야 하는데, 빨리 자야 하는데…….

그렇게 안달하다가 쓰키시마에게서 전화가 오면 팽팽하게 당겨진 실이 부드럽게 이완되어 호흡이 차츰차츰 깊어진다.

"요전에 오후부터 학교에 가서 국어 수업을 들었는데, 단가*를 쓰라고 해서 썼거든? 그런데 오늘 갔더니 학년 투표 순위 2위에 올랐더라. 그런 순위에 오른 건 태어나서 처음이야. 초등학교 때 달리기가 빠르거나 수영을 잘하는 애들이 표창을 받는 소리를 들으면서 맨날 운동장 구석에서 모래를 갖고 놀던 기억이 났어. 그런데 내가 순위에 오르니까…… 2위라니, 기분 좋더라! 생전 처음 표창을 받은 거니까 집에 가서 아빠한테도 말했는데……."

"아버지가 뭐라고 하셨어?"

"그게…… 걱정하더라. 감정이 풍부해서 살기 어려울 것 같다나. 보통 그냥 축하하면 될 일 아니야? 그래도 국어 선생님이 많이 칭찬해줬어. 나보고 재능이 있다더라."

"나도 재능이 있다고 생각해."

정말로 그렇게 생각했다. 쓰키시마는 그 누구도 해주지 않

◆ 5,7,5,7,7의 5구 31음 형식의 짧은 일본의 정형시. 우리나라의 시조와 비슷하다.

은 말을 내게 수없이 해주었다. 나는 좋은 의미에서도 나쁜 의미에서도 그렇게 직설적으로 말을 엮어내는 사람을 쓰키시마 이외에 모른다.

"내가? 어떤 재능?"

"남한테 상처를 주는 말을 고르는 재능이 천재적이잖아."

나는 장난스럽게 말했다. 친구를 사귀지 못한다고 고민하는 사람에게 "나쓰코, 건방지고 짜증 나거든"이라고 막말을 하는 사람도 달리 모른다.

"그게 뭐지. 거짓 없는 말을 선택하는 재능이란 소린가."

쓰키시마는 2위에 올랐다는 단가에서 그 '좋아하는 애'와의 만남을 읊었다고 말했다.

"있잖아, 사랑이란 뭘까?"

나는 쓰키시마에게 물었다. 쓰키시마는 전화를 걸면 매번 좋아하는 애 얘기를 즐겁게 늘어놓았다. 나는 그런 얘기를 듣는 것이 좋았다. 왜냐하면 쓰키시마를 좋아하니까. 이런 감정을 뭐라고 불러야 할지 종종 고민이었다.

"나도 어떤 걸지 궁금해. 가끔은 이런 건가 싶다가도 모든 상황에 적합한 말이 떠오르질 않아."

쓰키시마가 좋아하는 애 얘기를 할 때면 가끔 울고 싶어지기도 한다. 이런 감정을 사랑이라고 불러도 될까? 나는 이것이야말로 사랑 같으면서도 또 동시에 사랑에서 가장 멀리 떨어진 감정 같았다.

"그럼 사랑은 어떤 느낌이야? 이미지가 있어?"

"나쓰코는 어떤데?"

"나는 좋아하는 것과 사랑하는 것의 차이가 뭔지 아직 모르겠어. 그래도 둘 다 아주 격렬한 이미지야."

"격렬하다니?"

"말 그대로 격렬한 전쟁이랄까……."

나는 울어버리고 싶은 감정과 즐거워서 잔뜩 들뜬 감정이 마음속에서 교차하는 것에 비유해서 설명했다. 쓰키시마와 말하다 보면 양극단의 감정이 한꺼번에 몰려와 파도에 삼켜질 것 같은 순간이 여러 번 있다.

"뭐랑 뭐의 전쟁인데?"

쓰키시마는 웃으며 되물었다. 흥, 남의 속도 모르면서. 나는 코웃음을 쳤지만, 어쨌든 평소처럼 말의 의미를 생각하는 게임이 시작되었다.

"누굴 좋아하는 감정은 자신의 충동과 이성이 싸우는 거라고 봐. 뭔가 하고 싶다고 생각하는 감정…… 예를 들어 당장 전화를 걸고 싶다거나 만나러 가고 싶다거나 키스하고 싶다거나 하는 거. 이렇게 생각하는 충동과 하면 안 된다고 생각하는 감정…… 지금 전화를 걸면 민폐겠지, 만나러 가고 싶지만 너무 늦었지, 아직 키스는 하면 안 되겠지, 이렇게 생각하는 이성. 이런 균형 속에서 하면 안 된다고 생각하는 감정…… 이성이 이기는 것이 사랑이지 않을까 해. 지금은……."

쓰키시마와 말하다 보면 종종 지금 이 감정을 어떻게 표현해야 할지 몰라 말문이 막힌다. 예를 들어 좋아한다고 말할 수는 있지만, 쓰키시마 주변에 있는 여자애들에게 사실은 질투심을 느낀다는 말은 할 수 없다. 가끔은 그 여자애들에게 욕설을 퍼붓고 싶을 정도로 미움을 느낀다는 것도 말할 수 없다.

사랑하는 것과 좋아하는 것. 내 안에서 이 감정들은 갑작스러운 호우와 비슷하다. 예상치 못한 빗속에서, 쏟아지는 감정 속에서 나는 쫄딱 젖는다. 몸을 지킬 지붕을 찾아야 하는데, 내게 그 보호막은 말이었다. 그래서 언제나 젖지 않을 곳을 찾아 쓰키시마에게 말을 건다.

"너는 어때?"

"애초에 내 안에는 싸우거나 할 정도의 뭐가 없어."

"사랑이나 좋아하는 감정을 생각할 때도?"

"뭘 그렇게 놀라. 나는 누굴 만나고 싶어서 가슴이 아프거나 키스하고 싶어 미치겠다는 기분을 느낀 적이 없어."

"단가까지 썼으면서?"

"나쓰코가 말하는 감정과는 전혀 달라."

나는 쓰키시마가 한 말의 의미를 이해하지 못해서 모르겠다는 의미로 "음……" 하고 신음했다.

같은 반에 좋아하는 애가 있고 그 애에 대해서 읊은 단가로 선생님한테 칭찬을 받았는데 쓰키시마는 어딘가 냉철하다. 늦은 밤, 내게 전화를 걸어 즐겁게 수다를 떨면서도 어딘가 지루해한다.

"나는 뭐랄까, 항상 혼자인 것 같아. 다른 사람을 생각하느라 머리가 꽉 차거나 하지 않아. 냉정한 사람이라 그런 건 아니고 그냥 나 혼자인 거야. 친구도 있고 다정한 가족도 있는데, 아무리 주변에 사람이 많아도 나는 늘 혼자야."

"무슨 소린지 전혀 모르겠어. 하지만 지금 나랑 통화하는 사람이 항상 혼자라고 말하니까 좀 슬프다."

"그저 다를 뿐이야."

"누군가를 좋아하는 것이 뭔지 아직 모르는 거 아닐까?"

"그럴지도 모르고."

쓰키시마는 웃었다. 그와 대화하다 보면 놀랄 일이 너무 많다. 나는 내 안에 없는 감정을 타인이 이리도 당연하게 느낀다는 사실을 이때까지 몰랐다. 나는 쓰키시마와 말하기 전까지 사람이란 나와 비슷하게 만들어졌고 또 비슷하게 느낀다고 믿었다.

"너는 나랑 전혀 다르구나."

"나쓰코가 둘이나 있으면 큰일이지."

"무슨 뜻이야?"

"칭찬이야."

쓰키시마와 말하면 즐겁다. 같이 보내는 시간이 즐겁다. 사실 이것만으로 충분하다. 연인 사이가 되지 않더라도 거짓이 섞이지 않은 말을 나눌 상대가 있는 것만으로 충분하다.

나는 전화를 끊고 나 자신을 그렇게 다독였다.

5 두 사람

우리 관계를 어떤 말로 표현하면 좋을까?

쓰키시마는 가끔 변덕스럽게 나를 연인이라고 칭하곤 한다. 우연히 만난 친구에게 나를 소개할 때나 자기 부모님에게 내가 왜 집에 놀러 왔는지 설명할 때. 그냥 귀찮지 않으려고 그러는 건데도 나는 그렇게 소개될 때면 늘 깜짝 놀란다.

연인이라고?

나는 당혹스러우면서도 속으로는 쓰키시마의 이런 변덕이 기뻤다. 다른 사람 앞에서만이라도 연인이라고 불리면 기쁨이 차올라 몸 안쪽이 간질간질하다.

그러나 그뿐이다. 만약 연인 사이에 명확한 정의가 있다면…… 예를 들어 질투할 권리를 갖는다거나 다른 여자와 만나지 못하게 단속하는 그런 것 말이다.

우리 관계는 그런 정의를 충족하지 않는다.

저녁을 먹고 거실에서 텔레비전을 보고 있는데 쓰키시마에 게 전화가 왔다.

"여."

평소처럼 특별한 용건은 없었다. 나는 텔레비전을 끄고, 전 화기를 들고 내 방으로 돌아왔다. 중학교에 입학하면서 공동주 택에서 단독주택으로 이사를 왔고, 그러는 김에 피아노를 내 방에 두었다. 나는 피아노 의자에 앉아 등받이에 몸을 맡기고 화제를 찾았다.

"오늘은 학교에 갔어?"

"안 갔어. 깼더니 낮이더라."

날이 갈수록 학교에 가는 빈도가 낮아지는 쓰키시마는 학교 에 가지 않는 시간에 자전거를 타고 하릴없이 돌아다니는 모 양이었다. 어디에서 뭘 했는지 묻자, 오늘은 다마강 근처의 경 단 가게에서 경단을 먹었다고 했다.

학교를 땡땡이치고 경단을 먹고 다니는 인생이라니. 나는 놀라면서, 수업 중일 시간에 내가 교복 차림으로 경단을 사 먹 는 모습을 상상했다. 비현실적이다. 그래도 왠지 가슴이 두근 두근 뛰었다.

"맞다, 고등학교에서 경음악 동아리에 들어가서 밴드를 꾸 렸다고 했잖아? 그거 그만뒀어?"

쓰키시마는 고등학교에 입학하자마자 경음악 동아리에 들어갔다. 쓰키시마가 보컬을 담당했고 동급생인 밴드 멤버가 있다고 들었다. 그런데 연습 이야기를 들은 적도 없고 라이브 공연을 할 예정도 없는 것 같았다. 어떻게 돌아가는지 궁금해서 물어보았다.

"별로 안 해. 다들 의욕도 없고."

"그래? 아깝다. 모처럼 밴드를 결성했는데."

"나도 뭐 꼭 하고 싶은 것도 아니니까."

쓰키시마는 나른하게 대답하고 하품을 했다.

"나는 왜 이럴까. 뭘 해도 의욕이 안 생겨."

밴드가 어느새 자연 소멸한 것은 쓰키시마의 생활을 보면 불 보듯 뻔했다. 나는 그 어떤 것에도 노력하는 태도를 전혀 보이지 않는 쓰키시마가 불안했다.

"너는 왜 그렇게 의욕이 없는 걸까?"

객관적으로 보면 쓰키시마는 그저 게으름뱅이일 뿐이다. 그러나 곁에서 보면 단순한 게으름뱅이는 아니라는 생각도 든다. 어쩌면 단순한 게으름뱅이가 아니기를 바라는 마음이 있어서 그렇게 보이는지도 모른다.

쓰키시마는 온도가 느껴지지 않는 목소리로 대답했다.

"왜라니⋯⋯. 그냥 다 지루하니까 그렇지. 오히려 나는 다들 뭐가 그렇게 재미있어서 인생을 사는지 도무지 모르겠다."

"전부 다? 학교만 그런 게 아니라?"

"그래."

"전부 다를 구체적으로 설명하면 어떤 거야?"

"구체적이고 뭐고. 그냥 전부 다야, 전부 다. 자다가 일어나서 다시 잠드는 시간까지 포함해서 전부. 사는 것 자체가 지루해."

전부 다. 전부 다 지루하다. 사는 것이 지루하다. 그 말을 듣고 나는 상처를 받았다.

"그렇다면 나도 포함이라는 거네."

"나쓰코를 탓하는 게 아니야. 그냥, 나 자신한테 거짓말을 하고 싶지 않으니까."

"나하고 말하는 것도 별로 즐겁지 않다는 소리지?"

반사적으로 공격하듯이 받아치자 수화기의 입 부분에 습기가 찼다.

"내 말은 그렇게 구체적인 문제 하나가 아니라는 거야."

"그럼 어떤 문제인데?"

"그건 나도 잘 모르겠어."

나는 입을 다물고 생각했다. 내가 소중하게 여기는 사람이 사는 것이 지루하다고 말하면 이렇게 슬퍼지는구나. 슬프고 쓸쓸했다. 매일 대화를 나눴는데 마음은 전혀 통하지 않았다는 생각까지 들었다.

내가 낙담한 것을 눈치챘는지 쓰키시마가 내 생각을 끊어내려는 듯이 말했다.

"나는 지루한 걸 재미있다고 말하지는 못해."

"지루한 걸 재미있다고 말해달라는 게 아니야."

"내 생각을 숨기고 싶지도 않아."

나는 입을 다물었다.

"어쩔 수 없어."

"내가 슬퍼지는 게?"

"결과적으로는."

"너, 나를 너무 함부로 대한다고 생각하지 않니? 내가 어떻게 느끼든 고려하지 않고 항상 자기주장만 한다고 생각하지 않아?"

"나는 계속하지 못하는 일을 할 의미가 없다고 생각해."

나는 한숨을 쉬었다.

쓰키시마의 말은 이론적으로는 확실히 옳았다. 꽁꽁 묶여서 밖에 나가지 못하게 감금된 것도 아니니까 쓰키시마가 정말로 싫다면 내가 다른 곳으로 가버리면 된다.

하지만. 이렇게 매일 대화를 나누는데 지루하다는 소리를 들으면 누구나 상처를 받는다. 왜 이런 간단한 것도 몰라주지?

"너는 나를 뭐라고 생각해?"

나는 피아노 의자에 고쳐 앉으며 질문했다. 손에 축축하게 땀이 뱄다.

"뭐라고 생각하냐니?"

"그러니까 나를 어떤 카테고리에 넣어두었냐고."

"연인이나 친구나 그런 거?"

"그런 거."

"나쓰코는 그런 게 신경 쓰여?"

"신경 쓰여. 내가 신경 쓰는 걸 알면서 그렇게 묻는 거지? 그렇게 해서 나를 얼떨떨하게 만들려는 거잖아."

"그런 거 아니야."

쓰키시마는 나를 여자 친구로 삼고 싶어 하지 않는다. 잘 알면서도, 나는 그런 생각이 떠오를 때마다 매번 같은 질문을 반복한다.

"나쓰코, 그걸 정해서 어쩔 건데?"

"다른 사람이 어떤 사이인지 물을 때 가끔 연인이라고 대답하니까 나를 어떻게 생각하는지 궁금할 뿐이야."

"그야 뭐."

"왜 그러는 건데?"

알면서 묻는 것은 차라리 상처를 받고 싶어서다. 연인 사이로 발전할지 모른다는 묘한 기대를 품었다가 나중에 배신당하는 것이 두려워서다.

애초에 기대의 싹을 잘라버리면 더는 자라지 않는다.

"나는 그렇게 간단한 문제가 아니라고 생각해."

"무슨 뜻이야?"

"우리는 얘기도 많이 나누고 사이도 좋아. 친구이자 연인이고 가족 같기도 해."

"……나도 그렇게 생각해."

"그럼 그걸로 됐잖아. 뭐 문제 있어?"

"……너 말이야, 일부러 그러는 거지. 내가 무슨 말을 하고 싶은지 알면서."

"맞아."

쓰키시마는 차분하게 대답하고 키득키득 웃더니 더는 입을 열지 않았다.

쓰키시마는 분명 다 알고 있다.

내가 쓰키시마의 연인이 되고 싶어 하는 것을.

쓰키시마의 솔직한 말에 상처를 받고 거짓이 섞이지 않은 말을 들어 기쁘고 또 슬프다고 생각하는 것을.

다 알고 있으면서 나를 자기 입맛에 맞게 '연인'이라고 부르고 '친구'라고 부르기도 한다. 늘 슬며시 웃는 것 같다가 또 갑자기 우울해져서 마치 폭풍처럼 나를 통째로 휩쓸리게 하고서는 또 어느 날은 내 곁에서 훌쩍 빠져나가 버린다. 마치 품에 안기기 싫어하는 고양이 같다. 나는 한숨을 쉬고 전화를 끊었다.

6

이케가미선

나는 중학교를 졸업했다.

음악과가 있는 고등학교로 진학한 이유는 나에게 피아노만큼은 필요하다고 믿었기 때문이다.

합격자 일람에 내 번호가 있었다. 이제 봄부터는 고등학생이다.

나는 드디어 입시 준비가 끝난 것에 안도하며 한숨을 내쉬었다.

집에 돌아와 고등학교 입학 신청을 위한 서류를 살펴보았다. 일반 과목 교과서를 준비하는 방법 이외에 악전*이나 화성

✦ 음악에 쓰이는 음을 악보에 적기 위한 모든 규범과 규칙을 말하는데, 보통 악보를 실제로 읽고 쓰는 법을 가르치는 것이나 그런 책을 말한다.

등 전문 과목에 관련된 자료, 학교에서 4월부터 교습을 받을 예정인 '과제 곡 리스트'도 적혀 있었다.

이제 정말로 고등학교에 들어가는구나…….

아직 실감이 나지 않았지만 일단 악보를 복사하러 편의점에 가기로 했다.

봄바람은 늘 예상보다 쌀쌀하다. 훈훈한 집에 미련을 느끼며 문을 열자, 수채화처럼 푸른 하늘과 하얀 구름이 봄바람에 너울거렸다. 내쉬는 숨이 아직 하얗다. 양 손가락을 비벼 조금이나마 온기를 느꼈다. 그런데 저 앞에 쓰키시마가 보였다. 집 바로 앞을 지나는 이케가미선의 선로 근처에서 윗옷 주머니에 손을 찔러 넣고 서 있었다.

"여어."

"어? 웬일이야?"

"그냥. 산책하는 중인데 나쓰코가 집에서 나와서 멈췄을 뿐이야."

"한가하다는 소리?"

"그렇게도 말할 수 있지."

3월 하순에 들어서면 머지않아 벚꽃이 필 시기라는 것에 매번 놀란다. 벚꽃은 늘 쌀쌀한 하늘 아래, 사람들이 손을 비벼 조금이라도 몸을 따뜻하게 하려는 기온일 때 봉오리를 맺는다. 얼마나 다부지고 사랑스러운 꽃인지 모른다. 작년에 가족끼리 벚꽃놀이를 하러 갔다가 너무 추워서 깔고 앉으려고 가져간 상자를 몸에 둘둘 말고 걸은 적도 있다.

"나 지금 복사만 하면 되는데 같이 산책이라도 할까?"

가까운 편의점에 들른 뒤, 우리는 특별히 뭘 하자고 정하지 않고 걸었다. 선로를 따라 걸으면 이따금 세 량 편성의 자그마한 전철이 옆을 지나간다. 이케가미선의 차량은 오늘도 짤막하다.

"나쓰코, 밖에 자주 안 나오면 또 밤에 잠 못 잔다."

"밖에 자주 안 나온 얼굴이야?"

"응."

"입시가 있어서 피아노만 쳤어. 그래도 이제 끝났어. 이거, 이 악보는 4월부터 배울 과제 곡이야. 제1지망 고등학교에 멋지게 합격했지."

쓰키시마는 별로 흥미 없다는 듯이 "흐응" 하고 맞장구를 쳤다. 하긴, 쓰키시마가 입시에 흥미를 느낄 리가 없었다.

피아노 연습을 하느라 줄곧 방에 틀어박혀 있어서 다른 사람과 대화하는 것이 오랜만이었다. 두 사람분의 발소리가 신선하게 들렸다.

쓰키시마의 걸음은 느리다. 내게 맞춰주는 건지 아니면 단순히 느린 건지 잘 모르겠다.

"나쓰코는 맨날 힘들지 않아?"

"왜 그런 걸 물어봐?"

"열심히 할 때는 유독 힘들어 보이거든. 집에서 나올 때도 그런 표정이었어. 입시를 준비하느라 힘들었겠지만 그렇게 힘들면 안 하면 되지 않아?"

"그럴 수는 없어."

"왜? 하기 싫으면 안 해도 되잖아."

"그랬다가는 금방 피아노를 못 치게 되거든. 연습을 하루 안 하면 회복하는 데 사흘이나 걸린다고 하니까."

"뭐, 하고 싶으면 해도 되지만."

"하고 싶지 않을 때도 해야 하는 거야……."

솔직히 말해서 피아노 연습을 하고 싶어서 하는 것은 사흘에 한 번 정도면 괜찮은 편이다. 대부분은 놀러 가고 싶다고 생각하면서, 동생과 텔레비전을 보고 싶다고 생각하면서 내 방에 틀어박혀 피아노를 친다. 도저히 치고 싶지 않은 날에는 그냥 방에 앉아만 있는데, 하기 싫다고 해서 피아노로부터 도망치는 것은 말도 안 된다.

우리는 지도리초 역의 건널목이 열리기를 기다렸다. 가장 가까운 역인 지도리초는 이케가미선의 역 중에서도 유독 아담하다. 역 주변은 밤이면 노래방 소리가 밖에까지 흘러나와 제법 복작복작한 분위기를 풍기지만, 지금은 낮이어서 노래방 소리도 들리지 않았다.

"나쓰코, 집에서 피아노 연습을 하고 싶지 않을 때는 굳이 방에 있지 않아도 괜찮지 않아?"

"그건 그렇지만……."

쓰키시마의 의견은 옳다. 하지만.

"나쓰코는 피아노를 치지 않고 논다는 생각 자체를 두려워하는 것 같아. 그래서 방에 있으면서 아무것도 하지 못하는 괴로운 시간에 자신을 묶어 두고 만족해하는 것처럼 보여."

"……그건 그런데."

나는 말문이 막혔다. 그건 그렇다. 하지만.

나와 쓰키시마는 전혀 다른데 쓰키시마는 어떻게 그런 감정을 알까?

쓰키시마는 걸으면서 말을 이었다.

"계속 그렇게 집에만 있으면 누구든 잠을 못 잘 거야. 나는 자전거를 추천해. 집에 가고 싶으면 언제든 돌아갈 수 있으니까."

"그게 쉽지 않아. 혼자서는 어딜 가야 할지도 모르겠고……."

"나쓰코, 도망칠 때도 용기가 필요해."

쓰키시마의 표정이 갑자기 진지해졌다.

도망칠 때도 용기가 필요하다고?

무슨 뜻이지? 나는 그 말을 천천히 곱씹으며 생각해보았다.

도망치지 않는 용기는 이 세상에 차고 넘치지만 도망치는 용기는 들어본 적이 없다.

주변 사람들이 노력을 거듭하는데 나만 아무것도 하지 못할 때, 피아노를 연습해야 하는데 몸이 내 마음대로 움직이지 않을 때, 최소한 힘들고 괴로우면 최선은 다했다고 여겨도 될 것 같았다.

　며칠이나 피아노 앞에서 식은땀을 흘리며 숨이 막힐 것만 같은 내면의 초조함을 느끼면서도 앞으로는 전혀 나아가지 못하고 날만 저물었다.

　물론 그런 것에는 아무 의미가 없다. 아무것도 하지 않았는데 최선을 다한 기분을 느끼느니 차라리 아무것도 하지 않는 편이 나을지도 모른다. 그걸 알면서도 나는 방에서 나올 수가 없었다. 도망칠 용기란 괴로움에서 도망치는 용기일까?

　그나저나 쓰키시마는 내 이런 생활을 어떻게 상상했지?

　지도리초 역을 지나 우리는 시모마루코 역 방향으로 걸어갔다. 한적한 주택가를 지나면 간파치＊가 나온다. 신호를 기다리는 동안, 넓은 도로에 자동차가 오가는 소리만 들렸다. 이 부근에는 가게가 거의 없다.

　"나, 학교를 그만두려고 해."

　간파치 도로의 신호등에 파란불이 들어오자 쓰키시마는 걸음을 옮기며 말을 꺼냈다.

　"나는 학교랑 안 맞는 것 같아. 하나하나 따져보면 이유야 아주 많은데, 그중에서 몇 가지를 끄집어내서 이런 이유로 그만둔다고 말하는 건 좀 아닌 것 같고."

＊　간파치는 도쿄도도 311호 환상 8호선을 부르는 말로, 도쿄 23구의 서쪽 반 바퀴를 도는 도로다.

쓰키시마의 단호한 말투를 듣고 이미 자기 안에서 결론을 내린 것을 알 수 있었다.

어쩌면 그만둘지도 모른다고 생각하면서도 쓰키시마라면 건성으로라도 학교에 다니리라 짐작했던 나는 놀랐다.

여러 질문이 동시에 머릿속에 떠올라 정리하려고 건널목의 하얀 선 위를 똑바로 걸었다.

아주 가까이에서 건널목의 차단봉 소리가 들렸다. 전철이 감속하는 소리가 뒤를 이었다. 나는 머릿속에 떠오른 질문 몇 가지를 꼽아 물었다.

"수업이 지루해서?"

"응."

"아침에 일어나지 못해서?"

"응."

"목적을 찾지 못해서?"

"응."

"경음악 동아리도 즐겁지 않아서?"

"다들 놀이 삼아 했을 뿐이야."

"학교를 그만두겠다고 이미 정한 거지?"

"응. 이미 정했어."

고등학교를 그만둔다. 쓰키시마의 고등학교 생활이 1년도 가지 못하고 막을 내리게 됐다. 그렇게 생각하니 이상했다. 수업이 지루하고 아침에 일어나지 못하고 목적을 찾지 못하고 동아리 활동도 즐겁지 않아지면 나도 고등학교를 그만둘까?
내게도 그런 선택지가 있다는 소리를 아무리 들어도 실감이
나지 않았다.

"고등학교를 그만두고 뭐 할 거야?"

"그건 아직 모르겠어."

"뭐 하고 싶은 일이 있어?"

"없어. 지금은 반드시 하고 싶은 일은 하나도 없어. 그래도
글을 써보고 싶기도 하고, 음악을 하고 싶기도 해. 철학 공부도
해보고 싶고. 해보지 않으면 모르지만."

"이야, 바쁘겠네."

나는 웃었다. 사람들과 다른 인생을 사는 것에 갈등하면서
도 결국 모두가 탄 열차에 타지 못하는 것이 쓰키시마다운 선
택 같았다.

"그만둬서 대체 어쩌려나 싶겠지만 나는 반대로 이런 마음
가짐으로 학교에 다녀서 무슨 의미가 있나 싶어. 지금 고등학
교를 그만두는 것보다 이대로 2년이나 학교에 다니는 게 더 절
망적이야. 그러니까 좀 다른 일을 해볼래."

— 도망칠 때도 용기가 필요해 —

쓰키시마는 고등학교 생활에서 도망쳤지만 분명 다른 무언
가로부터는 도망치지 못했다. 그 무언가를 지금 말로 표현할
수는 없지만 쓰키시마가 자신 안에서 소중히 지켜온 것이라고
믿고 싶었다.

"야, 네가 앞으로 밥벌이를 하지 못하면 내가 먹여 살려줄까?"

"오, 부탁해."

너 진짜 형편없는 사람이구나, 나는 그렇게 말하고 웃었다. 쓰키시마도 웃으며 자기는 썩 쓸 만한 기둥서방이 될 것 같다고 했다.

갑자기 쓰키시마가 "나한테 어울리는 일이 있기나 할까"라고 중얼거려서 잠깐 생각하고 대답했다.

"택시 운전사……."

"어? 왜?"

"너, 길만큼은 헤매지 않으니까."

"만큼이라고?"

"만큼이지. 지금은."

우리는 둑 계단을 올라가 무사히 목적지에 도착했다. 잠들지 못하는 밤을 지새우며 고등학생이 되려는 나와 고등학교를 그만두겠다고 하는 쓰키시마. 시모마루코 역에 도착한 우리는 말하지 않고도 머릿속으로 이곳에 오는 길을 그렸다.

반짝반짝 빛나는 수면. 야구 연습 중인 초등학생들. 바비큐를 하는 가족.

다마강. 일이 잘 풀리지 않는 날에 우리는 늘 이곳에 왔다. 우리는 둑에 앉아 해가 저물 때까지 흘러가는 강물을 보았다.

7
위화감

고등학교 1학년이 된 나는 열여섯 살이 되었고, 쓰키시마는 고등학교 2학년이 아닌 그냥 열일곱 살이 되었다.

그냥 열일곱 살은 할 일이 없어서 하루 몇 시간만 아르바이트를 하거나 혼자 자전거를 타고 멀리 다녀오곤 했다. 그리고 여전히 내게 전화를 걸었다.

"나쓰코, 학교는 어때?"

"내가 고등학교에서 어떻게 지내는지 흥미 있어?"

"없어. 예의상 물었을 뿐이야."

"그거 아주 고맙네. 무사히 다니고 있어."

쓰키시마가 하는 얘기는 대부분 그날 있었던 일이었다.

아까 편의점에 가서 어묵을 샀는데, 한펜*이 없었어. 오늘 여동생이 집배원을 보면서 걷다가 전봇대에 부딪혀서 울면서 집에 왔어.

쓰키시마는 자기가 살면서 겪는 거의 모든 일을 내게 말하는 것 같았다. 아주 가끔은 지나치게 여겨졌다. 쓰키시마가 하루 동안 겪는 일 중에 내가 모르는 것이 더 적을지도 모른다.

쓰키시마의 말을 들으면 즐거웠다. 고등학교를 중퇴한 청춘의 일상은 쓰키시마가 말하면 마치 소설처럼 신비로운 빛을 띠었다. 나는 어느새 쓰키시마의 소설 속에서 그의 말에 귀를 기울이는 여자애라는 등장인물이 된 것만 같았다.

오늘도 나는 평소처럼 소설의 다음 이야기를 들을 생각으로 전화를 받았다. 그런데 쓰키시마가 갑자기 심각한 목소리로 말했다.

"저기, 나 할 말이 있어."

보통은 들을 일이 없는 낮은 톤에 나는 불안해졌다. 나직한 목소리로 "뭔데……?" 하고 물었다. 어묵이나 여동생 얘기나 듣다가 갑자기 그런 소리를 들으면 누구나 심각한 목소리가 나올 것이다. 나는 조마조마하게 대답을 기다렸다.

"결론부터 말하면 미국에 가게 됐어."

미국……?

나는 미국과 쓰키시마의 공통점을 찾지 못해 전화를 든 상

✦ 생선 살을 다지고 마나 쌀가루 등을 넣고 쪄서 반달 모양으로 만든 음식. 어묵의 한 종류.

태로 굳었다. 대체 어떤 과정을 거쳐서 이렇게 된 거지?

"물론 당장 가는 건 아니야. 시기는 아마 내년일 것 같아. 내년 여름이려나. 그래서 올해부터 일본의 아메리칸 스쿨에 잠깐 다니기로 했어. 그 학교가…….."

"잠깐만, 아메리칸 스쿨? 아메리칸 스쿨이라면 학교지. 다시 학교에 다니는 거야?"

계속 설명하려는 쓰키시마를 막았다.

"뭐, 그렇게 됐어."

"괜찮겠어?"

"뭐가?"

"뭐라니…….."

나는 지금까지 쓰키시마에게서 미국에 가고 싶다는 소리를 한 번도 듣지 못했다. 마치 속은 것만 같은 묘한 기분이었다. 매일같이 통화하며 오늘 뭘 먹고 몇 시에 일어났고, 집에 놀러 온 여동생의 친구가 어떤 애인지까지 들었는데 느닷없이 미국이라니.

"시험은 괜찮아. 있긴 한데 없는 거나 마찬가지래."

"아아, 그렇구나……. 시험은 영어야?"

"맞아. 그래도 반을 나누는 시험이니까 못해도 괜찮대. 유학 전에 가는 예비 학교 같은 거니까."

"그럼 정말로 유학 가는 거야?"

"응, 그렇게 되겠지."

목덜미에 식은땀이 나서 쓰키시마에게 들키지 않도록 조심스럽게 닦았다. 내가 한 말이 입에서 전부 조각난 상태로 나오는 것 같았다. 시·험·은·영·어·야? 유·학·가·는·거·야?

이해가 가지 않았다. 과할 정도로 전부 다 털어놓던 쓰키시마가 왜 이제껏 아무것도 말하지 않은 거지? 시간이라면 얼마든지 있었을 텐데 미국행이 확정되기까지 나는 아무것도 몰랐다.

배신감보다는 놀라움이었다. 상황이 왜 이렇게 됐는지 이해하지 못했고 여우에게 홀린 기분이어서 쓰키시마의 말을 믿을 수 없었다.

"왠지…… 너무 갑작스럽다. 지금까지 그런 얘기 전혀 안 했잖아, 어쩌다가 갑자기 정해진 거야? 굳이 미국에 가는 이유는 뭔데?"

"글쎄다."

쓰키시마는 잠깐 입을 다물었다. 이유라. 혼잣말처럼 중얼거리고 한숨을 쉬었다.

"특별한 건 없어. 어느 날 집에 왔더니 아빠가 거실에서 나한테 서류를 보여줬어. 유스케, 유학을 가면 어떻겠냐? 라더라."

"응."

"그래서 뭐, 그것도 괜찮겠다고 대답했어."

"그냥 그거야?"

"그리고 어차피 한가하니까 괜찮다고도 대답했어."

"그건 됐어. 그것뿐이야?"

"그것뿐이야."

쓰키시마는 칼칼한 목소리로 말했다. 전화기 너머로 냉장고 문을 여는 소리가 났다. 음료수라도 따르는 모양이었다.

나는 쓰키시마의 아버지가 아들을 걱정하는 모습을 상상했다. 곰처럼 체형이 큼직한 쓰키시마의 아버지는 말수는 적지만 늘 아들을 걱정했다. 매일 한낮이 지나서야 일어나 어디로 향하는지 모를 삶을 사는 열일곱 살 아들을 걱정하는 아버지.

쓰키시마의 아버지가 어떤 심정일지는 이해한다. 이해할 수 없는 것은 쓰키시마 쪽이었다.

"미국에 가게 돼서 너는 기분이 어때?"

"내 기분?"

"그러니까 의욕이 생겼냐고. 노력해보자는 마음이 들어?"

"그런 건 가보지 않으면 모르잖아."

"그래도 갔다가 이건 좀 아니라고 생각하면 늦잖아."

"그건 아니야."

쓰키시마가 즉각 부정했다.

"아니라고?"

"인생은 언제든 다시 시작할 수 있으니까."

쓰키시마는 오늘 통화하는 중에 가장 또렷하게 말했다. 인생은 언제든 다시 시작할 수 있다니. 무슨 소리를 하는 거지. 다시 시작한다고?

나는 점점 더 불안해져서 할 말을 찾았다. 그 말이 옳을지도 모르지만 새로운 일을 시작하기 전인데 갑자기 다시 시작한다는 소리부터 하다니.

"미국에 정말로 가고 싶어?"

쓰키시마에게서는 미국에 가고 싶은 이유도, 가고 싶다는 욕망도 느껴지지 않았다.

"어떨까."

"어떨까라니 그게 무슨 소리야? 유학에는 돈이 많이 들 거야."

"그야 알고 있어."

"괜찮겠어?"

"뭐가?"

"뭐냐니……."

쓰키시마의 소설이 말하면 할수록 색채를 잃어갔다. 흐릿한 하늘 아래, 마른 나무들 틈의 어둑어둑한 곳에 물이 고이고 있었다. 마치 그런, 기분이 우울해지는 그림을 보는 것만 같았다.

"뭐, 괜찮아. 내가 결정할 일이니까."

"그야 그렇지. 괜찮다면 됐지만……."

"응, 괜찮아."

쓰키시마는 이제 이 얘기는 그만하고 싶은 것 같았다. 쓰키시마가 일본에서 사라진다는 사실을 내 안에서 어떻게 받아들여야 할지 모르겠지만, 나는 최대한 밝은 목소리를 내려고 노력했다.

"알았어……. 그럼 나도 마음의 정리를 해야겠네. 네가 일본을 떠나면 나는 당연히 울 거야. 떠난다는 걸 이미 알고 있어도 쓸쓸해지겠지. 이렇게 매일같이 통화를 했는데 이제는 전화가 오지 않는 거잖아. 당연히 울겠지. 앙앙 울 거야."

"우는 소리가 이상하잖아."

웃어보았지만 가슴이 삐걱거렸다.

쓰키시마를 걱정하듯이 말했지만 결국에는 내가 쓸쓸한 것이었다.

고등학교를 중퇴한 다음에는 미국 유학이라니, 너는 늘 사람을 깜짝 놀라게 해. 그렇게 말하며 온몸의 피부가 종이에 베이는 아픔을 느꼈다. 무서웠다. 쓰키시마가 멀리 가버리는 것이.

"미국은 어떤 곳일까? 홈스테이를 한다면, 가족들이 좋은 사람이면 좋겠다."

장난치듯이 밝게 재잘대는 내 말을 끊고 쓰키시마가 강하게 말했다.

"저기. 나는 지금 미국 얘기를 이러쿵저러쿵 말하고 싶지 않아. 나도 잘 모르겠다고 말했잖아. 그러니까 이제 그 얘기는 그만해도 돼."

"알았어……."

뭘 어떻게 해야 좋을지 정말이지 모르겠다. 쓰키시마와 헤

어지는 쓸쓸함을 진정시켜줄 정당한 이유를 원하지만 보이지
않았다.

"나, 지금은 별로 생각하기 싫어."

"알았다니까……."

나는 떨떠름하게 대답했다.

피아노 건반에 손을 올리기 전에 생각이 지나치면 첫 번째
음을 내지 못할 때가 있다. 먼저 손가락을 움직이고 연주하면
서 어떻게 해야 할지 찾아가면 되는지도 모른다.

일본 고등학교가 맞지 않았을 뿐이지 미국 고등학교에 가면
잘 맞을 수도 있다. 앞으로 그의 인생에 찾아올 수많은 가능성
을 지금 이 시점에서 내가 짓밟을 이유를 찾아서도 안 된다.

"그럼 내년 여름이 오기 전에 지금까지 가고 싶다고 했던 곳
에 같이 가자. 미국에서 한동안 돌아오지 않을 수도 있으니까."

내가 말해놓고서 눈가가 일렁일렁 뜨거워졌다. 눈물이 흘렀
다. 목소리까지 울먹이기 전에 황급히 "이만 끊을게"라고 말하
며 통화 종료 버튼을 눌렀다. 전화를 붙잡은 손 위로 눈물이 뚝
뚝 떨어져서 허둥지둥 옷소매로 닦았다.

왜 우는 건지 나도 잘 모르겠다. 그저 사고를 당한 것처럼
무언가와 충돌해 내 몸의 일부가 사라진 것만 같았다. 폭력적
인 상실감이 덮쳐와 나는 손가락 위로 떨어지는 눈물을 바라
보았다.

나는 쓰키시마를 쌍둥이처럼 여겼는지도 모른다. 같은 태반

에서 영양분을 나누며 자란 쌍둥이처럼, 앞으로 생길 즐거운 일이나 힘든 일을 전부 다 공유할 수 있다고 믿었나 보다.

갑자기 영양을 흡수하지 못하게 된 태아처럼 넋이 나가 내 방 침대에 앉아 있는데, 몇 분 후에 다시 전화가 울렸다. 통화 버튼을 누르자 "나쓰코?" 하는 쓰키시마의 목소리가 들리더니,

"오늘은 잘 수 있겠어?"

라는 물음이 들렸다.

"늘 똑같지, 별로."

나는 대답하면서 눈물을 닦았다. 쓰키시마의 목소리를 듣자 서서히 영양분이 들어오는 것을 느꼈다. 언제까지나 이래서는 안 된다. 이런 시간은 이제 오래 남지 않았다. 알고 있다. 쓰키시마는 내년 여름에 미국으로 간다.

그런 생각을 하면서 전화 너머 들리는 목소리에 귀를 기울였다.

"나쓰코, 전화 이렇게 연결해둬도 돼. 잠이 오지 않으면."

쓰키시마의 제안에 따라 우리는 전화를 연결한 상태로 잠들었다. 귓가에 쓰키시마의 숨소리가 들리자 평소보다 조금 일찍 잠들 수 있었다.

다음 날 아침에 눈을 떴더니 전화가 여전히 연결되어 있었다. 한 달 후에 비싼 통화 요금이 청구되겠지만 지금은 생각하지 않기로 하고 나는 조심조심 전화를 끊었다.

다음 날도 그다음 날도 쓰키시마는 평소처럼 그날 무슨 일이 있었는지 말했다. 쓰키시마의 소설은 다시 색채를 되찾았고 나는 그다음을 기다렸다.

"돌아오는 길에 아빠가 집 앞 언덕에서 자고 있더라. 술에 취해서. 테디베어 같았어."

하지만 왜 이럴까, 내게는 지금 이 상황이 슬픔으로 다가왔다.

8   눈물의 맛

쓰키시마는 신주쿠에 있는 아메리칸 스쿨에 다니기 시작했다. 우리는 여전히 매일 밤 통화했지만, 통화 내용은 학교 수업이나 동급생, 선생님으로 바뀌었다.

인터내셔널 퍼시픽 스쿨이라는 이름의 학교를 쓰키시마는 '인퍼시'라고 불렀다. 그래서 요즘은 전화를 받으면 "오늘 인퍼시에 갔는데 말이야"로 시작하곤 했다.

인퍼시는 한 학년에 클래스가 세 개 있고, 위부터 화이트, 그린, 오렌지색 순서로 수준이 나뉜다. 쓰키시마는 초보자인 오렌지 클래스부터 시작했다. 인퍼시에 다니기 시작한 쓰키시마가 생각보다 즐거운 것 같아서 나는 황당했다.

"오렌지를 오렌지라고 말했더니 안 통하더라. 나쓰코, 뭐라고 말하는지 알아?"

"글쎄, 몰라."

수업 첫날, 쓰키시마는 기본적인 발음을 배웠다고 했다.

"오보다는 아였어. 아린지 같은 느낌?"

"오렌지."

"아니, 조금 더 아야. 아린지."

"발음이 되게 다르구나."

"아린지. 나쓰코, 할 수 있어?"

"……."

아린지에 이어 화이트는 와이트이고 월드는 우월드라는 발음도 가르쳐주었지만 나는 점점 의기소침해져서 가능하면 발음 얘기를 피하게 됐다.

어느 날, 우리는 하굣길에 시부야에서 만나기로 했다. 하치코 동상 앞, 시계 아래에서 집합. 위치를 정확하게 지정하는 이유는 하치코 동상 앞이 생각보다 넓기 때문이다. 시간에 딱 맞춰 만난 우리는 스크램블 교차로 앞에서 신호를 기다리는 사람들 뒤에 줄을 섰다.

"생각보다 학교에 잘 다니는 것 같네."

"뭐. 다른 사람들도 다 독특해서."

파란불로 바뀌자 쓰키시마와 나란히 걸었다. 인퍼시는 학생 수가 적어 한 반에 열다섯 명 정도라고 했다.

"학교에 어떤 사람들이 다녀?"

"단순히 영어를 공부하러 온 녀석이랑 그렇지 않은 녀석."

"그렇지 않은 녀석?"

"굳이 말하자면 괴짜 같은 녀석. 일반적인 학교에 가기 싫어서 온 녀석이야."

"네 친구가 있네."

나는 웃었다. 어쨌든 즐겁게 다니는 모양이다.

스타벅스 위의 거대한 전광판에서 음악 순위가 차례차례 발표되었다. 이번 주 1위는 SMAP의 〈세상에 하나뿐인 꽃〉이었다.

"같은 반에 소우라는 녀석이 튀어. 고독한 눈빛이 멋있어."

"와, 만나보고 싶다."

"그 『도그·도그·도그』*라는 만화 주인공처럼 괴팍한 녀석인데, 가끔 야한 농담을 직설적으로 하곤 해."

센터거리를 가로질렀다. 센터거리에는 호객꾼도 있고 바닥에 앉은 사람들도 있어서 다들 움직이는 속도가 제각각이었다. 그 사이를 지나 자연스럽게 HMV로 들어갔다.

들어가면 바로 있는 신보 코너 앞에 서서 쓰키시마는 헤드폰을 끼고 노래를 듣기 시작했다. 나는 눈에 띄는 외국 아티스트의 앨범을 들어보았다. 팝송을 들을 기회가 없던 나는 어떤 노래를 들어도 새로운 음악처럼 들렸다.

✦ 소설가 하나무라 만게쓰가 쓰고, 만화가 사소우 아키라가 그린 만화. 주인공은 초등학생 때 부모님이 살해를 당한 과거가 있는 남성으로, 감정 변화가 없고 괴팍한 캐릭터여서 조직 폭력배도 그를 멀리한다.

"오프스프링, 알아?"

뒤에서 쓰키시마의 목소리가 들렸다. 고개를 들어 보니 내가 지금 듣는 앨범의 아티스트 이름이었다.

"몰라. 그런데 멋있다."

한쪽 귀에서 헤드폰을 벗으며 대답하자, 쓰키시마는 양손으로 내 귀에서 헤드폰을 벗겨내더니 자기 귀에 썼다. 음악이 시작되자 리듬에 맞춰 몸을 흔들었다.

펑크 록을 좋아하게 된 것은 고등학교 입학 무렵이라고 쓰키시마는 말했다.

일그러진 기타 소리와 보컬의 걸걸한 음색. 저음이 강조된 베이스와 땀이 이쪽까지 튈 것 같은 드럼.

"좋다, 역시. 진짜 멋있어."

쓰키시마가 만족스럽게 말했다.

전부 다 지루하다고 투덜대지만 쓰키시마에게 음악은 아주 소중한 것 같았다. 소중하지 않다면 사지도 못하는 CD를 들으러 매번 HMV에 오지는 않을 테니까.

그러나 CD는 비싸다. 우리는 늘 그랬듯이 아무것도 사지 않고 HMV를 나와 계단을 내려갔다.

"새 학교에 마음에 드는 여자애는 없어?"

전에도 좋아하는 애가 있다는 소리를 듣고 마음이 뒤숭숭했는데, 쓰키시마는 고등학교를 그만둔 뒤로는 그 여자애를 거의 언급하지 않았다. 어쨌든 쓰키시마가 또 새로운 환경에 들어갔으니 정찰하고 싶은 마음이 모락모락 피어올랐다.

쓰키시마는 시선만 위로 올려 생각했다.

"지금은 마음에 드는 애가 딱히 없어. 그래도 하나 위 클래스에 다니는 마리코라는 애가 나를 좋아하는 것 같아."

"왜 그렇게 생각하는데?"

"얼마 전에 나랑 같은 반인 애의 집에 학생들 여럿이 놀러 가서 잔 적이 있거든. 그때 마리코가 나를 덮쳤어."

나는 쓰키시마의 말에 놀라 배스킨라빈스 앞에서 걸음을 멈췄다.

"덮쳤다고?"

"다들 잠이 든 뒤에 가까이 다가오더라."

"그날 처음 만났는데?"

또 이런다. 나는 왜 이런 걸 묻는 거지? 두 사람의 모습이 생생하게 떠오를 것만 같아 나는 황급히 아이스크림 메뉴를 응시했다. 그러나 색색의 아이스크림은 사랑스러운 여자애를 떠올리게 하는 색 조합이어서 공연히 이상한 생각만 번쩍번쩍 떠올랐다. 마리코. 미인일까. 나이는 몇 살일까. 아이스크림 빛깔의 망상에 사로잡힌 나는 돈키호테 쪽으로 서둘러 걸었다.

쓰키시마가 뒤에서 말을 걸었다.

"나쓰코, 화났어?"

"화 안 났어."

"야, 샌드위치 먹자."

예상한 대답과 전혀 다른 말이 돌아와서 나는 걸음을 멈췄다. 뒤를 돌아보자, 쓰키시마는 싱글벙글 웃는 얼굴로 '블랙 브라운'이라고 적힌 레스토랑 간판을 가리키고 있었다.

정말이지 저 녀석은. 나는 한숨을 쉬었다. 체념 비슷한 감정을 느끼긴 해도 어째서인지 쓰키시마에게 분노라는 감정을 느끼지는 않는다.

나는 발걸음을 돌려 레스토랑 계단을 내려갔다. 레스토랑이 지하에 있었다.

"나쓰코한테 꼭 맛보여주고 싶은 메뉴가 있거든."

쓰키시마는 웨이터에게 로스트비프 샌드위치를 두 개 달라고 주문했다. 쓰키시마는 대체 무슨 생각을 하고 있을까? 나는 떨떠름한 기분으로 자리에 앉았다.

"이런 가게는 어떻게 알았어?"

"고등학교 친구가 알려줬어."

시부야에서 불쑥 들어갈 가게를 아는 것만으로도 쓰키시마가 어른처럼 보였다. 가격이 걱정이어서 메뉴를 살펴봤는데 생각보다 저렴해서 안심했다. 내 용돈으로도 충분히 낼 수 있는 금액이었다.

"그렇게 걱정 안 해도 돼."

로스트비프 샌드위치를 기다리는 동안 쓰키시마가 말했다. 걱정 안 해도 돼. 이게 로스트비프 샌드위치의 가격에 관한 건지 마리코 일인지, 쓰키시마의 말투만 듣고도 알 수 있다.

"나는 걱정할 권리도 없잖아."

나는 항의하는 마음을 담아 테이블에 팔꿈치를 올렸다. 내가 걱정할 줄 뻔히 알고 말했으면서 걱정하지 않아도 된다고 말한다. 제멋대로다.

"나는 언제나 나쓰코랑 있잖아. 그게 전부야."

쓰키시마는 말을 마치고, 웨이터가 가져온 물을 단숨에 마셔 잔을 비웠다. 물을 잃은 얼음덩어리가 녹아서 부드러운 곡선을 그렸다.

전부란 대체 뭘까?

쓰키시마가 미국으로 떠나기 전까지의 시간. 하굣길에 시부야에서 만나 음악을 듣고 집으로 돌아간다. 가끔 DVD를 빌리고 말의 의미를 생각하는 게임을 함께하고 다른 여자애 얘기를 들으며 질투한다.

우리의 전부. 이름을 붙일 수 없는 우리 관계의 전부.

"이거야, 이걸 맛보여주고 싶었어."

잠시 후, 로스트비프 샌드위치가 나왔다. 얇은 로스트비프가 양상추와 함께 비죽 삐져나왔다. 그것을 덮은 얇은 식빵 토스트는 로스트비프 소스를 머금어 약간 갈색을 띠었다.

나는 우울한 얼굴로 빵을 입에 물었다. 그러나 한 입 먹자마자 눈이 휘둥그레졌다. 내 시선이 쓰키시마와 마주쳤다. 쓰키시마 역시 눈을 커다랗게 뜨고 있었다.

"맛있어!"

입을 모아 외치는 것, 이것이야말로 전부일지도 모른다는 생각이 들었다. 이렇게 말로 표현하면 왠지 바보 같긴 하지만.

"맛있지."

쓰키시마가 입을 우물우물 움직이며 기쁘게 말했다.

"맛있다."

나도 그와 함께 빵과 로스트비프를 맛보았다.

행복이란 어떤 감정을 말할까? 나는 생각했다. 양파의 산미가 밴 소스의 맛이 입 안을 가득 채웠다. 어쨌든 이것도 하나의 행복임은 분명하다.

평소처럼 말의 의미를 같이 생각하는 게임을 시작하고 싶었다. 쓰키시마가 어떻게 대답할지 상상하며 빵을 하나 가득 물었다.

저기, 행복은 어떤 말로 표현하면 좋을까?

어떤 감정을 행복이라고 부를까?

그러나 빵을 삼킨 후에도 나는 로스트비프 샌드위치를 손에 든 채 물어보지 못했다.

도저히 말이 나오지 않았다.

좋아하는 사람과 맛있는 것을 먹는다. 이것은 행복일 텐데, 분명 그럴 텐데 울고 싶을 만큼 슬프기도 했다.

9   쓰키시마의 집

"안녕하세요. 나쓰코예요. 유스케 있나요?"

초인종을 누르고 말하자 달칵 수화기를 내려놓는 소리가 들리고 대신에 문이 열렸다. 쓰키시마의 아버지가 서 있었다.

"지금 편의점에 갔다. 자, 들어오렴."

"죄송합니다. 잠깐 실례하겠습니다."

쓰키시마는 아버지와 어머니, 여동생이 두 명 있는 다섯 식구이다. 문을 열어준 아버지의 발아래에는 바쁘게 움직이는 고양이도 두 마리 있었다. 두 마리는 내 모습을 확인하고 원래 있던 위치인지 거실로 돌아갔다.

거실로 간 나는 소파에 앉았다. 고양이가 긁은 자국이 여기저기 있었고 커버의 실밥이 튀어나와 있었다.

"곧 미국으로 간다니 왠지 실감이 나지 않아요."

내가 어색한 분위기를 못 이겨 입을 열자, 쓰키시마의 아버지도 곤혹스러운 표정을 지었다.

"그러게 말이다. 그 녀석, 준비도 전혀 안 하는 것 같던데 갈 마음이 있기나 한 건지."

"저한테는 준비한다고 했어요."

내 말에 아버지의 눈이 커졌다.

"응? 아니야. 전부 거짓말일 거다. 필요한 것을 사자고 해도 거기 가서 사겠다면서 쇼핑도 안 하려고 드는걸."

쓰키시마의 아버지는 쓰키시마와 별로 닮지 않았다. 곰처럼 커다란 체형과 편안함이 느껴지는 굵은 목소리. 선글라스를 쓰면 마피아처럼 보일 것 같다.

"기타를 가지고 가겠다고 했어요."

"기타 말고는 가지고 갈 마음이 없는 것 같아. 그건 내가 사 준 거란다."

아버지는 조금 기쁜지 웃고는 냉장고에서 재스민 티를 꺼내 마셨다. 내가 쳐다보는 것을 깨닫고, 아버지는

"아, 차를 좀 드시겠습니까?"

하고 갑자기 존댓말을 쓰며 차가 담긴 병을 어색한 몸짓으로 보여주었다. 나는 괜찮다고 하고 웃으며 손을 저었다.

쓰키시마에게 기타란 무적이 되거나 무아지경으로 빠지는 대상이 아니라 어디까지나 노래할 때의 반주에 불과했다.

연습도 거의 안 해서 연주 실력도 나아지지 않았다.

그래도 어려운 코드를 치지 못하는 대신에 자기가 칠 수 있는 간단한 코드로 오리지널 곡을 만들어 불러서 인상적이었다.

"나쓰코는 고등학교 생활 어떠니? 음악 고등학교였지."

"학교 자체는 별로 좋지 않지만 중학교랑 비교하면 재미있어요. 음악 과목이 잔뜩 있으니까요."

"그러니? 그거 다행이구나. 유스케도 뭔가 찾아냈으면 좋겠는데."

"그래도 아메리칸 스쿨은 즐겁게 다니니까요."

땀을 흘리는 아버지와 함께 재스민 티가 담긴 잔도 땀을 흘렸다.

"음, 친구들도 다 나쁜 친구들 같아서. 유스케 녀석에게는 맞는 것 같다만."

나는 '저도 그렇게 생각해요'라는 의미를 담아 웃었다.

아메리칸 스쿨에 입학하라고 권한 것은 쓰키시마의 아버지였다. 아버지는 거실 의자에 앉아 텔레비전을 보기 시작했다. 간식이라도 바라는지 아버지가 움직이자 두 마리 고양이가 발 근처에서 어슬렁어슬렁 오갔지만, 텔레비전을 보며 웃기만 하고 상대해주지 않자 다시 원래 있던 자리로 돌아갔다.

쓰키시마의 미국행을 들은 날, 내가 제일 먼저 느낀 것은 강렬한 쓸쓸함이었다. 앞으로 어떻게 살아야 할지 모르겠는 절망과도 비슷한 쓸쓸함을 느꼈다.

그러나 뒤를 이어 찾아온 것은 의심이었다. 쓰키시마의 유학은 나와 쓰키시마의 거리를 떨어뜨리려는 수단일지도 모른다는 의심이었다.

쓰키시마의 부모님은 내게 아주 친절하다. 그러나 속으로는 내가 쓰키시마 곁에 없는 편이 낫다고 생각하는 것 같아서 불안하다. 딱히 무슨 소리를 들은 것도 아닌데 이런 생각을 하는 이유는 나도 자각하고 있기 때문이다.

쓰키시마와 있으면 종종 나를 잘 모르겠다. 대화하다 보면 지금까지 몰랐던 내가 끌려 나와서 나도 몰랐던 나와 대치하게 된다.

언젠가 내가 쓰키시마와 통화하는 모습을 보고 엄마가 무섭다고 말한 적이 있다.

"꼭 뭐에 쓰인 것처럼 끝도 없이 얘기를 하더라니까……."

엄마는 이렇게 말했다. 그리고 내가 쓰키시마와 시간 가는 줄도 모르고 대화하는 것을 싫어했다. 아무리 엄마가 싫어해도 계속 대화하는 우리를 보며 불쑥 이런 소리도 했다.

가끔은 뭔 저주를 받은 것 같다는 생각도 들어.

이렇듯 우리 사이에는 뭐랄까, 부모가 보기에 떨어뜨려 놓아야 한다고 생각하게끔 하는 무언가가 있나 보다.

나는 미국 유학을 계획한 쓰키시마의 아버지를 살피며 나를 어떻게 생각하는지 추측해보려고 했다. 쓰키시마도 아버지나 어머니에게 무슨 경고를 듣지는 않았을까? 쓰키시마의 아버지는 여전히 텔레비전을 보며 이따금 낮게 웃었다.

말없이 소파에 앉아 있는 내 존재가 거북한지, 쓰키시마의 아버지는 시계를 보고 영 늦는다고 중얼거리며 자리에서 일어났다.

그리고 앉아 있던 의자 앞 테이블에 놓인 원고용지 두 장을 내게 건네주었다.

"며칠 전에 유스케가 그린 그림 따위를 정리하다가 중학교 때 쓴 작문이 나왔단다."

쓰키시마가 중학교 2학년 때 쓴 작문이었다. 나는 반으로 접힌 원고용지를 받아 펼쳐 보았다.

정신없고 서툰 글자가 누가 봐도 사내애 글씨 같았다. 제목은 '여름방학'이었다.

"참 그 녀석답달까……."

아버지는 혼잣말처럼 중얼거리며 곤란한 표정으로 웃었다. 무슨 뜻인지 궁금해 원고용지를 읽은 나는 눈을 의심했다.

'많은 일이 있었던 여름방학이었다. 그러나 뭘 해도 즐겁지 않은 이유는 뭘까.'

작문은 이런 문장으로 끝을 맺었다.

가슴이 술렁술렁 소리를 냈다. 나도 쓰키시마에게 이와 비슷한 말을 들은 적이 있다. 전부 지루해. 다들 뭐가 그렇게 재미있어서 인생을 사는지 도무지 모르겠어.

나는 미심쩍은 마음을 떨치려고 다시 처음부터 작문을 읽어 내려갔다. 그때 거실 문이 열렸다.

"어, 옛날 걸 읽고 있네."

쓰키시마가 눈을 가늘게 뜨고 말했다. 편의점 봉지에서 컵라면과 페트병을 꺼냈다.

아버지가 일어나 쓰키시마에게 뭐라고 말했다. 쓰키시마는 음료를 마시며 뭐라고 대답했다. 그러나 또렷하게 들리지 않았다. 혼란스러웠다. 가슴이 요동쳐서 나는 심장 부근에 손을 댔다.

왜 뭘 해도 즐겁지 않을까.

쓰키시마는 예전부터 변한 것이 없다. 중학교 2학년 때부터 미국에 가려는 오늘까지, 전혀 변하지 않았다.

계속 같은 질문을 반복했으나 그 문제를 여전히 해결하지 못했다.

정말 괜찮을까? 불안해서 쓰키시마를 올려다보자, 테이블에 올려놓은 원고용지가 선풍기 바람을 맞아 팔랑팔랑 바닥으로 떨어졌다.

피아노를 연습하던 손을 멈추고 전화를 받자 쓰키시마가,

"나쓰코도 같이 갈래?"

라고 말했다. 뜬금없어서 무슨 소리인지 이해하지 못했다.

"어디를?"

"어디긴, 미국이지."

"누가?"

"누구긴, 나쓰코지."

나는 피아노 의자의 긴 등받이에 기대 고개를 꺾었다. 천장 조명이 눈부셨다.

"……그런데 나는 학교가 있잖아?"

일단 당연한 대답을 했다. 그러자 쓰키시마는,

"내가 갈 때 우리 가족도 일주일쯤 여행을 할 거래. 그때 같

이 가자는 거야. 7월이니까 여름방학이잖아."

라고 설명했다.

나는 원래 자세로 돌아와 보면대에 놓인 쇼팽의 에튀드 op.10-8의 악보를 보았다. 요즘 쓰키시마와 통화하면 연습해야 한다는 생각이 떠올라 초조해진다. 오른손이 고속으로 움직이는 이 아름다운 에튀드 악보는 가만히 뜯어보면 마치 미로 같다.

"가고 싶지만……."

"그럼 가면 되잖아."

"그렇게 간단한 문제가 아니잖아……."

"왜?"

"그야 미국이잖아?"

"그렇지."

쓰키시마와 대화하다 보면 미국 여행쯤은 별것 아니라는 생각이 들어 신기했다.

"그래도 나는 당연히 그럴 돈이 없으니까 엄마한테 상의해야 하잖아. 얼마나 들지 상상도 안 돼. 다녀오라고 허락할지 모르겠어……."

"우리 가족은 나쓰코를 데리고 가도 된다고 했어."

"어…… 조금 의외다."

"뭐가?"

"나랑 네가 같이 있는 거 안 좋게 생각하시는 줄 알았거든."

나는 솔직하게 속을 털어놓았다. 그런데 쓰키시마는 "뭐, 그럴 수도 있겠네"라고 남 얘기하듯이 대꾸하고는 갈 거면 빨리 정하라는 말을 남기고 전화를 끊었다. 쓰키시마는 부모님이 어떻게 생각하거나 말거나 나만큼 걱정하지는 않나 보다.

미국이라……

내 세계의 대부분은 도쿄와 할머니 집이 있는 오사카로 이루어졌기에 갑자기 미국에 가자고 해도 실감이 나지 않았다.

나는 당연히 반대하리라 예상하며 빨래를 너는 엄마에게 말을 꺼냈다. 그런데 엄마는 내 예상과 반대로,

"글쎄, 쉽게 가라 하긴 어렵지만 이런 기회도 잘 없으니까. 이제 고등학생이기도 하고 쓰키시마 부모님께 폐 안 끼칠 거제? 그러면 엄마도 잘 부탁드린다고 연락드릴게."

라며 흔쾌히 허락해주었다. 엄마 나름대로 학생일 때 외국에서 이런저런 경험을 시키고 싶었나 보다.

미국에 갈 수 있다니……!

나는 돌발적으로 정해진 첫 외국 여행에 나도 모르게 비명을 지르며 기뻐했다.

미국행이 정해졌지만 여권 취득이 이렇게 어려운 줄은 몰랐다.

드라마나 미스터리 소설에서나 봤던 호적 등본이나 주민표를 떼러 구청에 가고, 건강보험증과 학생 수첩을 복사하고 증

명사진을 찍고, 각종 서류에 이름과 주소를 쓰고 부모님의 서명을 받고…… 하여간 끝도 없는 공정을 마치고 드디어 여권을 손에 넣었다.

나는 간신히 얻은 여권을 바라보며,

"이거 말고 더 준비할 게 있나?"

하고 쓰키시마에게 물었다. 여권의 단단한 종이를 만지니 만족스럽고 뿌듯했다.

"옷 같은 거?"

"옷이야 당연히 가지고 가지."

그런 걸 묻는 게 아니지 않냐며 나는 볼을 부풀렸다.

"나는 필요한 건 거기서 살 생각이라서."

"그래? 그래도 있는 건 가지고 가면 좋잖아?"

"그냥 됐어. 꼭 필요한 것도 없고."

쓰키시마는 이렇게 무기력한 소리를 늘어놓기만 할 뿐 준비라곤 전혀 하지 않았다.

오히려 내 쪽이 더 흥분했을 것이다. 쓰키시마의 언동과 마찬가지로 현실감 없는 여행 가방 안은 결국 출발 일주일 전까지도 텅텅 빈 채로 방구석에 방치되었다.

일본에서 지내는 마지막 일주일이 다가왔다.

나는 뭘 할 때마다 '이게 마지막'이라는 제목을 붙여 그 시간을 소중하게 보내려고 했다.

마지막으로 DVD를 빌리러 가자, 마지막으로 산책하러 가자, 마지막으로 피자를 배달시켜서 먹자. 이 점은 쓰키시마도 나와 비슷해 보였다.

마지막 영화관. 마지막 회전 초밥. 마지막을 앞에 붙이면 매번 울고 싶은 기분이 몰려왔다.

맛있다, 맛있지. 이런 맞장구가 돌아오는 것도 마지막이라고 생각하면 마치 이번 생의 영원한 이별 같은 기분이었다.

"나 정말로 기타만 있으면 돼."

몇 번이나 이루어진 '마지막' 의식도 결국 끝나버렸다. 출발 당일, 쓰키시마는 텅 빈 여행 가방과 기타를 들고 공항에 왔다.

바람이 불면 쓰러질 것 같은 쓰키시마의 짐처럼, 쓰키시마는 공항 안을 비틀비틀 돌아다녔다. 이것도 '마지막'임을 깨달았다. 나는 쓰키시마의 조금 뒤에서 금방이라도 쓰러질 것 같은 등을 바라보며 비행기에 올라탔다.

자리에 앉아 잠깐 숨을 돌리자 기내식 준비가 시작되었다.

이코노미석에는 일본인과 외국인 승무원이 여러 명 있었다. 일본인 승무원이 담당해주면 좋겠다고 바랐는데, 내 희망 사항과 반대로 외국인 승무원이 다가왔다. 몇 열 앞에 앉은 사람들에게 뭔가 묻고 손에 든 수첩에 적었다.

"혹시 피시 오어 치킨일까?"

나는 미리 『처음 떠나는 외국 여행』이라는 책을 읽고 공부했다. 기내식은 생선과 닭고기 중에서 선택할 수 있다고 한다.

"아마도?"

쓰키시마도 걱정스럽게 외국인 승무원 언니를 바라보았는데 역시 내 짐작이 틀리지 않았다. 앞 열의 사람이 "치킨, 치킨" 하고 반복해서 말하는 소리가 들렸다. 긴장됐다.

"Hi, what would you like to have? Chicken or fish?"

앞부분은 알아듣지 못했지만 치킨과 피시만은 똑똑히 들려서 나는 이미 만족했다. 나, 지금 알아들었어.

두근두근 뛰는 가슴으로 치킨이라고 대답하자, 옆에 앉은 쓰키시마도 "치킨, 플리즈"라고 말했다.

"Would you like something to drink?"

한시름 놓았는데, 다음 열로 이동할 줄 알았던 승무원 언니가 또 뭐라고 말했다. 예상하지 못한 사태에 눈을 동그랗게 뜨자 승무원 언니가 다시 한번,

"Would you like something to drink?"

하고 물었다. 나, 지금 전혀 못 알아들었어. 식은땀이 났다.

"Coffee, green tea, juice, water."

내가 바짝 굳어도 승무원 언니는 전혀 당황하지 않고, 자기가 끌고 온 카트 위에 있는 여러 음료수를 하나하나 오른손으로 들어 보이고 마지막으로 "어떻게 할래?"라는 제스처를 양손으로 표현했다.

나도 쓰키시마도 당황해서 "주스"라고 대답하자, 이번에는 종이 팩 두 개를 들어 보였다.

"Orange or apple."

고민하는 내 옆에서 쓰키시마가 아린지라고 말했다. 지금 이 상황에서 아린지라니. 나는 귀찮아서 오렌지의 올바른 발음을 배워두지 않은 것을 아주 조금 후회했다. 왠지 쓰키시마 앞에서 아린지라는 발음을 하기 싫어서 나는 사과를 가리켰다. "아포?"라고 묻는 언니에게 예스라고만 대답했다. 치킨과 예스만 말했는데 완전히 지쳐버렸다.

중학생 때 먹던 급식 같은 식사가 나왔다. 따뜻한 치킨에 빵과 샐러드. 별로 맛있진 않았지만 처음 먹는 기내식에 흥분했다.

"맛있다."

그렇게 말하며 버터를 바른 빵을 우물우물 먹었다. 옆에서 쓰키시마가 "응, 맛있네" 하고 고개를 끄덕였다. 누군가와 맛있다는 대화를 나누며 먹으면 밥은 맛있어진다.

내 방에서도 잠을 잘 자지 못하는 나는 기내에서 한숨도 자지 못하고 미국 공항에 도착했다. 미국은 아침이었다. 아침 햇살이 내리쬐는 비행장에는 이국의 달콤한 냄새가 감돌았다.

밤을 꼬박 새워 무거운 몸을 이끌고, 나는 색깔이 다양한 과자와 피자 가게, 영어로 적힌 책만 잔뜩 꽂힌 서점을 바라보았다.

"드디어 왔네……."

쓰키시마가 이쪽을 보고 말했다.

"그런 것 같네……."

이 순간을 기억해두려고 온몸의 감각에 집중하는데, 쓰키시마의 어머니가 어깨를 두드렸다. 나는 여행 가방을 끌고 쓰키시마 가족과 함께 호텔로 가는 택시를 탔다.

호텔에 짐을 두고 택시로 돌아오자, 쓰키시마의 아버지가 운전사에게 영어로 목적지를 말했다. 아웃렛이라는 단어가 들려서 택시가 지금부터 아웃렛에 간다는 것을 알았다.

쓰키시마 가족은 쇼핑을 좋아한다. 목적지에 도착하면 가족들은 각자 취향에 맞는 가게로 뿔뿔이 흩어지겠다고 했다. 나는 딱히 갖고 싶은 물건이 떠오르지 않았고 아웃렛에서 뭘 사야 하는지도 몰라 쓰키시마를 따라다니기로 했다.

옷가게에 들어간 쓰키시마는 곧바로 쇼킹핑크 운동화를 손에 들었다. 괴상망측한 색이었다. 그런 색의 신발을 사본 적 없는 나는 어떤 옷과 맞춰 입어야 하는지 상상도 되지 않았다.

쓰키시마는 고민이 되는지 고개를 갸웃거리며 분홍색 운동화를 신고 한참이나 거울을 살폈다. 무슨 생각을 하려나 구경하는데, 마침내 결심했는지 계산대로 향했다.

신발을 손에 넣은 쓰키시마는 가게를 나오자마자 상자에서 번쩍번쩍하는 운동화를 꺼냈다. 그리고 지금 신은 낡아빠진 운동화로 새 운동화를 짓밟기 시작했다.

"더러워지는데 괜찮겠어……?"

나는 불안해서 참견했다. 깨끗한 신발을 지저분한 신발로 밟는 모습을 보니 불안해졌다.

"구멍이 뚫릴 정도로 낡아야 더 멋있거든."

그 분홍색 운동화는 확실히 쓰키시마에게 잘 어울렸다. 그러나 일본에서 본 적도 없는 분홍색 운동화를 신은 쓰키시마가 왠지 다른 사람처럼 보여서 나는 묘하게 불편했다.

한바탕 관광을 하고 마지막 날에는 디즈니랜드에도 갔다.

디즈니랜드 벤치에서 짐을 지키고 있는데, 쓰키시마의 여동생들이 목에 뭔가 잔뜩 걸고 돌아왔다. 목걸이였다. 배꼽 근처까지 내려오는 긴 목걸이는 어린이용 플라스틱 비즈로 만든 것이었다.

"그거 뭐야?"

"저기 있는 피에로한테 말을 걸었더니 줬어. 나쓰코 언니도 같이 받으러 갈래?"

여동생들을 따라가 나도 플라스틱 목걸이를 받았다. 긴 막대기를 탄 피에로가 내 목에 선명한 보라색과 반질반질한 녹색 목걸이를 몇 개나 걸어주었다. 왠지 신기한 기분이었다. 평소 목걸이를 갖고 싶다는 생각을 한 적도 없는데.

쓰키시마의 가족과 지내면서 새로운 나를 발견했다. 여동생들과 함께 목걸이를 찰랑거리며 걷는 나. 여자애와 함께 귀여운 것으로 꾸민 나. 나는 기쁘기도 하고 부끄럽기도 한 기분으로 짐을 둔 곳으로 돌아왔다.

"귀여운 걸 했네."

쓰키시마는 목걸이를 보고 아주 자연스럽게 '귀엽다'고 말했다. 오빠라는 존재를 모르는 내게는 매우 신선하게 들렸다. 오빠가 있으면 평소에 이렇게 다정하게 대해주나? 쓰키시마의 여동생들이 조금 부러웠다.

나는 쓰키시마 가족과 며칠간 함께 다니면서 가족이라는 집단도 제각각 다르다는 것을 깨달았다. 쓰키시마의 여동생들과 엄마가 마치 자매처럼 여자 셋이서 수다를 떠는 것도 신선했다.

"사진을 찍자."

마음껏 놀고 돌아가는 길에 주차장에서 쓰키시마의 아버지가 말했다. 쓰키시마의 가족은 며칠간 미국에 더 머물지만 나는 먼저 일본으로 돌아간다.

내가 일본으로 돌아가기 전에 미국에서 사진을 찍자는 아버지의 배려였다.

"주차장에서?"

쓰키시마의 어머니가 재미있다는 듯이 웃었다. 모처럼 찍는 사진인데 하필 주차장이냐는 의미였다. 쓰키시마의 어머니가 웃자 아이들도 웃음을 터뜨렸다. 아이들이 웃자 아버지도 웃었다.

"저쪽에 서면 야경이 예쁘게 보일 것 같아서."

주차장은 콘크리트지만 차를 세워둔 곳에서 제일 멀리까지 걸어가면 아름다운 야경이 보였다. 콘크리트 기둥으로 네모나게 잘린 로스앤젤레스의 야경이었다.

"와, 정말 예쁘다."

"그럼 찍을까?"

나와 쓰키시마는 벽까지 걸어갔다. 그러자 또 마음속에서 '마지막'이라는 단어가 나타났다. 마지막 사진. 그 생각과 동시에 불안감이 주렁주렁 솟구쳐서 토할 것 같았다. 꾹 참자 입에서 시큼한 맛이 났다.

"자, 치즈……."

쓰키시마의 아버지가 보낸 신호와 함께 카메라가 찰칵 소리를 냈다. 나의 미국 체류가 끝나는 신호였다.

돌아오는 차 안은 조용했다. 나는 묵묵히 디지털카메라의 데이터를 한 장 한 장 살펴보았다. 공항에 막 도착해 잠이 덜깬 가족들, 분홍색 신발을 구겨 신은 쓰키시마, 비즈 목걸이를 목에 건 나. 사진들 제일 마지막에 로스앤젤레스 야경을 배경으로 찍은 사진이 있었다.

손이 멈췄다.

다시 불안감이 차올랐다.

그 사진에는 당장에라도 울음을 터뜨릴 표정으로 웃는 쓰키시마가 찍혀 있었다.

우리는 로스앤젤레스 공항으로 향했다. 나는 일본으로, 쓰키시마는 가족과 함께 앞으로 생활할 홈스테이 집으로 간다. 쓰키시마 가족은 며칠 뒤에 일본으로 돌아온다고 했다.

공항으로 가는 차에서 이제부터 이별을 해야 하는 나는 마지막에 무슨 말을 할지 고민했다. 열심히 해, 일까. 잘 다녀와, 일까. 또 보자, 이쪽이 어울릴 것 같기도 하다.

차가 공항에 도착하자, 쓰키시마의 아버지와 운전사가 짐을 내려주었다. 지금부터 일본으로 돌아가는 나와 목적지가 다르므로 서로 다른 터미널로 가야 한다. 나는 여행 가방 손잡이를 움켜쥐고, 고민했던 이별의 말 중에서 하나를 선택하려고 했다.

그러나 아무것도 떠오르지 않았다.

쓰키시마 역시 말이 없었다.

말없이 멈춰 선 나와 고개를 푹 숙인 쓰키시마를 보고, 쓰키시마의 어머니가 걱정스럽게 손을 흔들었다.

"그럼…… 우리는 갈게. 나쓰코도 조심해서 가렴."

어머니를 따라 아버지와 여동생들도 손을 흔들었다. 나도 응답하려고 손을 흔들었다. 그 모습을 지켜보던 쓰키시마는 퍼뜩 놀란 표정으로 나를 보더니, 긴장했는지 딱딱하게 굳은 몸으로 아무 말 없이 가족의 뒤를 따라 걸어갔다.

쓰키시마가 한 걸음 또 한 걸음 멀어졌다. 그는 인파에 섞여 이따금 이쪽을 돌아보았다. 나는 한동안 보지 못할 쓰키시마를 기억하려고 눈도 깜박이지 않고 지켜보며 양손을 흔들었다. 또 봐, 라고 입으로 형태를 그렸다. 쓰키시마는 그에 대답하듯이 두세 번 고개를 끄덕였다.

쓰키시마 가족의 모습이 보이지 않자, 망가진 자동판매기처럼 눈에서 눈물이 한 방울씩 뚝뚝 떨어졌다.

"아……."

내 세계 속의 무언가가 변했다. 완벽하게 변했다. 그 사실을 생생하게 알아차렸다. 주위를 둘러보았지만 아무도 없었다. 나는 실감했다. 쓰키시마는 이제 없다.

순간 온몸이 찢어지는 듯한 아픔이 덮치며 세계가 빙그르르 회전했다.

갑자기 토할 것 같아서 나는 신음하며 화장실로 갔고 그대로 토했다. 울면서 토했더니 내 몸 안의 모든 것이 다 사라지는 기분이었다.

화장실 안에서, 즐거웠던 추억이 주마등처럼 머릿속을 빙글빙글 돌았다. DVD를 빌리러 가던 밤길. 같이 걸었던 다마강으로 가는 산책로. DVD는 빌릴 수 있고 다마강도 혼자서 갈 수 있다. 그러나 이제 말의 의미를 생각하는 게임은 할 수 없고, 잠이 오지 않는 밤에 계속 통화해도 된다는 목소리도 듣지 못한다. 피아노를 치느라 방에서 나오지 않는 나를 밖으로 끌고 나와 줄 사람은 이제 없다.

쓰키시마는, 이제 없다.

나는 돌아오는 비행기에서 나온 기내식에 거의 손을 대지 않았다. 맛있다고 대꾸해줄 사람이 사라지자 기내식은 아무런 맛도 없었다.

약 열 시간이 걸린 비행시간을 담담히 보냈다. 나는 잠을 자지 않고 비행기가 지도 위를 날아가는 영상을 멍하니 바라보았다.

일본에 도착해 휴대전화의 전원을 켰다.

아직 쓰키시마에게서는 연락이 오지 않았다. 나는 술렁술렁 불안한 마음을 안고 집으로 돌아왔다.

"미국은 어땠노?"

엄마가 거실에서 기다리고 있었다. 나는 짐을 내려놓고 소파에 앉았다.

"즐거웠어."

"즐거웠다고? 무슨 초등학생 감상문이가. 자세히 말해봐라. 거기에 돈이 얼마나 들었는지 아나?"

엄마는 역시 활발한 간사이 사람이다. 침울해져서 돌아온 딸에게 틈을 주지 않고 공격을 퍼붓는다.

엄마는 냉장고에서 맥주를 꺼내 잔에 콸콸 따랐다.

"쓰키시마는 열심히 하겠드나?"

"몰라. 내가 아닌데 어째 알겠노."

열심히 할 것처럼 보이지 않았다는 말은 못 하니까 어설픈 사투리로 대충 대답하고 다시 휴대전화를 보았다. 문자 없음.

"니도 대학 가려면 그래 놀면 안 된다. 미국까지 보내줬드만."

"알았다고."

나는 거실에서 나와 내 방으로 갔다. 그날 밤, 휴대전화를 계속 확인했지만 결국 문자는 오지 않았다.

처음 보는 번호로 전화가 걸려 온 것은 그로부터 사흘 후였다. 국제전화일지도 모른다. 내 심장이 요동을 쳤다. 쓰키시마와 하루가 멀다 하고 통화했지만 국제전화로는 처음이었다.

"네, 여보세요?"

얼른 전화를 받자 생기 없는 목소리가 들렸다.

"아아, 여보세요."

너무도 느릿느릿한 '아아, 여보세요'였다. 나는 이마에 맺힌 땀을 휴지로 살그머니 닦았다.

전화를 건 주인은 이어서 느릿느릿,

"일본에 무사히 도착했어?"

하고 물었다. 쓰키시마다. 평소 통화하던 말투를 세 배쯤 늘린 말투였다.

"당연하지. 벌써 사흘 전에 도착했어."

나는 걱정돼 미칠 지경이었던 감정을 단숨에 토하지 않으려고 심호흡을 했다. 그리고 연락이 없던 사흘간 어떻게 지냈는지 하나씩 물어보았다.

홈스테이 집까지 가는 비행기가 파업 영향으로 연착되어서 처음에는 다른 곳에 있었다는 것. 목적지에 도착한 후에도 인터넷을 사용할 환경이 마련되지 않아 연락을 하지 못했다는 것. 쓰키시마는 천천히 설명했다.

"그랬구나. 어쨌든 무사해서 다행이야……."

거기까지 말하고 말문이 막히고 말았다.

여보세요.

누군가와 오랫동안 만나다 보면 처음의 '여보세요'라는 음색만 듣고도 상대방의 정신 상태를 대충 알 수 있다. 그리고 쓰키시마가 말한 '여보세요'는 아무리 생각해도 지금까지 중 최고로 상태가 안 좋았다.

나는 무슨 말을 해야 할지 몰라 휴지를 쓰레기통에 넣고, 밝은 목소리를 꾸며 냈다.

"어때. 그쪽은?"

"아무것도 없어."

"아무것도 없는 곳이 어디 있어."

"진짜 아무것도 없어. 광활한 숲이 있는 곳이야. 밤이면 반딧
불이 플라네타륨처럼 날아다녀. 그것 말곤 없어."

"진짜 멋질 것 같은데?"

"번화가도 없고 친구도 없어. 가족도 돌아갔고."

"그래도 너는 목적이 있잖아?"

나는 불안해서 매달리듯이 빠르게 물었다. 미국에 갈 준비
를 하느라 그렇게 시간을 들였는데 돌아오라는 소리를 할 순
없었다.

"목적 같은 거 없어."

쓰키시마의 목소리가 어둠 속에서 불쑥 중얼거리듯이 울렸
다. 이 목소리를 계속 들으면 나까지 어둠 속으로 끌려갈 것 같
았다. 나는 겁이 나서 최대한 먼 곳에서 목소리를 내려고 노력
했다.

"지금은 피곤해서 그럴 거야. 아직 시차 적응도 해야 하고."

나는 공기 전체를 억지로라도 빛내려고 최대한 명랑하게 말
했다.

그러나 쓰키시마는,

"그런 거…… 아니야."

하고, 한숨 섞어 대답했다. 이어서,

"나쓰코는 몰라."

라고도 말했다. 일순간 쓰키시마가 보고 있을 풍경이 선명하게 떠올라 나는 소름이 끼쳤다. 이번에는 절벽 끝에 서서 저 아래의 바다를 내려다보며 멍하니 중얼거리는 목소리였다.

쓰키시마는 왜 이런 절망 속에 있을까. 대체 요 사흘간 무슨 일이 있었을까?

그런데 갑자기 쓰키시마가 무언가에 쫓기듯이 말했다.

"이제 가야겠다."

잠깐 기다리라고 말했지만 전화는 이미 끊겼다. 무참하게 끊긴 전화에서 뚜뚜뚜뚜 차가운 기계 소리만 작게 들렸다.

그날부터 쓰키시마는 하루걸러 한 번씩 몇 분간 전화를 걸어왔다. 그 하루걸러 걸려 오는 '여보세요'는 점점 연약해져서 일주일이 지나자 이제는 알아듣지 못할 정도가 되었다.

"식욕이 하나도 없어."

"아직 그쪽 음식에 익숙해지지 않아서 그런 거 아닐까……."

"뭘 봐도 밥을 먹어야겠다는 생각이 들지 않아."

쓰키시마의 전화는 대체로 내가 피아노를 연습할 때 걸려와서 나는 매번 피아노 의자에 앉아 쓰키시마의 이야기를 들었다. 피아노를 앞에 두면 연습해야 한다는 불안감에 휩싸이기 때문에 병행해서 쓰키시마를 걱정하기 어려웠다.

"지쳐서 그럴 수도 있지만 어쨌든 먹어야지."

나는 뻔한 소리를 늘어놓았다. 먹지 못하겠다는 사람에게 뭐든 먹어야 한다는 말은 제대로 된 충고가 아닐 것이다.

어쨌든 나는 동조하는 것이 두려웠다. 내가 힘들겠다고 말하면 쓰키시마 안에서 어떻게든 버티는 무언가가 나 때문에 무너질 것만 같아서 두려웠다.

그 정도로 쓰키시마의 목소리는 연약했다.

"괜찮아……?"

"안 괜찮아."

그래도 쓰키시마는 자신의 안 좋은 상태를 숨기지 않고 말했다.

이렇게 솔직하게 자기 속을 내보이는데도 나는 아무것도 해줄 수 없다. 나도 같이 우울해지면 쓰키시마는 만족할까?

통화를 해도 상태가 안 좋다는 얘기뿐이어서 힘들었다. 숨이 막히면 나는 일부러 화제를 바꿨다.

"홈스테이 가족들은 어때?"

"지금은 그럴 상황이 아니야."

"그럴 상황이 아니라니, 어학을 공부하고 싶었던 거잖아?"

"나는 그런 소리 한 적 없는데?"

마치 초등학교 남자애가 떼를 쓰는 목소리였다. 나는 한숨을 쉬었다.

"지금에 와서 무슨 소리야."

"지금에 와서니 뭐니 하는 문제가 아니라니까."

"있잖아, 지금은 아직 환경에 익숙해지지 않아서 그럴 거야."

나는 피아노 의자의 긴 등받이에 몸을 기대고, 내 목소리를 유지할 수 있는 안전지대를 찾으려고 했다. 그러나 쓰키시마의 목소리를 듣고만 있어도 내 에너지까지 점점 사라졌다.

먹지 못하겠어, 자지 못하겠어, 목적도 없어, 여기에는 아무것도 없어. 쓰키시마가 하는 말은 전부 '못 해, 없어'뿐이었고, 나는 그때마다 수없이 맞장구를 쳤다. 그렇구나, 힘들겠다, 마음대로 되는 건 아니구나. 피아노 연습을 해야 하는데 쓰키시마의 '없어'는 그칠 줄 모르고 이어졌다.

전화를 끊고 싶었다. 점차 피로를 느꼈다.

"내일도 내일모레도 이런 곳에서 아무 목적도 없이 살아야 한다고 생각하기만 해도 소름이 끼쳐."

쓰키시마는 울먹이는 목소리로 말했다.

"무슨 소리야. 간 지 얼마나 됐다고."

"내 감정을 판단하는 데 1년이나 2년이 필요하진 않잖아?"

이번에는 쓰키시마의 목소리가 조금이나마 또렷하게 들렸다. 멀리 떨어진 곳에 있는데도 내 방의 공기가 움찔 긴장했다.

"무슨 말이 하고 싶어?"

"나쓰코."

"응?"

"돌아가고 싶어."

나는 몸 안으로 공기를 잔뜩 들이마시고 숨을 내쉬었다. 폐 근처가 따끔따끔 아팠다. 미국에 왜 가려고 하는지 그렇게 몇 번이나 물어봤는데. 도중에 그만두지 못한다고 셀 수 없이 충고했는데. '마지막'이란 이름을 붙인 이별은 대체 뭐였을까.

제어되지 않는 짜증이 숨에서 새어 나왔다.

"그런 소리 하지 마."

나는 쓰키시마의 말을 차단하며 말했다. 대답이 없었다.

"부탁이니까. 그런 소리는 하지 마."

이번에는 애원하는 목소리로 말했다. 뚜, 하는 소리가 났다. 너무 갑작스러워서 쓰키시마가 전화를 끊었다고 이해할 때까지 조금 시간이 걸렸다. 나는 보면대 위에 천천히 휴대전화를 내려놓았다.

나는 뭐에 씐 듯이 피아노 연습에 몰두했다. 휴일에는 하루 여덟 시간은 연습하고 싶었다. 동급생 중에는 연습에 더 많은 시간을 투자하는 애도 있었다. 나는 아침에 일어나자마자 피아노 의자에 앉았다. 그러지 않으면 무의미한 생각만 할 것 같았다.

우선 스케일과 아르페지오. 장조와 단조를 전부 치면 대충 20분쯤 걸린다. 피아노를 치며 등을 최대한 둥글게 말거나 어깨를 위아래로 올렸다가 내리거나 골반을 흔들기도 한다. 이건 내가 고안한 피아노를 치며 하는 오리지널 스트레칭이다.

나는 원래 규칙적인 루틴을 버거워한다. 매일 빠트리지 않고 하려고 해도 밤에 잠을 제대로 자지 못하면 계획이 우르르 무너진다.

만약 밤에 자지 못해 생각한 대로 계획을 진행하지 못하더라도 습관만큼은 몸에 익혀두기로 했다. 어깨를 돌리며 단조 아르페지오를 치기 시작하면 잠에서 막 깼을 때보다 호흡이 점점 깊어진다.

연습하는 도중에 전화가 울렸다. 분명 쓰키시마일 것이다. 알면서도 무시하기로 했다.

나는 집중하고 있다. 나는 내가 하겠다고 정한 것을 도중에 내던지거나 하지 않는다. 나는 쓰키시마와 다르다.

그렇게 나 자신에게 들려주며 손가락에 체중을 실었다.

마단조 스케일은 두 번째 음이 검은 건반이어서 왼손 약지로 눌러야 한다. 가느다란 약지에 체중을 제대로 실으려고 숨을 내쉬고, 집중도를 높여 손가락을 건반에 올렸다.

지금은 전화를 받으면 안 된다.

연습할 때는 노크도 없이 불쑥 방에 들어오는 것이나 마찬가지인 전화 소리에 반응할 필요가 없다. 지금 이 루틴은 나를 긍정하기 위한 수단이다. 지금 전화를 받으면 나는 또 나를 싫어하게 된다.

그렇게 생각하면서도 머릿속에 쓰키시마의 얼굴이 떠올랐다. 울 것만 같은 표정으로 사진에 찍힌 쓰키시마. 공항에서 헤어질 때 이쪽을 보고 두세 번 고개를 끄덕이던 쓰키시마.

스케일 도중에 집중이 뚝 끊겼다.

하아, 또 이래. 계속 이러면 안 된다. 자꾸 이러다가는 내가 나를 점점 더 싫어하게 될 것이다.

초조함에 한숨을 깊이 내쉬며 나는 통화 버튼을 눌렀다.

"여보세요."

내가 전화를 받았는데도 쓰키시마는 여보세요, 라고 말하지 않았다. 처음이었다. 그 대신에 작은 숨소리가 들렸다.

"나는 피아노를 연습하고 있었어. 너는 뭐 하고 있어?"

"아무것도 안 해."

쓰키시마의 힘없는 목소리를 들어도 불쌍하다는 생각은 들지 않았다. 쓰키시마 역시 통화할 때마다 피아노 연습을 중단하는 내 심정을 고려하지 않을 테니까.

"네가 미국에 간 지 아직 2주도 지나지 않았어."

"……그냥, 아무것도 하고 싶지 않아."

또 똑같은 소리야…….

무기력한 목소리를 들어주고 무슨 말이든 해줘야 하는 것에 나는 지칠 대로 지쳤다. 이럴 줄 알았으면 피아노 연습을 멈추지 말 것을 그랬다. 루틴을 도중에 그만두고 나를 미워하기까지 하면서 전화를 받았는데, 쓰키시마는 똑같은 말만 반복한다.

"나는 너를 보내느라 많은 용기가 필요했어."

"그랬구나."

"그랬구나가 아니야. 네가 유학을 가고 싶다고 하니까 유일한 친구를 보내주려고 1년간 열심히 준비했단 말이야."

"준비라니……."

"준비할 게 없었을 것 같아? 예를 들면 쓸쓸해도 너를 방해하지 않으려고 환경을 갖췄어. 피아노에 집중할 환경 말이야. 지금도 난 연습 중이었어. 괜한 생각을 하지 않으려고, 집중하려고. 네가 없어도 혼자서 해나가야 하니까. 너는 이런 생각을 해보기나 했어?"

"미안해."

쓰키시마의 목소리가 갈라졌다.

"무슨 일 있었어? 왜 이러는 건데."

"아무 일도 없었어."

"그런데 왜 그런 목소리를 내?"

"아무것도 아니야. 정말로 아무 일도 없었어."

"응."

"광대한 숲속에 밤하늘의 별처럼 반딧불이 날아다녀도 예쁘다고 말할 상대가 없어."

"그런 거……."

"나쓰코한테 예쁘다고 말하고 싶은데 여기에 나쓰코가 없어서 눈물이 났어. 그랬더니 내가 왜 여기에 있는지 도무지 모르겠더라."

쓰키시마가 울었다. 어린애처럼 훌쩍훌쩍 울었다. 그래도 나는 그가 불쌍하다고 생각할 수 없었다.

쓰키시마가 없어도 혼자 설 수 있도록, 피아노에 집중하려고 준비해온 이 감정을 지금에 와서 뭘 어떻게 하라는 건가.

쓰키시마가 미국에 가겠다고 해서 각오했는데 이제는 미국에 있는 의미를 모르겠다고 하니 "아, 그래? 그럼 우리 다시 재미있게 지내자" 하고 곧바로 태세를 전환할 수 없다.

돌아오라고 말하는 게 편할지도 모른다.

괜찮아, 무리하지 마. 이제 그만 돌아와.

하지만 이런 말을 대체 어떻게 말하면 되는데?

내가 돌아오라고 했다고 쓰키시마가 정말로 일본으로 돌아온다면, 나는 언젠가 이렇게 생각하지 않을까. 우리는 서로의 인생을 엉망진창으로 망치는 사이일지도 모른다고.

쓰키시마는 언젠가 생각하지 않을까. 나를 만나지 않는 편이 나았다고.

쓰키시마의 부모님은 언젠가 생각하지 않을까. 앞으로 다시는 나와 만나지 않으면 좋겠다고.

나는 절대로 쓰키시마와 똑같은 기분이 되지 못했다. 돌아오라고 말해버리면 두 번 다시는 만나지 못할 것 같아서.

"미안해, 연습 중이니까 그만 전화 끊을게."

"나 이제 무리인 것 같아……."

"무리라니?"

"돌아가고 싶어."

"……또 이러지. 돌아오고 싶다는 소리 하지 마."

돌아오고 싶다는 소리에 절대 동의하지 않는 것은 나 나름의 애정이었다. 우리 관계에 대한 애정이었다. 더는 고독이나 슬픔을 공유하면 안 된다는 결의였다.

만약 우리가 이 이상 하나의 감정을 공유한다면 우리는 이제 함께하지 못할지도 모른다. 같이 슬퍼하고 같이 울고 서로 물고 빠는 관계에 미래는 없다.

나는 내 인생을 살아야 한다. 마찬가지로 쓰키시마는 쓰키시마의 인생을 살아야 한다. 그러지 않으면 앞으로 절대 함께하지 못할 테니까.

나는 확실하게 말했다.

돌아오지 마.

우리는 다른 인간이다. 쓰키시마가 싸워야 하는 대상에 나까지 하나로 뭉쳐서 두려워하면 안 된다. 그가 어떤 곳에 있는지 상상은 해도 멀리 떨어진 이곳에서 체감하면 안 된다. 내 눈은 쓰키시마의 눈이 아니다. 내 귀는 쓰키시마의 귀가 아니다. 나는 쓰키시마가 아니다.

갑자기 쿵, 하는 소리가 들렸다. 전화가 끊어진 줄 알았는데 여전히 연결되어 있었다. 나는 겁이 나서 "여보세요?" 하고 외쳤는데, 모르는 여자의 목소리가 들렸다.

"지금 쓰키시마하고 통화하신 분이죠?"

"네."

"쓰키시마가 입에 거품을 물고 공중전화 앞에서 쓰러졌어요. 지금 구급차를 불렀어요. 대체 무슨 일이 있었던 거죠?"

왜……?

수화기 너머로 웅성웅성 사람들의 소리가 들렸다. 곧 사이
렌 소리가 가까워졌다.

13　　마지막 날

전화 너머의 여성이 큰 목소리로 "여보세요, 여보세요?" 하고 두 번 말했다.

"아, 저는 그냥 얘기하던 중이었는데……."

퍼뜩 정신을 차리고 나는 누군지 모르는 여성에게 더듬더듬 대답했다. 여성은 다급하게 그러냐고 말한 뒤,

"저는 쓰키시마랑 같은 학교에 다니는 사람이에요. 지금 병원에 같이 가려는데, 통화하던 중이었다고 의사한테 말하려고 해요. 저기, 쓰키시마와 어떤 관계세요?"

하고 물었다. 전화 너머의 목소리는 흥분했다. 어떻게든 눈앞에서 쓰러진 쓰키시마의 상황을 파악하고 구해주고 싶은 마음뿐이리라.

그런데.

나는 침을 꿀꺽 삼키고 당혹감을 가라앉혔다. 어떤 관계세요. 특별한 의도가 없는 질문인 줄 알면서도 순간적으로 분노가 온몸의 모세혈관을 지나 곳곳으로 퍼졌다.

당신이 뭘 알아.

"친구요."

내가 대답하자 여성은 알겠다고 하고 전화를 끊었다. 나는 그 후로 한참 동안 멍하니 건반을 바라보았다.

나는 쓰키시마를, 나와 쓰키시마의 관계를 다른 누구에게도 얘기하지 않았다. 이유는 그 누구도 이해할 수 없다고 생각했으니까.

이해하지 못해도 괜찮다고 생각했다.

그런데 내 마음은 이름도 모르는 여성이 전화 너머로 관계를 물었을 뿐인데도 펑 터져서 새빨간 피를 흘렸다.

단순히 관계를 물었을 뿐인데 왜 이렇게 상처를 받을까. 쓰키시마와 나만 이해하면 된다. 이 생각이 얼마나 얄팍했는지 깨닫는 날이 올 줄은 미처 상상도 못 했다.

나는 피아노에 손을 올렸다. 쇼팽 에튀드 op.10-4. 총 27곡인 연습곡 중에 내가 가장 좋아하는 곡이다.

격렬한 천둥과도 같은 소리와 함께 곡이 시작한다.

오른손과 왼손이 서로 쫓아가는 섬세한 경과구⁺를 연주하며 쉼 없이 움직인다. 폭풍에 넘실거리는 파도를 오른손으로 연주하면, 굉음을 내며 나무를 흔드는 바람을 왼손이 연주한다. 마치 나와 쓰키시마가 교차하지 않고 각자 자기주장을 내세우는 것과 같다.

그의 말을 좀 더 들어줬어야 했을까?

에튀드 연습은 밤까지 이어졌다. 짧게 바싹 자른 손톱 끝에 피가 맺혔다.

다음 날, 쓰키시마의 아버지에게 전화가 왔다.

"공황장애라고 합니다."

아버지는 담담하게 병명을 알려주었다.

"나쓰코 양과 통화를 하다가, 유스케가 쓰러진 직접적인 원인이었다는군요."

"그런가요……."

나는 '그런가요'에 최대한 의미를 담지 않고 말했다. 사실은 그러니까 내가 잘못한 거냐고 묻고 싶은 감정을 억눌렀다.

대신에 아버지가 낮은 목소리로 내게 물었다.

"확인하고 싶은데, 유스케는 무슨 얘기를 하다가 공황장애를 일으킨 거죠?"

나는 침묵했다.

✦ 음악에서 주요 주제를 부드럽게 이어주는 연결구. 패시지라고도 한다.

돌아오고 싶다는 소리 하지 마.

이렇게 말한 것은 사실이다. 그러나 그 말에는 많은 이유가 있다. 각자의 자립. 각자의 미래. 쓰키시마의 가족……

그러나 쓰키시마가 쓰러진 지금, 어떤 말을 해도 결국 변명으로 들릴 것이다.

"돌아가고 싶다고 해서 돌아오지 말라고 했어요……"

이번에는 쓰키시마의 아버지가 차분하게 "그런가요" 하고 중얼거렸다. 내가 조금 전에 말한 것처럼 사무적인 '그런가요'였다.

아버지는 결과적으로, 하고 말을 이었다.

"유스케는 미국에서 돌아오기로 했습니다."

아버지의 목소리에서는 여전히 감정이 느껴지지 않았다.

"그리고 나쓰코 양, 유스케가 일본에 온 후에도 바로 연락하지는 말아줬으면 합니다."

그것은 우리의 관계에 종언을 고하는 선언처럼 들렸다.

"진정될 때까지 유스케의 상태를 좀 봐야 할 것 같으니까요."

"알겠습니다……"

내가 대답하자 아버지는 다시 연락하겠다는 말을 남기고 전화를 뚝 끊었다.

달력을 보니 쓰키시마가 미국으로 떠난 날부터 겨우 2주밖에 지나지 않았다.

쓰키시마와 두 번 다시 만나지 못할지도 모른다. 쓰키시마가 차분해질 때까지 얼마나 시간이 걸릴지 전혀 짐작이 가지 않았다.

나는 전화기 너머로 울면서 돌아가고 싶다고 말하던 쓰키시마의 목소리를 떠올렸다.

왜 이럴까, 소중하게 여기려고 하면 할수록 우리는 서로를 좀먹고 말았다.

일주일이 지나도 착신 이력은 쓰키시마의 아버지에 멈춰 있었다.

나는 하루 내내 피아노를 치면서 최대한 나를 붙들어두려고 했다. 피아노를 치지 않을 때는 느닷없이 눈물이 터질 것만 같아 결국 피아노 앞으로 돌아왔다. 이럴 때 피아노는 아무 말 없이 곁에 있어준다.

예전에 울먹이며 마구잡이로 때린 적도 있으면서, 연습을 수없이 중단하기도 했으면서, 그러면서도 나는 피아노에 구원을 바랐다.

피아노가 없었다면 나는 쓰키시마와 한 덩어리가 되어 어두운 곳으로 떨어졌을지도 모른다.

하루하루가 무덤덤하게 흘렀다. 날이 갈수록 움직임이 가벼
워지는 손가락과 반대로 내 마음은 무겁게 가라앉았다. 하루
내내 같은 방의 같은 장소에서 같은 일을 하다 보니 오늘이 몇
월 며칠이고 지금 몇 시인지도 모르게 되었다.

피아노 건반에 손을 올리려는데 뒤쪽에서 조심스러운 노크
소리가 들렸다. 네, 하고 대답하자 천천히 문이 열렸다.

학교 운동부 유니폼을 입은 동생 나오키였다. 커다란 테니
스 라켓 가방을 어깨에 걸치고 있었다. 나오키는 어리둥절한
표정으로 문 앞에 서서 말했다.

"누나, 쓰키시마 형이 왔어."

뭐라고?

나는 놀라서 바로 대답하지 못했다. 앞으로 한동안은, 어쩌

면 영원히 만나지 못한다고 생각했다.

예상하지 못한 사태에 놀라 우선 휴대전화를 확인했는데, 역시 아무런 연락도 오지 않았다.

"쓰키시마 형, 좀 이상해 보였는데 괜찮겠어?"

나오키는 말하기 껄끄러운 듯이 묻고 라켓 가방을 어깨에서 내렸다.

괜찮냐니……?

쓰키시마가 통화하다가 쓰러진 그날 이후로 어떻게 지냈는지 나는 모른다. 쓰키시마가 언제 귀국했고 집에서 가족과 어떤 대화를 나눴는지 나는 모른다. 하고 싶은 말도, 묻고 싶은 것도 많지만 지금 만나기는 두려웠다. 혹시라도 또 쓰러지면 쓰키시마의 부모님께 뭐라고 설명해야 하지?

"알았어. 괜찮을 거야……."

나는 나오키를 안심시키려고 그렇게 대답했다. 그런데 나오키는 가까이 다가와 내 어깨에 손을 얹고,

"누나. 쓰키시마 형, 말하는 게 좀 이상했어. 무슨 일이 있었는지는 모르겠지만…… 너무 무리하지 마."

라고 말했다.

피아노 때문에 방음 처리를 한 내 방의 문은 일반 문보다 훨씬 두껍다. 내 마음처럼 묵직한 문을 천천히 열고, 나는 현관으로 갔다.

"방에 있을 테니까 무슨 일이 있으면 불러."

나오키는 라켓 가방을 어깨에 다시 걸치고 자기 방으로 갔다.

현관 앞으로 가자 불투명 유리 너머로 그림자가 비쳤다. 긴
장해서 문을 여는 손에 땀이 맺혔다. 안에서 철컥 문을 열었다.
쓰키시마가 서 있었다.

그런데 잠옷을 입고 있었다. 병원에서 그대로 탈출하기라도
한 듯한 차림새였다.

말랐다. 겨우 몇 주 만의 재회인데 쓰키시마는 못 알아볼 정
도로 말라 있었다. 눈빛이 예리했다. 나는 정체 모를 공포를 느
꼈다. 얼굴은 새파랗고 입술만 웃고 있었다.

"안녕."

"안녕이 아니야."

"그래?"

"그래가 아니야."

나는 곤혹스러워서 웃어보았는데 쓰키시마는 웃지 않았다.

그는 미국에서 산 분홍색 운동화를 느릿느릿 현관에 벗어
놓고, 내게 말도 걸지 않고 멋대로 내 방으로 갔다. 겨우 몇 주
전에 샀다고는 믿을 수 없을 만큼 운동화가 너덜너덜했다.

쓰키시마는 방문을 열고 바닥에 천천히 앉았다. 나는 그 옆
에 서서 쓰키시마를 살폈다.

"우리 집에 와도 괜찮아?"

"뭐……."

"나, 너희 아버지한테 너랑 만나지 말라는 소리를 들었어."

"그랬구나."

"여기 온 거 가족들도 알아?"

"괜찮아."

"안 괜찮을 것 같은데……."

나는 한숨을 쉬며 그의 곁에 앉았다. 그런데 쓰키시마의 손목에 플라스틱 이름표가 달려 있었다.

YUSUKE TSUKISHIMA 1985/10/1 Los Angeles-Hospital

온몸의 피가 차갑게 식었다. 병원에서 쓰는 이름표처럼 보였다. 어쩌면 미국 병원으로 이송되었을 때 달았던 환자용 이름표이지 않을까?

왜 저런 걸 달고 있는 거지…….

이름표의 존재를 깨닫자 등줄기로 혐오감이 스멀스멀 기어올라왔다. 아무 의미 없이, 단순히 깜박하고 자르지 않은 것으로 보이지 않았다.

설마 이걸 보여주려고 온 것일까?

나와 통화한 뒤에 무슨 일이 벌어졌고 어떤 꼴을 당했는지 내가 체감하기를 바랐을까.

아무리 생각해도 내게 보여주려고 이름표를 달고 온 것 같았다.

나는 크게 숨을 쉬며 머리를 눌렀다.

"오늘 우리 집엔 왜 온 거야?"

"그냥……"

"그냥 온 게 아니잖아."

"시끄러워……"

쓰키시마는 고개를 푹 숙이고 짜증스럽게 중얼거렸다.

"나는 피아노 연습을 해야 해."

"그래서 뭐."

"그래서 뭐라니……"

"시끄럽다고 했잖아."

쓰키시마가 갑자기 피아노 의자를 발로 걷어차서 큰 소리가
났다. 그가 위협하는 눈빛으로, 서 있는 나를 올려다보았다.

"우리 집에 왜 왔어. 나는 만나고 싶다는 소리 안 했어."

큰 소리에 이끌려 내 목소리도 조금 커졌다. 바닥에 앉은 쓰
키시마를 보며 한숨을 쉬었다.

"나도 할 일이 많단 말이야."

"시끄러워……"

"항상 너만 힘들고 큰일이라는 표정이나 짓고, 내 기분이 어
떤지 생각해본 적도 없지? 나도 힘든 걸 왜 몰라?"

"시끄럽다고 말했지!"

삐이이, 하는 소리가 귀를 울렸다. 쓰키시마가 갑자기 일어
나 방 한쪽에 놓인 제습기를 발로 걷어찼다. 피아노를 위해 습

도를 조절해주는 제습기가 옆으로 쓰러져 삐삐삐삐 오류 음을 냈고, 동시에 물이 쏟아져 털이 긴 카펫을 적셨다.

"아아…… 진짜 너무해……."

나는 흠뻑 젖은 카펫을 보고 힘 빠진 소리를 냈다.

"왜 이러는 거야? 나를 괴롭히고 싶어? 왜 화가 난 건데. 어? 맨날 왜 이러는 거야."

쓰키시마는 침대 구석으로 이동해 괴로운 표정으로 숨을 몰아쉬었다. 하아하아, 가쁘게 숨을 내쉬며 목 근처를 꽉 누르고 있었다.

"제발 그만 좀 해……."

숨을 몰아쉬는 소리까지도 나를 탓하는 것처럼 들렸다.

나는 방문을 열고 수건을 가지러 화장실로 갔다. 방금 그 호흡은 어쩌면 공황장애 때문일지도 모른다. 과호흡을 일으킨 걸까? 머리로는 그렇게 생각하면서도 불쌍하다거나 도와주고 싶다는 마음은 들지 않았다. 그렇게 괴로워하는 쓰키시마를 봐도 그 어떤 감정도 생기지 않았다. 차단기가 내려갔을 때처럼 내 감정 중 여러 가지가 꺼진 상태였다.

수건을 들고 방으로 돌아오자, 쓰키시마는 겁에 질린 듯이 얼굴을 감싸고 몸을 둥그렇게 말고 있었다. 발작 같은 증상은 진정됐다.

"왜 그래?"

내가 담담히 묻자, 그는 불안한 목소리로

"어디 갔었어?"

하고 물었다.

"수건을 가지러 갔었어."

"왜?"

"왜냐니……."

"없어서 어디 갔나 했어."

"네가 내 방을 물구덩이로 만들었잖아."

"내가 그랬어?"

"무슨 소리야……?"

"내가…… 오줌을 싼 거야?"

"……."

도대체 무슨 소리지. 나는 어깨를 축 늘어뜨리고, 카펫의 물기를 수건으로 짜듯이 닦아냈다. 뭐가 뭔지 모르겠다. 일부러 숨을 크게 내쉬었다.

"내가 오줌을 싸서 이렇게 젖은 거야?"

"……그쪽이 제습기를 쓰러뜨렸어요."

나는 잔뜩 이죽거리며 말하고 난폭하게 카펫을 닦았다. 제멋대로 구는 것도 정도가 있다. 역시 내 잘못은 아니다. 공황장애에 걸린 것도, 미국에서 돌아온 것도 내 잘못이 아니다.

보다시피 쓰키시마는 이렇게 제멋대로고 다른 사람의 감정따위 전혀 배려하지 않는다. 뭐냐고, 자기 멋대로 들이닥쳐서 멋대로 남의 방을 침수시키고 멋대로 울먹이고, 정말 뭐난 말이다.

"그만 돌아가……. 왜 온 거야. 돌아가라고. 부탁이니까 방해하지 마. 네가 유학을 간다고 해서 나는 네가 없는 동안 피아노를 열심히 치기로 했고, 네가 없는 생활을 열심히 하려고, 나혼자서도 노력할 수 있게 준비했단 말이야."

일단 시작하자 말이 멈추지 않았다.

"이렇게 돌아와버렸으니까 이런 말도 의미 없겠지만, 일본에 돌아오자마자 왜 또 방해하는 건데. 왜 이렇게 네 멋대로야. 아니면 내 탓을 하고 싶어? 나 때문에 미국 유학에 실패했다고 생각해? 그러면 그렇게 말하면 되잖아. 나한테 화를 내면 되잖아. 말도 제대로 못 하는 상태로 오지 말라고. 그만 돌아가. 네가 있으면 나는 아무것도 못 한단 말이야!"

사전에서 유의어를 찾을 때처럼, 내 머릿속은 비슷비슷한 말로 가득 채워졌다. 나는 말을 멈추지 못하고 의미가 비슷한 말만 계속 내뱉었다.

그러자 쓰키시마는 갑자기 침대에서 일어나더니 난폭하게 책꽂이로 가서 무언가를 들고 돌아왔다.

반사적으로 뒤로 물러서다가 책상에 부딪혔다. 교과서와 며칠 전에 산 펜이 소리를 내며 바닥으로 떨어졌다.

뭐야, 왜 이래. 왜 이렇게 되는 건데. 대체 내가 무슨 짓을 했는데. 대체 내가 무슨 짓을 했다고 이러는 거야!

"시끄러워!"

쓰키시마가 느닷없이 소리를 질렀다.

다음 순간, 나는 바닥으로 쓰러졌고 눈을 뜨자 쓰키시마가 내 위에 있었다.

"시끄럽다고⋯⋯."

얼굴 바로 앞에 쓰키시마의 얼굴이 있었다. 앞으로 쑥 튀어나온 눈은 마치 피가 흐르는 것처럼 핏줄기가 서 있었다. 가느다란 혈관 속에서 꿈틀꿈틀 일렁거리는 붉은 피가 보여서, 이런 상황에서도 쓰키시마가 살아 있다는 생각이 들었다.

도대체 언제부터 이렇게 된 것일까.

내 위에 올라탄 쓰키시마. 시뻘건 눈으로 나를 노려보는 쓰키시마.

차갑다. 오싹한 무언가가 목덜미에 닿아 반사적으로 어깨가 움츠러들었다.

목덜미에 커터 나이프가 닿았다.

15   종말

　3센티 정도 나온 커터 칼날 끝이 목에 닿았다. 나는 위에 올라탄 쓰키시마를 노려보고,

　"그만해.

하고 경멸을 담아 말했다. 입을 꾹 다물어도 눈물이 살짝 맺혔다. 이렇게 힘으로 깔리는 것이 분했다.

　쓰키시마는 고개를 젓고, 필요 이상으로 눈을 깜박이며 침착하지 못한 태도로 나를 바라보았다. 그 모든 행동이 일부러 하는 것처럼 보였다. 상태가 안 좋은 시늉은 나를 비난하는 것이다. 냉정하게 거리를 두려고 하는 내가 마음에 들지 않은 것이다.

　쓰키시마는 나를 자기가 있는 곳까지 끌어내리려고 한다.

　그런 생각이 들수록 내 목소리는 점점 더 싸늘해졌다.

"이러는 목적이 뭔데?"

"시끄러워. 죽인다?"

"그럴 수 있겠어?"

"해볼까?"

즐거워하는 목소리. 나는 짜증이 치밀었다.

"왜 말을 그렇게 해?"

"뭐?"

"왜 이렇게 된 거야?"

"시, 끄, 러, 워."

그는 한 글자 한 글자를 끊어 발음하며 그때마다 커터를 목에 가져다 댔다. 커터 칼끝은 체온으로 미지근해졌다.

"이제 그만해…… 그만 좀 하라고!"

"시끄럽다고 했잖아!"

얼굴에 혈관이 불거졌다. 침이 튀는 것이 슬로모션으로 보였다. 상대의 목소리를 이기려고 우리의 목소리는 점점 더 커졌다.

"그만해, 진짜 그만해, 이제 가라고, 집에 가! 가란 말이야!"

"시끄러워!"

"그만하라고, 경찰 부를 거야!"

목을 울리며 외치는 동시에 뇌를 지나는 혈관이 끊어지는 듯한 소리가 났다. 쿵쿵쿵, 심장이 맥박 치는 소리가 들렸다.

초점이 맞지 않았다. 쓰키시마가 광란한 듯이 웃으며 칼끝을 내게로 향했다.

피가 몸 밖으로 흘러나가는 것처럼, 점차 아무래도 상관없다는 생각이 들기 시작했다. 그만 됐어. 앞으로는 같이 있지 않아도 돼. 이 사람을 위해서 노력하지 않아도 돼. 이 사람이 어떻게 되든 상관없어. 나도, 이제 어떻게 되든 상관없어.

나는 천장을 올려다보았다.

그때, 철컥하는 작은 소리와 함께 방문이 열렸다.

"무슨 일 있어……?"

동생 나오키였다. 나오키의 걱정 어린 얼굴이 갑자기 또렷하게 보였다.

"쓰키시마 형, 뭐하는 거야. 지금 뭘 들고 있는 거야, 형!"

나오키가 소리를 지르며 방으로 들어왔다. 침대로 똑바로 걸어와 쓰키시마의 팔뚝을 붙잡았다. 동생이 이렇게 어른스러운 목소리를 내는 것은 처음이었다.

"누나한테서 당장 떨어져. 떨어지지 못해!"

나오키가 소리쳤다. 쓰키시마에게서 커터 칼을 빼앗고 내게서 떨어뜨렸다.

그러자 쓰키시마는 온몸에서 힘이 쭉 빠진 듯이 침대에 주저앉았다. 나오키가 칼을 드륵드륵 집어넣고 자기 바지 주머니에 넣었다.

"괜찮아?"

나를 돌아보면서도 나오키는 여전히 쓰키시마의 팔을 붙잡고 있었다. 나는 입을 꾹 다물고 고개를 두 번 끄덕였다.

으아아앙, 하는 소리가 들린 것은 그 직후였다.

침대를 보니 쓰키시마가 무릎을 끌어안고 울고 있었다. 운동회에서 꼴찌를 한 어린애 같은, 소중한 머리끈을 친구 집에서 잃어버린 어린애 같은 목소리였다.

그런 소리를 내며 울면 마치 내가 가해자 같잖아…….

힘이 빠졌다. 무시무시한 귀신 같은 형상이더니 지금은 어린애가 되어버렸다.

나는 방에서 나와 쓰키시마의 아버지에게 전화를 걸었다. 상황을 설명하자 아버지는 금방 데리러 가겠다고 하고 전화를 끊었다.

방에 와 보니 쓰키시마는 같은 위치에서 여전히 훌쩍이고 있었다. 나오키는 쓰키시마의 팔을 움켜쥐고 감시하고 있었다. 나는 피아노 의자에 앉았다. 아무도 입을 열지 않는 대신, 시곗바늘 소리만 째깍째깍 시간을 알렸다.

초인종이 울렸다.

문을 열자 쓰키시마의 아버지가 오랜만이라고 하며 고개를 숙였다. 큰 몸집으로 인사를 하니 안심이 되었다. "유스케는 방에 있습니까?" 아버지의 나직한 목소리. 나는 고개를 끄덕이고, 현관 바로 앞의 내 방문을 열었다.

"유스케, 집에 가자."

아버지의 말에 나는 안도했다. 드디어 해방된다. 쓰키시마 앞에 있던 나오키가 아버지를 보고 자리를 비켜주었다.

"나 혼자 갈 수 있어."

"유스케, 오늘은 같이 가자. 데리러 왔으니까."

"싫어. 부탁 안 했어."

"나쓰코 양의 가족한테 폐가 되잖니. 오늘은 돌아가자."

"경찰을 부르겠다고 했어."

쓰키시마가 항의하듯이 말했다. 그의 목소리가 어린애처럼 들려서 나는 침대 쪽을 보았다. 어린애처럼 무방비하고 불안 가득한 표정. 눈물이 뺨을 타고 흘렀다.

"정신을 차리니까 나쓰코가 경찰을 부르겠다고 막 소리 질렀어. 나는 뭐가 어떻게 된 건지 모르겠어. 나는⋯⋯."

"알겠다. 집에 가서 얘기 제대로 들을게. 오늘은 차를 가지고 왔으니까 일단 같이 가자꾸나."

쓰키시마의 아버지는 다정하게 말을 걸며 다가가 침대에 앉은 쓰키시마에게 손을 내밀었다.

그런데 쓰키시마는 갑자기 낯가리는 고양이처럼 아버지를 위협하더니 커다란 몸 옆으로 빠져나갔다.

"유스케, 기다려!"

아버지가 서둘러 몸을 돌렸지만, 쓰키시마는 분홍색 운동화를 신고 그대로 밖으로 뛰어나가버렸다. 아버지도 뒤를 쫓아갔다. 순식간에 벌어진 일이었다.

문이 닫혀 쿵 소리가 났다.

쓰키시마가 뭘 하고 싶었는지는 아무도 모른다. 왜 우리 집에 왔는지, 왜 나가버렸는지 전혀 모른다. 모든 것을 거부하는 그 모습은 그저 누군가를 곤란하게 하고 싶은 것처럼 보였다.

나는 한숨을 쉬고 피아노 의자로 가려고 했다.

그때, 갑자기 현관 밖에서 비명이 들렸다.

쓰키시마……?

내 몸이 반사적으로 바르르 떨렸다. 쓰키시마가 짐승 같은 목소리로 절규하고 있었다. 현관을 사이에 두고도 그 소리가 내 귀까지 생생하게 전해졌다.

뭐야……?

나는 맨발로 서둘러 뛰어나갔다.

쓰키시마는 계속 비명을 질렀다. 현관 앞에서 양손으로 머리를 감싸고, 자신을 집어삼키는 악마를 떨치려는 듯이 울부짖었다.

괴상한 광경이었다. 나는 현관에 우뚝 서서 쓰키시마를 넋을 잃고 바라보았다. 아름다움의 극치였다.

쓰키시마는 야생동물처럼 아름다웠다. 눈물에 젖은 머리카락이 뺨에 들러붙었다.

"그래. 괜찮단다. 같이 돌아가자. 괜찮아, 괜찮으니까. 유스케, 아빠 말 들리니!"

아버지가 쓰키시마에게 달려가 뒤에서 포박하듯이 안고 큰 소리로 말을 걸었다.

여전히 비명을 지르는 쓰키시마.

아버지는 쓰키시마를 안고 주문처럼 무아지경으로 괜찮다는 말을 외쳤다. 천지를 가를 기세로 아버지는 큰 소리로 외쳤다.

쓰키시마의 비명을 지우려는 듯이. 절대 아들의 어둠에 삼켜지지 않으려는 듯이. 쓰키시마를, 지금 그가 있는 어두운 세계에서 이쪽으로 이끌려는 듯이.

도망치려는 쓰키시마를 아버지는 결단코 놓지 않았다. 아버지의 각오가 이 일대의 공기를 뒤흔들었다.

피부가 따끔따끔해서 나는 꼼짝도 하지 못했다.

세상 그 누구도 내 숨소리를 듣지 못하도록 조용히 호흡하며 나는 쓰키시마와 아버지를 지켜보았다.

눈을 깜박이지 않아 뺨을 타고 눈물이 흘렀다.

쓰키시마의 얼굴에 천천히 혈관이 튀어나오는 것이 보였다. 그를 억누른 아버지의 불룩한 팔뚝 근육에 깊은 음영이 새겨졌다.

마치 그리스 신화의 한 장면과도 같았다.

사방에서 매미 소리가 요란하게 들렸다. 8월, 나는 곧 열일곱 살이 된다. 쓰키시마가 미국으로 떠난 그날 이후 아직 한 달밖에 시간이 지나지 않았다니 믿기지 않았다.

전화를 받자 쓰키시마의 아버지가 담담하게 말했다.

"유스케가 정신과 병원에 입원하게 됐어요."

목이 바싹 말랐다. 들고 있던 잔에서 달그락거리는 얼음 소리가 공연히 크게 들렸다.

16   여름방학

남은 여름방학은 오사카의 할머니 댁에서 보내기로 했다. 도쿄에 있으면 머릿속에서 쓰키시마가 떠나지 않아 아무것도 손에 잡히지 않았다. 나는 결의를 다지고 신칸센을 탔다.

오사카의 할머니 집이 좋았다. 꽃이 흐드러지게 핀 마당도 있고, 청결하고 커다란 침대도, 그리고 그랜드피아노도 있었다.

할머니는 그 집에 혼자 사신다.

"아가, 니 생일 선물로 뭐 갖고 싶노?"

할머니의 목소리를 들으면 안심이 된다. 할머니는 평소에 초목이나 꽃, 동물들과 대화하며 생활하는지도 모른다.

"지금까지 갖고 싶은 거 다 받아서 올해는 아무 생각도 안 난다."

나는 선풍기 앞에 앉아 대답했다. 내 목소리가 선풍기 안에서 회전했다. 나는 엄마와 말할 때처럼 할머니와 말할 때도 사투리를 쓴다.

"뭔 일 있었나? 요게 우리 손녀 맞나?"

"아하하. 맞지."

방충망 사이로 모기향 냄새가 났다. 밖을 보니 마당의 커다란 비파나무 아래에서 고양이가 더위를 피하고 있었다.

할머니 집은 '서쪽 마녀의 집' 같다. 나는 중학교 때 읽은 『서쪽 마녀가 죽었다』라는 소설을 떠올리며 할머니의 마당과 비교했다. 해님의 은혜를 듬뿍 받아 튼실하게 잎이 살찐 상추와 열매를 잔뜩 맺은 방울토마토. 밥 먹기 전에 그것들을 따오는 것이 내 임무다.

"요상한 소리를 다 하네. 그럼 먹고 싶은 거는? 할미가 스테이크 구울까?"

"와. 나도 스테이크 먹고 기운 낼란다."

"그래. 여름에는 잘 안 묵으니까 더위 먹는 기다."

나는 잔에 얼음을 넣고 피아노가 있는 방으로 갔다. 작은 이모가 음대 출신이어서 할머니 집에는 그랜드피아노가 있다. 문을 열자, 악기를 둔 방 특유의 제습 잘된 냄새가 밖으로 새어 나왔다.

─유스케가 정신과 병원에 입원하게 됐어요─

"입원…… 요?"

"그래요. 처음에는 검사를 받아볼 생각으로 갔어요. 그런데 유스케가 병원에서도 불안정해지는 바람에 의사가 보호 입원해야 하는 상황이라고 했고요. 보호 입원이란 자살하거나 남을 해칠 가능성이 있는 환자를 반강제적으로 입원시키는 제도로, 유스케의 의사와는 상관없이 입원하게 됐습니다."

긴박한 말이 이어져 나는 숨을 죽였다.

"들어본 적 있어요……."

"유스케가 안정될 때까지 우선은 보호실이라는 곳에 머물기로 했어요. 자살하거나 남을 해치지 못하는 곳이죠."

"개인실…… 이라는 거죠?"

나는 잘 상상이 되지 않아 '보호실'이라는 단어에서 보호를 받는 이미지를 떠올렸다. 그러나 아버지는 곧,

"개인실이라고 해야 하나……."

하고 말을 흐리더니

"내가 보기에는 감방 같은 곳이었습니다. 화장실도 침대도 밖에서 다 보이고 감시 카메라가 달린 철창 방이거든요. 정신적으로 차분해지면 공동 공간으로 나올 수 있다고 하고요."

라고 설명했다. 감방이라는 단어가 끔찍이도 잔혹하게 들렸다. 실제로도 잔혹할지 모른다. 감방 안의 쓰키시마는 지금도 비명을 지르고 있을까? 그날처럼.

"그리고 유스케의 병 말인데."

"진단이 나왔나요?"

"들어본 적 없는 병일 수도 있는데, ADHD라는 병입니다. 주의력결핍 과잉행동장애라고 해요."

주의력결핍 과잉행동장애. 꼭 중국어처럼 들리는 그 병명을 다시 한번 물어 적어두었다.

"주의력, 결핍, 과잉행동, 장애. 네, 알아볼게요."

나는 그렇게 말하고 전화를 끊었다.

피아노 의자에 앉아 몸을 흔들며 에어컨 온도를 27도로 설정했다. 피아노를 칠 마음이 들지 않아 그냥 멍하니 의자에 앉아 있었다.

주의력결핍 과잉행동장애. 쓰키시마가 보인 행동은 그 병 때문이었을까. 처음부터 장애라는 것을 알았다면, 쓰키시마가 노력한다고 어떻게 되는 것이 아닌 줄 알았다면 좀 더 다정하게 대해줄 수 있었을까.

나는 미국에 가기 전에 쓰키시마가 했던 말을 떠올렸다.

"어리광이나 부린다는 말, 싫어."

평소처럼 다마강으로 가는 도중에 우리는 피곤해져서 가드레일에 앉았다.

"노력하지 못하는 사람을 두고 세상은 '어리광이나 부린다'고 표현해. 종일 바쁘고 충실하게 산 사람은 집에서 뒹굴며 지내는 사람을 보고 경멸을 담아 '한가해서 좋겠다'는 소리를 하잖아."

그렇게 말하는 쓰키시마의 얼굴에는 혐오가 가득했다.

"그런데 나는 이렇게 생각해. 노력하고 충실하게 사는 인생과 집에서 뒹굴며 오늘도 노력하지 못했다고 생각하는 인생, 어느 쪽을 선택하고 싶은지 물으면 다들 충실한 인생을 고르겠지?"

"그렇겠지."

"어리광이나 부린다는 소리는 말이야, 인생이 잘 풀리는 인간들이 인생이 잘 안 풀리는 인간을 밑바닥이라고 깔아 보면서 비꼬는 말이라고 생각해. 그렇다고 내 인생은 어리광이 아니라는 소리를 하려는 건 아니야."

"알아."

"내가 하고 싶은 말은, 어리광이나 부린다는 소리를 하는 사람들을 비난하려는 것도 아니고. 나도 그 기분을 아니까. 그렇지만 이런 생각이 들어."

"어떤?"

"열심히 하는 게 좋다고 그냥 정해져 있는 건 아닐까, 하는 생각."

나는 물을 담은 잔에 맺힌 물방울을 티슈로 닦았다. 팽팽하게 당겨진 실이 끊어지듯이 나는 후회하기 시작했다. 왜 돌아오지 말라고 했을까.

사실 속으로는 쓰키시마가 어리광을 부린다고 생각했다. 하고 싶은 일을 찾지 않고, 해야 하는 일에서 도망친다고 생각했다.

왜 노력하지 못할까, 왜 금방 포기할까 의아해하면서, 노력하지 못하는 괴로움을 나는 어느새 잊고 말았다.

─열심히 하는 게 좋다고 그냥 정해져 있는 건 아닐까─

그날, 나는 피아노를 치지 않았다.

17 파도 소리

쓰키시마가 없는 여름방학이 흘러갔다. 나는 열일곱 살이
되었고 새롭게 몇 가지를 알게 되었다. 주의력결핍 과잉행동장
애라는 병이 있다는 것. 스크랴빈의 화음이 아름답게 울린다는
것. 그리고 눈물이 마른다는 것.

"요새 피아노 방에만 틀어박혀서는 연습을 억수로 열심히
하네."

할머니는 아침에 일어나면 곧바로 모기향을 피웠다. 내가
일어나면 집에는 이미 여름 냄새가 가득했다.

"내가 지금 연습하는 곡을 좋아해서 그래. 스크랴빈의 〈환상
소나타〉야. 밤바다에서 혼자서 별을 보는…… 그런 느낌이야."

"오호라, 이래 어른스러운 소리도 다 하고."

"당연하지. 벌써 열일곱 아이가."

"그라믄 인자 용돈도 안 받아야 쓰겄네. 하도 열심히 하니까 할미가 좋아하는 거라도 사주려고 했드만."

할머니는 진지한 표정으로 지폐를 꺼내더니, "필요 없지, 이 래 어른이니까" 하고 나를 놀렸다.

"금전적으로 어른이 되는 건 조금 미룰란다."

나는 웃으며 할머니가 주시는 만 엔 지폐를 양손으로 받았다.

돈을 지갑에 넣고, 역 앞 서점으로 갔다. 자전거 페달을 밟자 바람이 뺨에 닿아 상쾌했다.

쓰키시마가 입원했다고 들은 후, 링거의 액체가 주기적으로 떨어지는 것처럼 나는 계속 울었다. 후회하는 것 같기도 하고 화가 난 것 같기도 하고 사람과 말하기 싫은 것 같기도 하고 쓸 쓸한 것 같기도 한 온갖 기분이 뒤섞여 나는 울었다.

머릿속에 같은 영상만 반복해서 지나갔다. 쓰키시마가 공항 에서 뒤를 돌아보면서 지었던 표정, 돌아가고 싶다고 말한 전 화 너머의 목소리. 그리고 집 앞에서 비명을 지르던 모습.

어쩌다가 이렇게 됐는지 생각했지만 그렇다고 뭘 하면 좋았 을지 답이 나오지 않아 나는 모든 것을 떠올리며 몸을 씻어내 듯이 펑펑 울었다. 그러다가 어느 날 갑자기 눈물이 뚝 그쳤다.

내가 강해졌기 때문이 아니라 그저 눈물을 저장하는 탱크가 텅 비었기 때문이었다. 눈물의 양에도 분명 한도가 있다.

서점은 냉방이 강했다. 자동문이 열리자 종이 냄새가 물씬 풍겼다.

평대에 진열된 신간을 구경하다 보면 머리가 개운해지면서 책 속 세계로 금방 빠져든다. 접히지 않은 새 종이의 질감을 접하면 가슴이 설레 몇 시간이고 이곳에 있고 싶다.

그런데 기대하던 신간을 손에 들어도, 표지가 멋진 책을 살펴도 내 머릿속에서는 같은 선율만 반복되었다. 마치 마음만 다른 곳에 있는 기분이었다.

머릿속에서 반복되는 아름다운 선율, 바로 지금 연습하는 스크랴빈의 〈환상 소나타〉의 악구다.

내가 집에서 이 노래를 연주하자 쓰키시마는 아름다운 곡이라고 하며

"그날 밤의 바다 같아."

라고 평했다.

그날의 바다.

둘이서 식물원에 갔다가 돌아오는 길, 신키바 부근을 산책하다가 해가 서서히 저물기 시작했다. 가로등 수가 적은 길은 순식간에 어둠을 맞이했다.

우리는 서둘러 역 방향으로 걸었다. 주변은 어둑어둑해졌고 지나는 사람도 없었다. 근처의 육교에 올라가도 불빛이 거의 보이지 않았다. 몇십 분만 지나면 완전한 어둠에 휩싸일 것이 분명해 나는 겁에 질려 발걸음을 재촉했다.

그런데 쓰키시마가 갑자기 걸음을 멈추더니 아무도 없는 뒤

를 돌아보고 중얼거렸다.

"파도⋯⋯."

그 말을 듣고 멈춰 서자 정말로 파도 소리가 들렸다. 숨소리
도 내지 않고 귀를 기울였다. 철썩, 철썩. 불빛 없는 새까만 어
둠 어딘가에서 파도가 밀려오는 소리가 분명히 들렸다.

놀라서 숨이 막혔다. 황급히 쓰키시마의 셔츠 자락을 붙잡
았다. 왜 미처 몰랐을까.

불빛 한 점 없는 경치는 바다였다. 모든 빛을 삼킬 듯한 광
대한 바닷속에서 파도가 조용히 밀려왔다.

죽음과 나란한 곳으로 일순간 날아들었던 그날 밤의 바다.
그 밤의 선율이 내 머릿속에서 끝없이 반복되었다.

여름이 지나고 신학기가 시작되어도 쓰키시마는 여전히 병
원에 있었다.

점심시간에 벤치에 앉아 도시락을 먹는데, 미술과 남자애가
와서 옆에 앉았다. 학교에 남학생이 드물어서 얼굴과 이름이
금방 연결된다.

"니시야마, 남자 친구 있어?"

당돌한 질문에 나는 쓸쓸하게 웃었다. 이렇게 매일같이 쓰
키시마 생각만 하는데 없다고 대답하면 거짓말인 것 같았다.

"그럼 좋아하는 사람은 있어?"

"좋아하는 거랑은 좀 다른 것 같은데⋯⋯."

내가 불분명하게 대답하자, 남학생은 대놓고 재미없다는 듯이 "흐음" 하고 반응했다.

"좀 의외네."

"뭐가?"

"니시야마는 더 딱 부러지는 사람인 줄 알았어."

적절한 대답을 찾지 못해 나는 도시락을 바라보았다. 엄마가 만들어준 반찬 몇 가지와 내가 구운 달걀부침. 도시락용으로 조금 단단하게 구운 덕분에 예쁜 형태를 유지하며 구석에 놓여 있었다.

"그럼 지금은 남자랑 사귈 마음이 없다는 소리야?"

"그렇진 않아."

대답하면서 삶은 브로콜리를 젓가락으로 찌르다가 문득 깨달았다.

이게 호감을 보이는 것이구나. 호감이란 이런 거구나. 이 남학생은 나를 좋아한다.

얼른 나는 덧붙였다.

"나는 지금 피아노로 정신이 없으니까……."

"그렇지. 지금은 다들 대학 입시에 필사적이니까."

심장이 불안한 소리를 냈다.

쓰키시마가 나와 함께 있는 것은 호감이 있기 때문이라고 믿었다. 그러나 지금 타인이 이성으로서 보이는 또렷한 호감을 감지하고 쓰키시마와의 차이에 경악했다.

쓰키시마는 이런 눈으로 나를 보지도 않고 이런 말을 하지도 않는다. 그렇게 오랫동안 함께 있었는데 쓰키시마는 나를 아예 이성으로 보지 않았던 걸까.

옆에 앉은 남학생이,

"고민이 있으면 언제든 말해."

하고 가볍게 말했다.

자기가 보인 호감이 받아들여지지 않았는데 전혀 불쾌해하지 않았다.

"응, 그럼…… 사랑이라는 단어를 정의한다면 어떤 말로 표현할 수 있을까?"

나는 쓰키시마에게 했던 것처럼 남학생에게 물었다.

"너무 돌발적인데……."

"설명할 수 있겠어?"

나는 도시락을 절반쯤 남기고 뚜껑을 덮었다. 남학생을 보니 이마에 땀이 맺혀 있었다.

"글쎄. 그런 건 굳이 생각할 필요가 없잖아."

"왜?"

"생각해도 소용없는 거니까."

"어째서?"

"만약 여자 친구가 이런 걸 사랑이라고 정의한다면 좀 미묘할 것 같아. 그런 건 굳이 말로 표현하지 않아도 되니까. 좋아하는 마음으로 충분하잖아."

남학생은 선선히 웃었다. 그리고 그렇게 어려운 생각만 하면 입시에서 떨어진다는 농담을 하고 교실로 돌아갔다.

어깨에서 힘이 빠졌다. 말도 안 되는 질문인 것은 나도 안다. 사랑이 뭐냐는 소리를 갑자기 듣고 대답할 수 있는 사람이 드물다는 것도 안다.

그런데도 나는 비교하고 말았다. 쓰키시마라면 뭐라고 대답했을까. 전에 이 주제로 대화했을 때는 적당한 말을 찾지 못하겠다고 했는데 지금도 그럴까?

왠지 그립다는 생각이 들어 하늘을 올려다보았다.

대화 상대가 쓰키시마였다면 분명 아침까지 얘기했을 것이다. 쓰키시마였다면 분명 상상도 못 한 새로운 말을 해주었을 것이다. 쓰키시마였다면 분명.

쓰키시마가 입원한 후로 나는 사랑이란 역시 이성이라고 생각하게 되었다. 나에게 이성이 있었다면 쓰키시마는 지금쯤 병원에 있지 않아도 됐을 것이다. 이렇게 말하면 쓰키시마는 뭐라고 대답할까?

우리는 지금도 말의 의미를 생각하는 게임을 할 수 있었을지도 모른다. 둘이서 이성이 무엇인지 토론할 수도 있었을 것이다.

이렇게 된 것은 전부 나 때문인가?

생각해봐야 무의미한 질문을 반복해서 던지며 나는 교실로 돌아갔다.

18

하얀 꽃

피아노 수업을 마치고 돌아오는 길, 산겐자야에 있는 선생
님 집에서 역까지 걸었다. 번화가를 지났을 때 전화가 울렸다.
오랜만에 걸려 온 전화에 놀라 꺼내 보니 화면에 공중전화라
고 떴다.

어쩌면.

나는 떨리는 오른손을 왼손으로 붙잡고 조심스럽게 통화 버
튼을 눌렀다.

"나쓰코, 지금 뭐 해?"

쓰키시마의 목소리였다. 평소와 똑같은 목소리인데 너무도
그리웠다. 쓰키시마가 입원하고 겨우 몇 주 밖에 안 지났는데
몇 년 만에 목소리를 듣는 기분이었다.

"지금 어디에서 전화 거는 거야?"

나는 쓰키시마의 현 상황을 파악하려고 물었다.

상점가 중심에서 하나 들어간 골목으로 이동하면서 물었다. 파친코 가게나 약국 점원의 목소리가 멀어져 내 목소리와 발소리만 통화 마이크를 울렸다.

"아직 병원이야. 원래 전화를 쓰면 안 되는데 가족한테 걸 때 쓰는 전화카드로 거는 거야."

쓰키시마의 목소리는 마치 아무 일도 없었던 것 같았다. 나는 입술을 꾹 깨물고 말했다.

"그렇구나……. 나는 네가 두 번 다시 연락하지 않을 줄 알았어."

우리가 마지막으로 만난 날은 쓰키시마가 내게 커터 나이프를 들이댄 날이었다. 그날은 쓰키시마 따위 어떻게 되든 상관없다고 생각했으면서 몇 주가 지난 지금, 쓰키시마의 전화를 받고 이렇게 안도해서 울고 싶은 내가 있다.

"병원은 어때?"

나는 예전처럼 쓰키시마에게 물었다. 온몸의 피가 따뜻하게 돌았다.

"최악이야. 조금은 익숙해졌지만."

"잠은 어떤 곳에서 자? 방은 개인실?"

"공동실이야. 남자만 네 명. 한 명은 전혀 말을 하지 않는 사람, 또 한 명은 전혀 잠을 자지 않는 사람. 잠을 자지 않는 사람은 맨날 디즈니 그림이 그려진 조각 퍼즐을 하는데 완성하면

부숴서 처음부터 다시 해. 그런 걸 하면 오히려 잠이 안 올 것 같지 않아?"

그 기분을 좀 알 것 같다고 말하며 내가 웃자, 쓰키시마는 도통 모르겠다는 듯이 그러냐고 되물었다.

"넷이서 방을 같이 쓴댔지? 또 한 사람은?"

"나머지 한 명은 미의식이 대단히 높으신 아저씨. 맨날 옷을 개키고 손톱을 다듬고 머리를 빗으면서 하루 내내 몸단장을 해."

"참 개성 풍부한 방이네."

쓰키시마는 다들 캐릭터성이 강하다면서 병동에서 만난 사람들 이야기를 늘어놓기 시작했다.

"옆방에는 툭하면 탈출하는 아저씨가 있어. 어떻게 하는지 모르겠는데, 눈 깜짝할 사이에 병원에서 탈출해서 매번 소동이 일어나. 병원에서는 꽤 유명한 아저씨인데 얼마 전에 말을 좀 나눴더니 두 가지를 가르쳐줬어."

쓰키시마의 소설이 화려한 색채를 되찾았다. 나는 즐거워져서 그 두 가지가 무엇인지 물었다.

"하나는 탈출하면 경찰이 움직이니까 진짜로 위험하다는 거."

"아저씨가 그랬어? 그걸 알면서 왜 자꾸만 탈출하는 건데?"

나는 웃었다. 역시 쓰키시마다. 퍼즐이 딱 들어맞는 것처럼 쓰키시마는 내 마음을 채워준다.

다른 사람은 왜 안 될까? 다른 사람과 대화하면 이런 기분이 들지 않는다. 다른 사람은 지금처럼 내 가슴속을 하얗고 자그마한 꽃으로 한가득 채워주지 못한다.

"두 번째는, 이게 충격적이야."

"뭔데?"

"탈출범 아저씨가 내 눈을 보면서 이렇게 말하더라. 자위해 보라고. 안 나올 거라고."

나는 눈썹을 찡그리며 "뭐?" 하고 쓰키시마의 대답을 기다렸다.

"나도 말도 안 되는 소리다 싶어서 시험해봤는데, 이게 진짜 안 나오더라고. 정액이."

"그게…… 왜 그러지?"

"몰라. 정신적으로 힘들어선지 약 때문인지 잘 모르겠어. 그런데 사정한 감각은 있는데 정액이 안 나오니까 왠지…… 충격이었어."

"그렇구나……. 나는 잘 모르겠지만 왠지 알 것도 같네."

나는 주택가의 폐점한 가게 앞에 앉아 통화를 이어갔다. 조금 전까지 비가 내렸는지 아스팔트가 축축했다.

"병원에는 독특한 사람이 진짜 많아. 예를 들어 갑자기 어디서 성냥을 구해 와서는 자기를 태우려는 할머니가 있어."

쓰키시마와 말하면 어떤 것이든 재미있게 들려서 신기했다. 마치 판타지 영화의 등장인물 같다.

"여자도 같은 곳에서 생활하는구나."

"중앙에 휴게실이 있어. 거긴 남녀 공용 공간이야. 휴게실을 끼고 남자랑 여자의 입원 병동이 나뉘어."

꼭 수학여행 합숙소 같다. 나는 건물을 상상하고 세부를 자세하게 그려넣었다.

"아침에 일어나면 보통 뭐 하면서 지내?"

"아빠가 기타를 가져다줬어. 내가 음악을 좋아한다고 했더니 선생님이 특별히 허락해줬거든. 일렉트릭 기타는 앰프에 연결하지 않으면 소리가 작으니까 괜찮다고. 그래서 기타를 쳐."

"와. 잘됐네."

쓰키시마가 휴게실에서 기타를 연주한다면 노래도 분명 부를 것이다. 쓰키시마가 노래하는 목소리는 정말 아름답다. 그런데 이유는 모르겠는데 평소에는 멀쩡한 목소리로 부르지 않는다. 쉰 목소리로 부르거나 샤우팅을 한다.

좀 더 평범한 목소리로 부르는 게 좋다고 말하자 쓰키시마는 퉁명스럽게 자기는 펑크 록이 하고 싶다고 대꾸했다.

솔직히 나는 속삭이듯이 부르는 쓰키시마의 목소리가 좋았다.

"아, 이제 끊어야겠다."

"그렇지. 원래 전화하면 안 되니까."

"그건 아니고 곧 레지던트 선생님들이 오거든."

"레지던트?"

"그중에 여자 선생님이 한 명 있어. 나이는 몇 살 위일 텐데 예쁘장한 사람이야. 그 선생님이랑 말하면 즐겁더라."

"그래?"

그거 봐. 내 등 뒤에서 웃음소리가 들린 것 같았다. 그러니까 전화를 받지 말았어야지. 목소리의 주인이 가슴속에 핀 하얗고 자그마한 꽃을 흙발로 짓밟았다.

"나, 아마도 그 사람을 좋아하나 봐."

꽃밭에 핀 꽃줄기가 동시에 우두둑 꺾이는 소리가 들렸다. 보는 사람도 없는데 나는 억지로 입술을 올려 웃었다.

"그거 다행이다."

나는 아스팔트에서 일어나 걸음을 옮겼다. 전화를 끊자 산겐자야의 소음이 다시 들렸다.

알고 있어, 그런 거.

나는 내 뺨을 찰싹 때리고, 꺾인 꽃을 짓밟으며 역으로 걸었다.

19

돌아오는 전철 속에서 내 모습이 흐릿하게 비친 유리창을 바라보며 생각했다.

쓰키시마는 제멋대로다. 쓰키시마는 엉망진창이다. 쓰키시마는 응석받이에 남한테 폐만 잔뜩 끼친다.

입만 살아서는 색다른 말로 사람을 자꾸 휘말리게 하고 폭풍을 일으킨다.

상대가 기대하는 것을 알면서 시치미를 떼고 상처를 주고 심한 짓까지 한다.

그렇지만.

나는 유리 너머로 펼쳐진 경치를 멍하니 바라보았다.

쓰키시마는 슬플 때 곁에 있어주었다. 같이 고민하고 답을 찾아주었다. 말의 의미를 생각하는 게임을 하고, 잠들지 못하는 밤에 전화를 연결해주었다. 친구를 사귀는 법을 가르쳐주었다.

쓰키시마는 외톨이였던 나를 '특별'하게 해주었다.

코발트블루 하늘에 걸린 전선 몇 가닥에 새가 앉아 있었다. 마치 피아노 악보 같았다.

새들은 악보에서 해방되듯이 하늘로 날아올랐다.

나는 전철에서 내려 집으로 걸었다. 둘이서 셀 수 없이 함께 걸었던 길을 혼자 걸으며 결국 쓰키시마가 사랑스럽다는 결론을 내렸다.

그렇게 무서운 일을 당했으면서도. 그렇게 고민하고 괴로웠으면서도.

하늘이 붉게 물들었다. 아름다운 하늘을 혼자 보려니 왠지 쓸쓸했다.

언젠가 쓰키시마가 했던 말이 옳았다. 예쁘다고 말해도 받아줄 상대가 없으면 이토록 쓸쓸하다.

붉은 하늘은 내게 커터 나이프를 들이댄 쓰키시마의 눈처럼 꿈틀꿈틀 맥박 치는 것처럼 보였다.

쓰키시마에게서 전화가 오고 일주일이 지났다.

병원에서 전화가 걸려 오는 일은 더 없었지만, 쓰키시마의 아버지가 전화해서 조만간 쓰키시마가 퇴원한다고 알려주었다.

"유스케는 집으로 돌아오기는 해도 여전히 불안정할 거예요."

나는 "네" 하고 대답했다. 쓰키시마가 전화를 걸었다는 얘기는 할 수 없었다.

"유스케는 오자마자 나쓰코 양의 집에 찾아갈지도 몰라요. 폐를 끼치면 안 된다고 타이르고는 있지만 24시간 감시할 수는 없으니 저번처럼 갑자기 들이닥칠 수도 있어요. 무슨 일이 생기면 언제든 연락해주세요."

알겠습니다, 라고 대답하고 전화를 끊으려는데, 아버지가 말하기 어려운 듯이 다시 입을 열었다.

"나쓰코 양, 전에는 우리 집에 자주 놀러 왔지만…… 앞으로 당분간은 조심해줄 수 있을까요? 유스케 때문에 아내도 동생들도 지쳤어요. 나쓰코 양이 있으면…… 유스케가 그, 흥분할 때가 많으니까……."

"……네."

"미안하지만 가능하면 안정시키고 싶습니다."

나는 이해한다고 대답했다. 당연하다. 쓰키시마는 나와 통화하던 중에 쓰러졌고, 귀국해서는 나와 만나자마자 병원에 입원했다. 내가 원인이라고 생각하는 것은 자연스럽다.

그러나 전화를 끊은 나는 매우 낙담했다.

모두 쓰키시마의 병이 특정한 사람 때문에 생긴 것은 아니라고 생각하려고 한다. 나도, 쓰키시마도, 쓰키시마의 가족도. 그런데 나는 나 때문일지도 모른다는 감정과 다른 사람들이 나 때문이라고 여길지도 모른다는 감정 때문에 지금도 혼란스러웠다.

애초부터 한동안 쓰키시마의 집에 찾아갈 생각은 없었다. 나도 그게 낫다고 생각했다. 그러나 오지 말라는 소리를 대놓고 들으니 내 존재까지 부정당한 기분이었다.

너만 없었으면 좋았을 텐데. 때때로 내 머릿속에서 이런 목소리가 들린다. 네가 쓰키시마를 불안정하게 만들었잖아. 네가 괜한 소리를 해서 쓰키시마의 병을 악화시켰잖아.

그렇지 않다고 당당하게 나 자신을 달래줄 정도의 자신감이 내게는 없었다.

거실로 가자 빨래를 널던 엄마가 나를 보고 눈짓했다. 도우라는 의미를 담은 눈짓이다.

"쓰키시마가 퇴원한대."

내가 말하자 엄마는 빨래를 옷걸이에 걸면서 "그래?" 하고 대답했다.

"……나쓰코, 왜 그렇게까지 쓰키시마한테 집착하노?"

"집착한다고?"

"다른 남자애도 있잖아? 지금 학교에는 많이 없겠지만……."

"쓰키시마는 그런 게 아니야."

나는 젖어서 뒤엉킨 빨래를 팡팡 쳐서 주름이 잡히지 않도록 펼쳐 엄마에게 건넸다.

"말은 그래 하는데, 엄마는 니가 입을 다물고 있어도 감으로 다 알아. 쓰키시마가 일본에 돌아오고 나서 딸내미 표정이 매일같이 이런데 잘해보라는 소리는 못 하겠다."

엄마가 셔츠를 옷걸이에 걸었다. 그것을 받아 나는 두 개씩 건너가며 단추를 잠갔다.

"솔직히 엄마는 말이다, 잠도 못 자면서 고민하는 관계라면 그만두는 게 좋다고 생각해."

엄마는 곤란해 보였다. 딸에게 강요하지 않고 의견을 말하려면 어떤 표정을 지어야 할지 모르는 듯했다.

"그러게. 내 생각도 그래."

나는 더는 말하지 않았고 엄마 역시 더는 묻지 않았다. 엄마가 아무것도 묻지 않아서 고마웠다.

왜 여전히 쓰키시마인지 물으면 나도 적절한 대답은 모른다.

4인 가족의 빨래가 버드나무처럼 축 늘어져서 밤의 베란다에 걸렸다. 밤이면 제법 쌀쌀해진 것은 가을이 다가오기 때문일까.

바람을 타고 곧 가을이라는 속삭임이 흘러들었다. 남색 밤하늘에 초승달이 찰싹 붙어 있었다.

쓰키시마는 퇴원하고 뭘 할까?

다시 만날 수 있을까?

다시 말의 의미를 생각하는 게임을 할 수 있을까?

쓰키시마도 나와 같은 달을 보면 좋을 텐데. 나는 달이 하늘을 느릿느릿 이동하는 모습을 혼자 바라보았다.

20 분기점

쓰키시마는 퇴원하자마자 아무렇지 않게 나를 만나러 와서 놀라게 했다.

두 번 다시는 만나지 못할지도 몰라, 이번이 마지막이겠지. 이렇게 수차례 각오해도 쓰키시마는 나의 그런 마음 따위 알게 뭐냐는 얼굴로 만나러 왔다.

게다가 연락도 없이 갑자기 인터폰을 눌렀다.

여전히 제멋대로라니까…….

나는 문을 열고 쓰키시마를 방으로 들였다.

입원 전보다 몸무게가 조금 늘어난 것 같았다. 정신적으로도 예전보다는 꽤 차분해진 것처럼 보였다. 적어도 제습기를 쓰러뜨리거나 커터 나이프를 들이밀지는 않을 테지.

쓰키시마를 보고 나는 일단 안도했다.

그러나 쓰키시마는 입을 열었다 하면 결국 몸 상태에 대한 이야기만 늘어놓았다.

아직 완전히 회복되려면 멀어 보였다.

"부작용이 심해. 되게 강한 약을 먹는데 그게 각성제 효과가 있는 것 같아."

"각성제를 써본 적이 없어서 상상이 안 돼."

나는 조금 밝은 음색을 꾸며 대답했다.

"약 효과가 있을 때는 이럴 수 있나 싶을 정도로 집중력이 올라가."

"그렇구나. 그렇다면 써보고 싶은데?"

"대신에 약 효과가 떨어지면 끔찍한 환각이 보여. 오늘은 방에서 바퀴벌레가 대량 발생해서⋯⋯."

"으음. 그렇다면 쓰기 싫어⋯⋯."

기분이 나빠서 얼굴을 찡그린 나를 보고 쓰키시마는 이상한 얼굴이라고 말했다.

더없이 진지한 표정으로 "이상한 얼굴이네"라고 하니까 나는 재미있어서 웃었다.

이렇게 말하고 있으면 아무 일도 없었던 것 같다.

몇 번이나 '마지막'을 붙이며 이번 생의 이별을 했던 과거도, 미국에서 손을 흔들며 쓸쓸함을 느꼈던 과거도, 내가 "돌아오지 마"라고 말했던 과거까지도.

대화를 나누다 보면 지금 이렇게 같이 있을 수 있으니까 다른 것은 아무래도 좋았다.

커터 나이프를 들이민 과거나 절규하는 모습을 본 과거, 그리고 정신과 병원에 입원시켰다고 들은 과거도.

많은 일이 있었지만 다시 이렇게 같이 있어도 괜찮을 거야. 몸 상태를 설명하는 쓰키시마의 이야기를 들으며 나는 예전의 일상이 돌아오는 것을 느꼈다.

그러나 모든 것이 예전과 똑같지는 않았다.

예를 들어 평범한 사람의 건강한 상태를 10이라고 치고 감기에 걸린 날을 4 정도라고 가정해보자.

그러면 쓰키시마는 가장 상태가 좋은 날이 4, 평소가 3. 그러다가 2 이하로 떨어지는 날이면 둘이 같이 있어도 간호와 다를 게 없었다.

조금만 멀리 나가면 쓰키시마는 대체로 몸 상태가 나빠졌다.

아직 상태가 좋지 않으니까 집에 있으라고 해도 혼자 집에 있으면 환각을 보니까 무섭다고 했다.

어디든 가자고 해서 전철을 타면 금방 얼굴이 창백하게 질리고 덥지도 않은데 땀을 뻘뻘 흘렸다. 내가 말을 걸어도 갑자기 두리번거리며 불안하게 무언가를 쳐다보기도 했다.

나는 그럴 때마다 심장이 꽉 조여드는 기분이었다. 또 무슨 일이 생기면 어쩌지. 거품을 물고 쓰러지면 어쩌지.

내 걱정은 안중에도 없는 쓰키시마는 늘 나를 밖으로 불러냈다.

이케가미나 다마강까지 걸어갈 때도 있고, 전철을 갈아타고 멀리 나갈 때도 있었다. 그러나 어딜 가든 예전 같지는 않았다.

어느 날, 같이 걷는데 쓰키시마가 갑자기 눈을 감더니 1초쯤 의식이 어디로 날아간 것처럼 앞으로 비틀거렸다. 안색을 보니 새파랬고 손이 얼음장처럼 차가웠다.

"오늘은 집에 가는 게 좋겠어……."

나는 쓰키시마에게 어깨를 빌려주고 걸음을 옮겼다. 이렇게 하지 않으면 당장에라도 앞으로 고꾸라질 것처럼 몸에 힘이 없었다.

"돌아가도 할 게 없어."

"상태가 이렇게 안 좋은데?"

"돌아가기 싫어."

"만약에 네가 여기에서 쓰러지면 나는 또 너랑 못 만나게 될지도 몰라."

"괜찮다니까."

쓰키시마의 괜찮다가 정말로 괜찮았던 기억이 없다.

쓰키시마의 말을 믿진 않았지만 그를 두고 혼자 돌아갈 순 없었다. 우리는 걷다가 멈추고 멈췄다가 걸으며 병에 대한 이야기를 나눴다.

"머리가 어질어질해?"

"몸이 무지무지 무거워. 약의 부작용일지도 모르겠어."

"벤치에서 잠깐 쉴래?"

쓰키시마는 벤치에 앉더니 약 투정을 늘어놓았다.

이렇게 약을 먹는데도 나을 기미가 안 보여. 부작용이 이렇게 세면 약을 먹는 의미가 있나.

약 때문에 인생이 망가질지도 몰라. 그러느니 약을 끊는 게 낫지 않을까?

"의사 선생님이 먹으라고 한 약을 내가 먹지 말라고 할 수도 없고……."

말은 이렇게 했지만 확실히 쓰키시마의 상태는 좀처럼 나아질 기미가 없었다.

외출 중에 배가 고플 때가 있다. 예전에는 같이 패스트푸드점에 갔는데, 쓰키시마가 약을 먹는 동안에는 배가 고파도 쉽게 그럴 수 없었다.

"밥 먹지 않을래?"

내가 물어도 쓰키시마는 기분 나쁜 표정으로 나를 보며 자기는 됐다고 했다.

"기분이 안 좋아?"

"음식에서 모래 같은 맛이 나."

"전혀 못 먹겠어?"

"응. 냄새 맡는 것도 힘들어."

"그럼 나만 먹고 올까?"

"그럼 나는 다른 데 가 있을게."

"그러면……."

나는 공복을 참으며 다시 걸음을 옮겼다. 아무것도 먹지 못
하는 쓰키시마 옆에서 내 배는 텅텅 비었다. 나는 공복감을 최
대한 생각하지 않으려고 노력하면서 걸었다. 무슨 수행이라도
하는 기분이었다.

병이 골절이라면 좋을 텐데. 나는 생각했다. 만약 골절이라
면 다정하게 대하는 것이 더 쉬웠을 텐데. 왜 혼자 걷지 못하는
지 한숨을 쉬지 않아도 될 텐데.

맹장염이라면 나을 텐데. 만약 맹장염이라면 밥을 먹지 못
해도 어쩔 수 없다고 생각했을 텐데. 왜 같이 외출했는데 밥도
먹지 못하는지 고민하지 않아도 될 텐데.

정신 질환은 골칫거리였다. 어디서부터 병이고 어디서부터
성격인지, 문외한이 함부로 선을 그을 수 없었다. 눈에 보이지
않는 무언가와 싸우는 쓰키시마의 노력이 내 눈에도 보이면
좋을 텐데. 나는 공복에 지지 않으려고 생각했다.

정신이 아프면 자기 상태를 남에게 얘기하고 싶어지나 보
다. 쓰키시마는 매일같이 자기 상태를 말하고 얼마나 힘들고
괴로운지 설명했다.

자기가 어떤 상황인지 내가 알아주기를 바라나 보다. 나는 쓰키시마의 상황을 상상하려고 열심히 노력했지만 날이 갈수록 전화를 받기 두려웠다.

"나, 지금 일어났어."

전화 너머로 시계를 보니 오후 4시였다.

"잠이 안 왔어?"

"잠이 안 와서 수면제를 먹었어. 일어났더니 이 시간이었어."

불안 어린 목소리가 수화기 너머로 들렸다.

"나도 좀 제대로 살고 싶어. 우리 가족도 맨날 자고 일어나서 산책이나 하는 나를 게으르다고 생각할 거야. 처음에는 병이니까 어쩔 수 없다고 생각했겠지만 요즘은 게을러터졌다고 생각하는 것 같아. 걷지 못하는 것도 아니고 열이 나는 것도 아니니까, 옆에서 보면 건강해 보이는 날도 있을 거야. 그런데 나도 이렇게 잠만 자는 내가 무서워. 일어날 수 있으면 일어나고 싶어."

나는 조용히 "응" 하고 대답했다.

퇴원하고 한동안은 힘들겠다, 고생이네, 같은 위로를 했지만 반년이나 이어지니 괜찮으냐고 되묻는 것조차 어려워졌다.

슬픔을 호소하는 목소리를 들으면 '또야'라는 생각이 들어서, 가엾다고 생각하는 감정 스위치를 꺼버리고 싶어졌다.

쓰키시마는 잠에서 깨지 못해 무서울지 모르지만 나는 잠을 자지 못해서 무섭다. 나도 잘 수 있으면 자고 싶다. 그래도 일상생활을 한다. 학교에도 다니고 피아노도 연습하고 마치 간호하듯이 쓰키시마의 이야기를 듣는다.

모두 특정한 문제를 떠안고 자신의 일상을 사는데 병에 걸리면 남을 고려하지 않고 자기 괴로움을 호소해도 되는 걸까?

쓰키시마가 힘든 시간을 보내는 것은 안다.

그러나 매일 그 사실만을 호소하려고 전화를 걸면 가엾다고 생각하는 것이 점점 어려워진다는 것을 쓰키시마는 생각해본 적이 있을까?

"그래도 나는 너희 부모님 심정도 이해가 가. 자기 아들이 아무것도 하지 않고 밤까지 잠만 자면 얘가 이렇게 살아도 괜찮을지, 조금은 열심히 하라고 말하고 싶어질 거야……."

내가 말해놓고서 곧바로 문외한이 그어선 안 되는 선이라는 경보가 마음속에서 울렸다. 문외한이 병의 증상과 어리광의 선을 판단해서는 안 된다. 이런 말을 해도 쓰키시마의 병이 나을 리 없다. 압박을 준다고 열심히 노력할 리 없다.

머리로는 알면서도 내 입은 멋대로 움직여서, 좀처럼 변함이 없는 쓰키시마에게 느끼는 짜증을 감추지 못했다.

안 된다고 생각하면서도 내 생각은 입에서 미끄러지듯이 흘러나왔다.

"만약에 매일 아침 6시에 일어나서 제대로 생활하던 사람이 병에 걸리면…… 지금은 아파서 일어나지 못한다고 생각하겠지. 그런데 너는 예전부터 아침에 일어나지 않았고 고등학교도 금방 그만뒀으니까, 가끔 어디서부터 어디까지 병인지 의아하게 느껴져……."

말해버렸다. 계속 말하지 않고 참았던 것을 말해버렸다. 그러자 쓰키시마는 잠깐 침묵한 뒤,

"나쓰코까지 그런 식으로 말하네. 그래, 말해도 돼. 나도 그런 것쯤 잘 알고 있으니까. 이제 할 말 없어. 안녕."

하고 전화를 끊었다.

아, 미안해. 전화에 대고 말했지만 귓가에는 이미 기계음만 들렸다. 저질러버렸다. 그렇게 경보가 울렸는데. 말하지 말았어야 했는데.

정신 질환을 앓는 사람을 곁에서 지켜주는 것은 어렵다. 그가 하는 말을 듣기만 해도 내 마음마저 병들 것 같은 순간이 있는데, 일정 거리를 적절하게 유지하며 계속 지켜주기란 정말 어렵다.

나는 심호흡하며 정말로 그의 병이 눈에 보이면 좋겠다고, 생각해봐야 소용없는 생각을 했다.

전에 쓰키시마에게 물어본 적이 있다.

"우울증인 사람한테 힘내라고 말하면 안 된다고 하잖아? 그거 왜 그럴까? 압박이 되니까?"

정확하게 말해서 쓰키시마는 우울증이 아니지만 ADHD로 다양한 합병증 증상이 나타났다. 정신 질환은 그런 경우가 많

다고 한다.

"내 생각에 압박과는 조금 다른 것 같아. 그보다는 힘내는 것이 뭔지 전혀 떠오르질 않아. 힘내라는 말을 들을수록 힘내는 것 자체가 뭔지 모르니까 내 마음을 알아주는 사람이 없다는 생각이 들어서 고독해져. 그러니까 말하면 안 된다는 것은 그런 의미일 것 같아."

나는 그렇게 말했던 쓰키시마를 떠올리고 내가 한 말을 후회했다.

열심히 하는 게 좋다고 그냥 정해져 있는 건 아닐까.

쓰키시마는 전에도 이렇게 말했다. 열심히 하지 못하는 것이 괴롭다고. 나도 매일 피아노를 마주하니까 그런 것쯤은 잘 아는데, 왜 깜박한 걸까.

열심히 하는 게 좋다. 그야 그렇다.

마음을 정리하고 전화를 걸자 쓰키시마가 금방 받았다.

"아까는 미안했어!"

전화가 연결되자마자 내가 소리 높여 외치자, 쓰키시마가 조용히 "응" 하고 대답했다.

"네가 제일 힘든 거 알아."

또 작은 목소리로.

"응."

"……그래도 사실은 나도 많이 힘들어."

"알아."

우리는 한동안 침묵했다.

알아. 그 한 마디로 나의 노고를 정리해버리다니. 그러나 황당하게도 내가 바란 것은 그 말이었다.

알아.

그저 그렇게 말해주기를 바랐다.

1년 정도 병원에 통원하면서 쓰키시마는 서서히 약을 줄여갔다.

때로는 약을 줄이기 힘들어서 잠들지 못하는 밤이나 일어나지 못하는 아침이 전보다 늘어날 때도 있었지만, 예전처럼 환각을 보지 않았고 갑자기 쓰러지지도 않았다. 식욕이 다시 생겨서 가끔은 같이 밥을 먹을 수 있었다.

쓰키시마는 아무 일 없이 하루를 마치는 것을 목표로 삼았다. 공부를 하지 않아도, 일하지 않아도 우선 일어나서 밥을 먹고 잠을 자는 것부터 시작하기로 했다.

평범하게 생활하는 사람이 걷는 열 걸음은 쓰키시마에게 만 걸음이었는지도 모른다. 겨우 1미터 거리를 나아가기 위해서 쓰키시마는 수십 킬로미터의 거리를 혼자 걸어야 했는지도 모른다.

투병하는 쓰키시마를 지켜보면서 나도 정신 질환에 대해 생각해보았다.

문외한이 골절을 고치지 못하듯이 정신 질환 역시 지식이 없는 사람은 고치지 못한다. 내가 할 수 있는 것은 쓰키시마가 안은 문제를 '병'이라고 인정하는 것이었다.

골절한 사람이 빨리 달리지 못하는 것은 성격의 문제가 아니라는 것.

맹장염인 사람이 밥을 먹지 못하는 것은 취미의 문제가 아니라는 것.

이렇게 인정함으로써 다른 누구도 아닌 결국 나 자신이 구원을 받았다.

우리는 다시 말의 의미를 생각하는 게임을 시작했고, 자기 자신을 어떻게 지켜야 할지 토론했다. 생각했던 대로 되지 않을 때는 왜 그렇게 됐는지 토론했고, 새로운 싹이 움트듯이 우리에게는 다시 말이 흘러넘쳤다.

그러나 예전과는 조금 달랐다.

예전에는 최대한 가까이 있고자 갈망했다면, 지금은 최대한 거리를 떨어뜨리려고 대화를 나눴다.

태어난 곳도, 보아온 경치도 똑같다. 괴로움도 슬픔도 공유할 수 있다.

그렇게 믿어버렸던 우리가 다시 쓰키시마 유스케와 니시야마 나쓰코라는 서로 다른 두 사람으로 나뉘는 과정에는 강제로 몸이 찢어지는 듯한 아픔이 따라왔다.

우리가 쌍둥이처럼 모든 것을 공유할 수 없다는 사실을 알기 위해 몇 년을 허비한 걸까. 왜 이렇게도 괴로워야 했을까.

만약 우리가 정말로 쌍둥이였다면 이렇게까지 괴롭지 않았을 것이다.

제
2
부

1 지하실

열아홉 살의 12월 31일을 나는 도쿄에서 맞이했다.

한 해의 마지막 날 길거리는 늦은 밤인데도 사람이 가득했다. 옆에서 쓰키시마가 추운지 손을 비볐다. 단술 냄새가 밤기운에 섞여 투명한 구름처럼 주변을 감돌았다.

병원에서 퇴원한 후로 쓰키시마는 조금씩 몸을 회복하며 다양한 것에 도전했지만 그 어떤 것에도 열정을 쏟지 못했다.

공부를 다시 하겠다며 보습 학원에 다니기 시작했고, 대학 입시를 준비하겠다면서 입시 학원에 다니기 시작했지만 둘 다 끝까지 다니지 못했다.

점점 노트에 공백이 늘고 참고서를 가방에 넣어두기만 하더니 결국에는 아침에 일어나지 못했다. 쓰키시마의 인생은 목표를 달성하기 전의 어느 시점에서 페이드아웃되고 말았다.

끝까지 밀고 나가지 못하는 사람이 있다.

나는 어느새 쓰키시마를 그런 사람이라고 생각하게 되었다. ADHD라는 병 때문일 수도 있고 그렇지 않을 수도 있다. 어쨌든 쓰키시마는 스무 살이 되어서도 인생 게임의 시작점에 장기 말을 놓아둔 채였다.

신사로 이어지는 지붕 아래에서 빨간색 무녀 복장을 한 여자애들이 바쁘게 손님에게 부적을 팔고 있었다.

나는 점괘 줄에 서서 백 엔을 내고 제비를 한 장 뽑았다. 제비를 펼치자 '길吉'이라는 글자 옆에 커다랗게 문장이 적혀 있었다.

'그 희망이 절망으로 바뀌지 않을지니.'

퍼뜩 놀라 옆에서 자기가 뽑은 제비를 읽는 쓰키시마를 보았다.

그 희망. 시작점에서 장기 말을 전진시키는 쓰키시마.

그렇게 되면 좋겠다. 과한 기대는 금물이라고 생각하면서도 나는 제비를 지갑 안에 소중히 넣었다.

보습 학원도 입시 학원도 다 그만둔 쓰키시마는 벽보 붙이는 아르바이트를 하며 지냈다.

음악 대학에 입학한 나와 아르바이트를 하며 지내는 쓰키시마의 생활에는 접점이 없었다. 그래도 우리는 자주 대화했다.

이제 헤어지는 선택지는 생각하지 않았다. 그러는 대신에 우리는 각자의 실이 뒤엉키지 않도록 주의하며 같이 시간을 보냈다.

어느 날, 쓰키시마가 갑자기
"밴드를 할 거야."
라고 선언했다.

쓰키시마는 예전에도 밴드를 꾸린 적이 있었는데, 전부 다 흐지부지 끝났다. 초반에는 카피 밴드를 하겠다느니 곡을 직접 작곡해서 연주하겠다느니 의욕이 넘쳤지만 반년쯤 지나면 밴드 멤버가 모이지 않아 서서히 자연 소멸했다.

공부와 마찬가지로 이 역시 쓰키시마의 일상이었다.

나는 솔직히 '또야?'라는 마음으로
"그래?"
하고 대충 맞장구를 쳤다.

잘될 리는 없겠지만 그래도 주에 며칠 하는 아르바이트 이외에 할 일이 생긴다면 쓰키시마에겐 좋은 일이다.

나는 일단,
"밴드 멤버는 벌써 찾았어?"
하고 물었다.

"일단은 구치린만."

쓰키시마는 중학교 때 같은 반이었던 친구의 이름을 꺼냈다. 야마구치 린타로, 별명은 구치린.

나의 중학교 선배이기도 한 구치린은 내가 알기로 우등생이었다. 교복 단추를 끝까지 잠그고 다녔고 운동부 활동을 하느라 구슬땀을 흘렸고 성실하게 공부했다. 아마 야구부였지.

"흐응……."

그런 사람이 왜 쓰키시마와 밴드를 하지? 둘이 같이 있는 이미지가 떠오르지 않아 나는 시선을 살짝 비꼈다.

"구치린이랑 음악 얘기가 잘 통해."

쓰키시마는 즐거워하며 설명했다.

중학생 때, 실내화에 밴드 '유즈'의 마크를 그리는 쓰키시마에게 구치린이 말을 걸었다.

그때 이후로 둘은 음악 이야기를 나누기 시작했고, 나란히 펑크 록을 좋아하게 되었다.

그들은 늦은 밤까지 열을 올리며 대화했다고 한다.

NOFX의 멜로디 센스가 얼마나 대단한지, 또 RANCID의 곡이 얼마나 멋진지에 대해서.

"우리는 같은 음악을 들었어."

왠지 자랑스러워하는 쓰키시마를 보며 나는 또 '흐응' 하고 대꾸했다.

대학교 과제 곡을 연습하는데 전화가 울렸다. 손을 멈추고 전화를 받자 평소와 다르게 쓰키시마의 차분한 목소리가 들렸다.

"할 얘기가 있어……."

뭔가를 꾸미는 듯한 목소리였다. 실실 웃음기를 머금은 목소리로 미루어 나쁜 이야기는 아닐 것 같았다.

"무슨 얘긴데?"

"말해줄 테니까 저녁 8시까지 유키가야오쓰카의 바미얀으로 와."

쓰키시마는 자기 할 말만 하고 흥겹게 전화를 끊었다. 갑자기 전화를 걸어서 내 일정은 묻지도 않고 불러내다니, 자기가 뭐나 된다고 생각하는 거지.

나는 해야 할 일 리스트를 적어둔 다이어리를 펼쳤다. 막 대학생이 된 사람의 To Do 리스트는 누구나 그렇듯 산더미처럼 많다. 한숨이 나왔다.

이 산은 내 인생이니까 내가 쌓아 올려야 한다. 그런데 쓰키시마는 자기 멋대로 전화 한 통을 걸어 그 산의 제일 위에 서슴없이 일정을 얹는다. 그것 하나로 다른 모든 것이 우르르 무너진다.

"나쓰코, 여기야."

유키가야오쓰카에 있는 패밀리 레스토랑 바미얀은 입구에서 풍기는 이미지보다 훨씬 넓었다. 쓰키시마를 찾느라 두리번거리는데 제일 안쪽 소파 자리에서 쓰키시마가 손을 들었다. 맞은편 소파에 남자 둘이 앉아 있었다. 가까이 다가가 보니 한 명은 구치린이었다.

"안녕."

"아, 안녕."

구치린은 양복을 입고 있었다. 넥타이를 느슨하게 풀었는데 양복 차림에 익숙해 보였다. 왜 양복을 입었는지 묻자, 학원에서 강사 아르바이트를 마치고 온 참이라고 했다.

구치린이 있다면 밴드와 관련된 얘기일까? 나는 내일까지 해야 할 일들을 떠올리며 머릿속으로 몇 시쯤 돌아가야 하는지 계산했다.

물수건을 들고 온 웨이트리스에게 셀프 드링크 바 하나를 주문하고 쓰키시마 옆에 앉았다.

나머지 한 명도 중학교 선배였다. 본 적 있는 얼굴에 대고,

"안녕하세요."

하고 인사했다.

보통 야부짱이라는 별명으로 불리는 그는 학처럼 말랐고 병바닥처럼 생긴 안경을 쓰고 있었다. 회색의 쭈글쭈글한 파카를 걸치고 소매에 뚫린 구멍을 손가락으로 만지작거리고 있었다.

나는 두 사람을 보며

"이 둘이 그 밴드 멤버야?"

하고 물었다. 쓰키시마는 그렇다고 대답했다.

구치린이 기타리스트, 야부가 베이시스트, 쓰키시마가 보컬. 드러머는 현재 모집 중이라고 했다.

흐응, 재미있어 보이네. 겉옷을 벗고 테이블에 팔꿈치를 올렸는데, 테이블 위에 여러 장의 종이가 널브러져 있었다. 뭔지 궁금해서 그중 하나를 집어 눈높이까지 들어 올렸다.

◎ 가마타 역, 넓은 면적, 약 15평, 월세 20만 엔,
　사무실로 최적

"이게 뭐야?"

다른 종이에도 비슷한 정보가 적혀 있었다. 월세와 면적, 위치 따위가 적힌 부동산 자료였다. 무슨 꿍꿍이지?

"밴드 할 장소를 찾는 중이야!"

쓰키시마가 기운차게 말했다. 앞에 앉은 야부가 그렇다면서 쓴웃음을 지었다. 나는 고개를 갸웃거리며 상황을 파악하려고 했다.

"앞으로 밴드를 할 장소를 다 같이 찾는다는 소리야?"

"응. 공장이 있던 곳이면 저렴하게 빌릴 수 있을 것 같아서. 방음에도 적합할 것 같고."

쓰키시마가 싱긋 웃었다. 내가 들고 있던 종이를 쓱 가져가 다른 자료와 비교했다.

테이블에 놓인 자료를 살펴보니 전부 넓은 방 하나와 간소한 화장실만 딸린 구조였다. 바닥이 콘크리트인 것도 있었다.

그런데 왜 굳이 공장으로 쓰던 곳을 빌리려는 걸까? 음악 스

튜디오도 얼마든지 있는데.

내가 의아함을 품고 자료를 살피자 쓰키시마가 설명을 시작했다.

"일주일에 한 번, 고작 몇 시간만 스튜디오에 들락이는 정도로는 음악을 못 하겠더라고. 나 지금까지 여러 번 밴드를 꾸렸지만 다 잘 안 됐어. 원래 밴드란 시간이 더 많이 필요한 것 같아. 그러니까 언제든 다 같이 모일 공간을 마련하려고 해."

쓰키시마는 기운이 넘쳤다. 눈이 반짝였다. 이런 쓰키시마는 처음 보았다. 하지만 일말의 불안이라곤 없이 꿈을 말하는 쓰키시마의 모습에 나는 오히려 불안해졌다.

"그건 좋은 생각 같긴 한데……."

제일 굵은 글씨로 적힌 숫자가 역시 마음에 걸렸다.

"이 돈을 어떻게 낼 건데?"

월세는 아무리 저렴해도 매달 10만 엔 이상이 필요했다. 그 돈을 셋이서 계속 각출할 수 있을까? 쓰키시마가 하는 벽보 붙이기 아르바이트의 시급은 850엔일 텐데.

"괜찮아, 그런 건."

쓰키시마가 대답했다.

"괜찮다니?"

나는 물고 늘어졌다.

"일단 지금은 그런 거 생각 안 해도 돼."

"언제 생각할 건데?"

"집요하긴. 지금은 그런 거 생각하다가 우울해지기 싫단 말이야."

불안해서 가슴이 요동쳤다.

예전에도 이렇게 계획 없이 미국에 갔다가 돌아왔으면서 까맣게 잊어버렸나? 나는 국제전화로 몇 번이나 반복했던 대화가 떠올라 끔찍한 이명이 들리는 것 같았다.

또 도중에 그만둘지도 모른다. 울고 소리치고 쓰러질지도 모른다. 쓰키시마의 그런 모습을 더는 보고 싶지 않았다. 간신히 조금씩 좋아지고 있는데 왜 또 이상한 일을 시작하려는 거지.

쓰키시마가 아무리 기운이 넘치더라도 앞으로도 열심히 하리라는 보장이 없다. 지속해서 무언가를 하고자 노력하는 모습을 한 번도 보지 못했는데 어떻게 믿을 수 있겠는가.

이 불안함을 어느 정도 표현하면 좋을지 고민하는데, 구치린은 내 걱정 따위 모르고 즐겁게 어깨를 으쓱거리며 자료를 보고 있었다.

쓰키시마가 고등학교를 중퇴했고 유학도 도중에 그만뒀고 병원에 입원했던 것을 구치린도 알고 있을 것이다. 그런데도 어떻게 낙관적일 수 있을까? 앞으로 쓰키시마가 개과천선해서 노력할 수 있다고 생각하나?

만약 그렇다면 구치린의 생각이 짧은 것이다. 아니면 짐승처럼 울부짖던 모습을 보지 못했기에 이렇게 즐거워할 수 있는 것이다. 나는 도저히 그 모습을 잊을 수 없었다.

"역시 여기가 제일이지."

구치린은 여러 종이 중에서 한 장을 꺼내 모두가 보는 앞에 놓았다. 여전히 불안한 기색은 없었다.

"여기가 좋지."

쓰키시마가 종이를 확인하고 동의했다.

◎ 오토리이 역, 지하 1층, 약 30평, 월세 10만 5천 엔,
　 인쇄 공장 부지

쓰키시마와 구치린이 각자 말했다.

"월세가 월 10만 엔이면 아르바이트로 어떻게든 될 것 같아."

"비싸긴 해도 내지 못할 금액은 아니니까."

"네 명이니까 어떻게든 될 거야."

나는 귀를 의심했다.

"네 명?"

야부를 포함해 세 명이잖아.

"응. 안 할 거야?"

쓰키시마가 무슨 당연한 소리를 하냐는 듯이 나를 보았다.

"하다니, 내가 뭘 해. 밴드 멤버도 아니잖아?"

"뭔가 있을 거야. 같이 밴드를 하지 않아도 피아노를 칠 줄 아니까 나쓰코도 거기서 연습하면 어때?"

말도 안 되는 소리다. 일부러 공장에 가서 피아노 연습을 할

이유가 뭐야? 대체 머리가 어떻게 돌아가서 아무 상관도 없는 나를 이런 계획에 끌어들이려는 거지?

정말 기가 찼다. 갑자기 불러내서는 자기 계획에 필요한 월세를 상납할 인원에 넣으려고 하다니 대체 얼마나 염치가 없는 거지.

그런데 화가 난 나를 보고 쓰키시마가 말했다.

"싫으면 괜찮아."

……치사해.

쓰키시마는 내가 그런 소리를 듣고서 거절한 적이 없는 것을 안다. 내가 쌓아 올린 산의 제일 꼭대기에 그의 일정을 올리는 것 역시 당연하게 여긴다. 내가 쌓아 올린 다른 것은 생각해 본 적도 없겠지.

붙잡히면 안 된다. 이런 계획성도 없는 일에 참여하는 것은 터무니없이 위험하다. 또 괴로운 경험을 할 것이 뻔하다. 그런데도 내 입은 마음을 배신하고 멋대로 움직였다.

"할게……."

"좋아, 정해졌네."

쓰키시마는 드링크 바로 가서 네 명분의 채소 주스를 따라 돌아왔다.

"앞으로 잘 부탁한다는 의미로."

짠 소리를 내며 네 명의 컵이 겹쳐졌다. 세 사람은 내가 보는 앞에서 채소 주스를 꿀꺽꿀꺽 마셨다.

그 희망이 절망으로 바뀌지 않을지니. 부디 그렇게 해주세요, 나는 기도하듯이 지갑을 움켜쥐었다.

2 　　　　　　　　　　　　　　　　계약서

　지하실을 빌리는 데 필요한 돈은 총 94만 5천 엔이었다.

　초기비용으로 보증금이 월세 7개월분, 사례금이 월세 1개월분. 그리고 당월 월세 1개월분을 합쳐서 94만 5천 엔이었다.

　내가 그 비용을 부담할 의무는 없지만, 그 말을 듣자마자 통장을 들고 은행에 간 것은 어쨌든 내버려둘 수 없었기 때문이다.

　쓰키시마와 그 친구들이 그런 돈을 감당할 리가 없다.

　내 통장을 정리했더니 잔액이 10만 엔이었다. 나는 전액을 인출해 지폐 열 장을 쓰키시마에게 건넸다.

　"다들 얼마나 있어?"

　확인해보니 야부는 3만 엔, 쓰키시마는 글쎄, 잔액이 1만 엔밖에 없었다.

기가 막혔다. 셋이 합쳐도 고작 14만 엔이었다.

나는 쓰키시마에게 짜증이 솟구쳤다. 하고 싶은 일을 먼저 정해도 결국 무리였잖아.

잔액 1만 엔으로 지하실을 빌려 음악을 할 계획을 세우다니 머릿속에 뭐가 들었을까? 대체 돈이 어디서 나올 줄 알고 계획 없는 꿈을 말한 걸까.

쓰키시마를 탓해봤자 계획을 중지하는 수밖에 없었다. 그래도 어쩌면 이게 다행인지도 모른다. 돈을 몇백만 엔이나 투자하고서 되돌아오는 것이 훨씬 더 큰일일 테니까.

시작하기 전에 끝나서 다행이었다.

내가 남몰래 가슴을 쓸어내리고 있는데, 계속 가만히 있던 구치린이 갑자기 입을 열었다.

"나, 어려서부터 세뱃돈 받으면 계속 저금했어. 큰일이 있을 때 쓰려고 했는데…… 그게 지금 같아."

시원시원한 목소리였다. 구치린은 이어서 말했다.

"나는 지금까지 살면서 세뱃돈을 한 번도 쓴 적이 없어."

우리는 침을 꿀꺽 삼켰다.

"세뱃돈을 모은 돈이 70만 엔이야. 남은 24만 5천 엔도 강사 아르바이트를 하면서 모든 돈으로 어떻게든 돼. 그러니까 초기 비용은 전부 내가 낼게."

전부?

나는 넋이 나갔다. 94만 5천 엔이라는 거금을 혼자 낼 수 있는 스무 살이 있다니. 그리고 그런 건실한 사람이 전 재산이라 곤 고작 1만 엔인 쓰키시마의 친구라니……!

구치린은 그대로 부동산 회사에 가서 혼자서 계약을 진행 했다.

그리고 우리는 다시 바미얀에 집합했다. 지난번처럼 드링크 바의 컵만 가득한 테이블 위에 구치린이 94만 5천 엔의 현금 과 교환한 계약서를 올려놓았다.

"다음 달 12일부터 들어갈 수 있대. 열쇠 받을 때는 다 같이 가자!"

그 배치도가 정말로 우리 것이 되는 걸까? 평온한 구치린의 얼굴을 나는 새삼스럽게 살폈다.

겨우 며칠 전, 이 테이블에서 배치도 자료를 둘러싸고 앉았 을 때, 그는 그저 즐겁게 계획을 경청하는 것처럼 보였다. 그런 데 알고 보니 구치린은 단순한 낙관주의자가 아니었다.

계약서가 드링크 바의 물에 젖지 않도록 나는 테이블 끝을 살살 닦았다.

한 달 후, 우리는 각자 자전거를 타고 모였다.

우리는 그 공간을 일단 지하실이라고 부르기로 했다. 지하 실 위에는 지상 3층짜리 건물이 있고 1층에는 공장이 있었다. 2층과 3층에는 집주인이 살았다.

1층 입구로 들어가 지하로 열 계단쯤 내려가자, 온도가 조

금 낮아졌다. 지하 입구에는 해가 들지 않는 콘크리트 냄새가
가득했다.

"그럼 연다."

구치린이 문에 손을 댔다. 문이 오래되어서 결을 따라 판자
가 여기저기 벗겨져 있었다.

"짜자잔."

구치린의 효과음과 함께 문이 열렸다.

"대단하다!"

"넓어!"

우리는 각자 감상을 외쳤다.

"냄새 난다!"

이조차도 찬사인 듯이 옆에서 야부가 외쳤다.

그런데 이 맡아본 적 없는 냄새는 뭐지? 나는 코에 손을
댔다.

지하실은 원래 인쇄 공장이었다고 한다. 혹시 이건 잉크 냄
새일까? 잠가둔 지하 특유의 곰팡내와 섞여 몸까지 오염되는
것 같았다. 여기 정말 괜찮을까? 이름도 모를 유해 물질이 나
오면 어떡하지······. 나는 걱정이었지만 기뻐하느라 바쁜 세 사
람을 배려해 공기를 최대한 들이마시지 않으려고 노력하며 가
만히 숨을 쉬었다.

쓰키시마가 불을 켰다. 전구에서 작게 타닥타닥하는 소리가
나더니 순서대로 불이 켜졌다. 하얀 벽과 하얀 천장과 합성수

지 바닥이 빛을 받아 전체가 확실하게 보였다.

30평이라니. 정말 넓구나.

이렇게 압도적인 공간이 우리 것이 되다니 믿을 수 없었다. 내가 언제 어른이 됐나 싶어 벽과 천장을 차근차근 살폈다. 우리끼리 이런 창고를 빌릴 수 있다니.

우리는 탐험하듯이 공간 구석구석까지 살펴보았다. 천장 높이 설치된 창문을 어떻게 여는지 확인하기도 하고, 작게 딸린 부엌에서 수도꼭지를 틀어 물을 흘려보기도 하고.

부엌 싱크대 옆에 철로 된 모기향처럼 생긴 것이 있었는데, 아래쪽 스위치를 누르자 서서히 뜨거워졌다.

"뭐지?"

"뜨거워지지네?"

구식 온수기임을 깨달았을 무렵, 오랜 세월 쌓였을 먼지가 바작바작 불에 타는 냄새가 났다.

"꼭 문화제 같다."

쓰키시마가 재채기하며 신이 나서 말했다.

고등학교를 금방 그만둔 쓰키시마는 고등학교 문화제를 경험한 적이 없다. 그는 학교를 그만둔 시점부터 인생을 다시 시작하려는지도 모른다.

운동선수가 되고 싶은 것도 아닌데 다들 운동부 활동을 열심히 하는 이유를 모르겠다면서 고등학교를 그만둔 쓰키시마가 밴드를 하려고 지하실을 빌렸다. 그렇다면 밴드로 가수가 되겠다고 결심한 걸까?

그러나 밴드로 성공하는 것은 고등학교에 다니는 것보다 훨씬 어려운 일이다. 나는 내 옆에서 벽의 얼룩을 하나하나 살피는 쓰키시마를 걱정스럽게 바라보았다.

태양이 졸인 달걀 같은 색을 거리에 드리웠다. 저녁이 되어 배가 고파진 우리는 다시 자전거를 타고 각자 집으로 갔다.

쓰키시마는 아직 집까지 가는 길을 외우지 못한 나를 바래다주었다. 자전거를 타면서 그는 혼잣말처럼 말했다.

"빨리 마지막 밴드 멤버를 찾아야 하는데."

쓰키시마는 자전거를 탈 때도 느리고 걸을 때도 느리다. 나는 쓰키시마 옆에서 느긋하게 페달을 밟았다.

"찾으면 좋겠다."

자전거의 진행 속도에 따라 태어나고 자란 거리가 앞에서 달려와 뒤로 멀어졌다. 자동차의 붉은 라이트와 전등 불빛이 저녁 하늘에 아련히 녹아들어 시야가 흐려졌다.

신호가 빨갛게 바뀌었다. 자전거를 옆에 세우자 쓰키시마가 불쑥 말했다.

"나는 너를 밴드에 넣을 생각은 없어."

나는 놀라서 곧바로 대답했다.

"나도 네 밴드에 들어갈 생각은 없어."

쓰키시마는 고개를 끄덕이며 말했다.

"싸움이 날 테니까."

그 말이 옳다. 그런데 이런 소리를 왜 굳이 하는 거지?

지하실 계획의 일원이 된 내가 밴드 멤버가 되는 것은 자연스러운 흐름일지도 모른다. 그러나 내가 그러기를 바라며 계획에 가담하지 않은 것을 쓰키시마도 알 터이다.

나는 파란불로 바뀐 신호를 보고 먼저 출발했다. 부탁도 안 했거니와 그저 도와주고 싶었을 뿐인데, 뜬금없이 밴드 가입을 거절당한 것을 납득할 수 없었다.

우리 관계에 거리를 두려고 노력한 쪽은 분명 나였다. 멋대로 전화를 걸고 멋대로 집에 찾아오는 제멋대로인 쓰키시마에게 휘둘리는 쪽은 분명 나였다.

그랬으면서 이제는 상태가 조금 나아졌다고 이렇게 거리를 두려고 하는 쓰키시마에게 속이 상했다.

"나쓰코도 알잖아……."

속이 상한 나를 살피며 쓰키시마가 말했다. 밴드에 들어가지 못해서 내가 쓸쓸해할지 모른다고 걱정이라도 하나?

물론 쓸데없는 걱정이다.

우리가 함께 있으면 서로에게 상처를 주는 순간이 있는 것, 잘 안다. 여러 사람을 끌어들인 밴드를 같이 한다니 말도 안 된다.

알고 있다.

우리는 항상 일정한 거리를 유지해야 한다.

떨어지지는 못할 것이다. 그러나 너무 가까워지면 뒤얽혀버린다. 그 괴로움을 이미 충분히 맛보았다.

우리는 지금보다 더 가까워지면 안 된다.

3   **있을 곳**

지하실을 빌려도 네 사람이 매일 그곳에 머물기는 어려웠다. 지하실에 있어도 할 일이 없었다.

아직 기재고 뭐고 하나도 없으니 당연한데, 밴드 활동에 필요한 음악 기재나 방음재를 갖추려면 시간과 돈이 필요했다. 구치린도 재산을 몽땅 털어 넣었으니 앞으로는 남은 셋의 14만 엔과 네 명의 아르바이트 월급으로 하나씩 갖추는 방법뿐이었다.

우리는 아르바이트에 열중하느라 지하실에 가지 못하는 시간이 늘었다.

그러나 쓰키시마는 툭하면

"지하실에 가자."

라며 우리를 졸랐다.

"뭐 하러 가는데?"

내가 묻자,

"꼭 뭘 하러 가는 건 아니야."

하고 대답했다. 바보 같은 질문을 한 나를 탓하는 것 같았다.

"무슨 뜻이야?"

"이런 건 시간을 공유하지 않으면 시작이 안 되거든."

때때로 쓰키시마는 어디에서 배워왔는지 모를 이론을 내세웠다. 그런데 신기하게도 설득력이 있었다.

무언가를 꾸준히 한 적 없는 쓰키시마에게 설득력이 있다니 신기한 노릇이지만, 무언가를 꾸준히 하지 못한 쓰키시마이기에 아는 것이 있을지도 모른다.

쓰키시마의 말대로 만나지 못하는 시간이 길어질수록 그 사람의 우선순위는 차츰차츰 내려간다. 내 시간에서 쓰키시마가 늘 우선순위의 상위에 있는 것은 나와 쓰키시마가 그만큼 자주 만나기 때문이다.

쓰키시마는 우리가 만나지 않는 시간 동안 밴드보다 아르바이트를, 밴드보다 학교를, 밴드보다 여자 친구를 우선하는 것을 걱정하는지도 모른다. 사람은 우선순위가 낮아지면 시간이나 돈을 쓰지 않는다.

나는 집까지 데리러 온 쓰키시마와 함께 자전거를 타고 지하실로 갔다. 쓰키시마의 뒷모습을 보며 집에서 지하실까지 가는 길을 조금씩 외웠다.

"왜 밴드를 하고 싶어?"

쭉 궁금했던 것을 물어보았다.

"왜라니?"

"인생을 처음부터 시작하려는 이 시점에서 왜 의사나 영화 감독이나 불꽃놀이 기술자가 아니라 밴드인지 궁금해서."

쓰키시마가 음악을 좋아하는 것은 안다. 좋아하는 마음만 있으면 충분하다. 그래도 어떻게 대답할지 궁금해서 물어보고 싶었다.

"첫 번째 이유는 구치린일까."

쓰키시마는 생각을 더듬으며 대답했다.

이어지는 대답을 기다리는데 언덕길에 접어들었다. 자전거 페달을 밟는 다리에 힘이 들어갔다. 발끝에 체중을 실으며 물었다. 그건 어떤, 의미, 야?

"구치린이랑 음악 얘기를 하면 즐거웠고, 둘이서 작곡하는 것도 즐거웠어. 내가 기타로 만든 노래를 들려주면 진짜 좋다고 해줬고. 그래서 구치린이 있으면 나도 밴드를 제대로 할 수 있을 것 같아서."

"그렇구나……"

나는 내가 모르는 시간을 회상하는 쓰키시마를 곁눈질했다.

쓰키시마는 구치린과 함께 어떤 노래를 만들었을까. 둘이서 곡을 만드는 작업은 과연 어떨까?

쓰키시마에게 구치린과 같이 있는 시간은 긍정적으로 변하는 시간인지도 모른다. 나는 구치린이 부러웠다. 예전에 나도 그렇게 해줘야 한다고 생각해 노력했지만, 결국 그런 시간을 만들어주지 못했다. 구치린 이야기를 할 때면 평소보다 조금 밝아지는 쓰키시마의 안색이 그들의 긍정적인 시간을 말해주었다.

"음, 그러면 왜 음악이야? 좋아해서?"

내 질문에 쓰키시마는 먼 곳을 바라보며 대답했다.

"나, 노래만큼은 꾸준히 할 수 있을 것 같아."

그리고 조금 부끄러워하며 말했다.

"중학생 때 음악 선생님이 나보고 노래를 잘한다고 했어. 부모님도 그랬고 나쓰코도 그랬잖아…… 그리고 구치린도. 설득력이 없을지도 모르는데, 지금까지 그렇게 칭찬을 받은 적이 없었으니까 이거라면 노력할 수 있을 것 같아서."

가마타 역을 넘어가는 언덕을 올라갔다. 내리막길은 자전거를 타고 단숨에 내려갔다. 뺨에 닿는 바람이 세포를 짜릿짜릿 자극했다.

"만약 네가 사람들한테 잘한다는 소리를 많이 들었다면 다른 일을 했을 수도 있겠네?"

내가 물었다.

"응. 불꽃놀이 기술자를 꿈꿨을지도 몰라."

"좋다, 불꽃놀이 기술자."

나는 머리에 두건을 동여매고 불꽃을 쏘아 올리는 쓰키시마를 상상하고 킥킥 웃었다.

지하실 문을 열자, 야부와 구치린이 벌써 와 있었다. 텅 비었을 줄 알았는데, 합성수지 바닥에 캠프용 의자가 몇 개 놓여 있었다.

"집에 있더라, 괜찮을 것 같아서."

구치린은 남쪽 나라 리조트에 있을 법한 접이식 긴 의자에 기대 있었다. 야부도 바비큐에 쓰는 의자에 앉아 있었다.

나는 지하실의 습한 공기에 갇힌 아웃도어 제품을 묵묵히 쳐다보았다.

"밴드라는 건 이러지 않으면 못 하나?"

마치 영화 〈스탠 바이 미〉 같았다. 아이들이 무릎을 맞대고 앉은 나무 위 비밀기지가 지하실이 되었다. 스무 살 버전의 〈스탠 바이 미〉다.

세상의 일반적인 밴드가 어떤지는 모르겠지만, 이들이 하려는 일은 일반적인 길과 비교해 멀리 돌아가는 길인 것만은 확실했다. 무엇보다 지하실에는 아직 기타도 베이스도 드럼도 없었다.

악기도 없고 멤버도 부족한 이 셋의 어떤 점이 밴드인지 모르겠다. 나는 기가 찼지만 쓰키시마는 팔짱을 끼고 자신만만하게 말했다.

"밴드는 이러지 않으면 못 하는 거야."

그 옆에서 구치린도 진지하게 고개를 끄덕였다. 멀리 돌아가는 이 방식에 찬성인가 보다.

"정말로? 다들 절대 이렇게 안 할걸?"

웃으면서 받아치다가 문득 처음에 느꼈던 불안이 사라진 것을 깨달았다.

어쩌면 불안은 즐겨도 되는 것일지도 모른다. 셋을 보면 그런 기분이 들었다.

다 같이 편의점에 가서 발포주를 사 왔다. 캔이 바닥에 굴러다니면 지하실은 불량해 보인다. 어쩌면 수상한 약을 하거나 여자를 데려와 나쁜 짓을 하는 것처럼 보일지도 모른다.

지금 경찰이 쳐들어오면 제일 먼저 "네놈들! 이런 곳에서 뭐하는 거야!" 하고 호통을 칠 테지. 그리고 변명 따위 듣지도 않고 곧장 수갑을 채워서 끌고 갈 것이다.

"저희 나쁜 짓 안 했어요."

"오늘은 다 같이 모여서 미팅을 한 거예요."

"밴드를 하거든요."

그들이 입을 모아 변명한다. 그러나 경찰관은 목소리를 높인다.

"무슨 소리야, 악기는 보이지도 않잖아!"

맞는 말이다. 더 혼쭐을 내주세요.

이런 한심한 상상이 지금 그들과 그야말로 잘 어울려서 나는 또 웃었다.

갑자기 예전 일이 떠올랐다.

쓰키시마는 내게 "네가 있을 곳은 내가 만들 테니까"라고 말했다. 열네 살의 여름이었다. 그 말의 결과가 이것일까.

익숙하지 않은 술을 마셔서 깜박깜박 잠이 몰려와 시야가 가느다란 부채꼴 형태로 좁아졌다. 평소에는 좀처럼 자지 못하는데 이렇게 다른 사람과 있으면 잠이 오다니 신기했다. 마지막으로 보인 것은 쓰키시마와 구치린과 야부가 즐겁게 대화를 나누는 모습이었다.

4 처음 한 일

대학교 수업이 끝나면 저녁에는 피아노를 가르치는 아르바이트를 했다. 대학교 근처에 사는 초등학생에게 피아노를 가르치는 일 외에도 솔로 악기의 반주를 하는 일과 음식점 아르바이트까지 했다.

아르바이트를 마치고 밤 10시쯤 지하실로 갔다. 오토리이역 주변은 쥐 죽은 듯이 고요했다.

역에서 지하실까지는 걸어서 8분이다. 빌딩이나 생활용품점, 공장과 주택가가 혼재하는 이 거리는 밤이 되면 유동 인구가 순식간에 줄어들어 분위기가 전체적으로 어두웠다.

지하실 문을 열자, 셋은 먼저 와 있었다. 손을 씻으려고 부엌으로 갔는데 가스레인지 위에 편수 냄비가 있었다. 새로운 아이템이 차곡차곡 늘어갔다.

"뭐 만들었어?"

냄비를 들여다보니 점성 있는 걸쭉한 액체가 남아 있었다. 뭔가가 딱딱하게 굳어 냄비에 달라붙어 있었다. 이런 짓을 할 사람은 쓰키시마밖에 없다.

"메밀국수를 삶았어."

쓰키시마가 천연덕스럽게 대답했다. 냄비를 그냥 내버려둔 것이 켕기지도 않나 보다. 아하, 그렇다면 냄비에 남은 이 액체는 메밀국수를 삶은 물이구나.

그건 그렇고 이런 곳에서 메밀국수를 먹을 마음이 나는 게 신기했다. 사람이 출입함에 따라 공기가 조금씩 좋아지긴 했지만 지하실에서는 여전히 곰팡내가 났다.

"맛있었어······?"

쓰키시마는 대답하는 대신에 눈을 가늘게 뜨고 이쪽을 보았다.

그야 그렇겠지. 애초에 접시도 없거니와 대발도 없는데 어떻게 먹었을까. 상상만으로도 식욕이 떨어졌다. 옆에서 우리의 대화를 지켜보던 구치린이 의기양양하게 말했다.

"그래도 여기서 제일 먼저 요리한 건 나야."

"뭘 만들었는데?"

"양배추에 마요네즈!"

나는 묵묵히 손을 씻고 냄비를 싱크대에 내려놓았다.

쓰키시마가 시작한 밴드는 드러머만 모이면 완성될 터였다.

그런데 그들이 제일 먼저 한 일은 드러머 찾기가 아니라 천장의 보드를 떼어내는 것이었다.

지하실 천장에는 석고 보드가 끼워져 있었다. 사무실에서 볼 법한 흔한 석고 보드다.

쓰키시마는 그것을 보고,

"이런 천장 아래에서는 음악을 만들고 싶지 않아."

라고 했다. 위를 쳐다보는 쓰키시마 옆에서 야부도 똑같이 위를 올려다보았다.

"음악을 만들어야 하는데 이 천장은 아니지."

야부도 쓰키시마의 의견에 동의하나 보다.

우리는 집에서 사다리와 드라이버를 가지고 와서 시험 삼아 한 장을 떼보기로 했다. 몇 개나 되는 나사를 빙글빙글 돌려 떼어내자 천장에 한 장분의 구멍이 생겼다.

모두 구멍 아래에서 천장을 보았다. 보드 너머는 생각보다 높았다. 무슨 용도인지 모를 코드가 복잡하게 둘러쳐져 있었고 그 너머로 콘크리트가 드러났다.

"좋다."

쓰키시마가 팔짱을 끼고 천장을 올려다보았다.

"이거야."

구치린과 야부도 각각 팔짱을 꼈다. 드러난 콘크리트야말로 그들이 바라던 천장의 모습이었다.

나도 동조해서 그들 옆에 서서 좋다고 말해보았다. 천장 위는 어두웠고 둘러쳐진 코드에는 먼지가 소복했지만 좋다고 말해보니 좋은 것 같았다.

"그럼 시작해볼까."

구치린이 오른손에 드라이버를 들었다. 콧김을 뿜는 모습에서 얼마나 의욕이 넘치는지 알 수 있었다.

나는 그 모습을 보고 작게 한숨을 내쉬었다. 그들은 지금부터 천장에 박힌 석고 보드를 전부 떼어낼 계획이었다. 벌써 밤 12시를 넘긴 시각이었다.

나는 내일 1교시가 있단 말이야, 라는 말을 꾹 삼켰다. 지하실에서 대학 이야기를 꺼내는 것은 왠지 어울리지 않았다.

나는 체념하고 머리를 하나로 묶었다.

석고 보드를 떼어내는 데는 최소한 네 명이 필요했다.

먼저 둘이 사다리를 타고 올라가 한 명이 드라이버로 나사를 풀고, 다른 한 명이 나사 풀린 보드가 떨어지지 않도록 받쳐야 한다.

이 작업은 구치린과 야부가 둘이서 맡았다. 나사를 돌리자 석고 보드에서 가루가 떨어져 연기처럼 그들을 덮쳤다.

"나는 밑에서 받을게."

쓰키시마는 사다리 위에서 둘이 떼어낸 보드를 받는 역할이었다. 보드가 보기보다 꽤 무거워서 혼자 받기 쉽지 않았다.

쓰키시마가 보드를 받아 안으면 드디어 내 차례다. 쓰키시마가 받은 보드 반대편을 들고 둘이서 지하실 밖으로 가지고 나갔다. 너무 무거워서 나는 자세가 나쁜 오랑우탄 같은 꼴로 보드를 들었다.

몇 시간쯤 지났을까, 쓰키시마가 석고 보드를 옮기며 말했다.

"만약에, 내가, 밴드로, 데뷔하는, 날이 오면 말이야. 인터뷰를, 하는 일도, 있을, 거, 아니야."

보드가 무거워서 말이 뚝뚝 끊어졌다. 쓰키시마는 계속 말을 이었다.

"리포터가, 앞으로 나올, 젊은 밴드에게, 뭔가 충고를, 부탁해요, 라고 하면, 뭐라고 대답할지, 나는, 지금, 정했어."

우리는 하나둘 장단을 맞춰 석고 보드의 산 위에 한 장을 더 올렸다. 휴우 숨을 내쉬었다.

"아직 밴드 멤버도 다 안 모였는데 그런 생각부터 해?"

"조만간 모일 거야."

하아, 쓰키시마도 숨을 내쉬었다.

"그래서 뭐라고 할 건데?"

"천장의 석고 보드를 뗄 때는 물안경을 쓰는 게 좋다고."

아래에서 보드를 받느라 쓰키시마의 머리카락이 하얘졌다. 잘 보니 구치린과 야부의 머리카락도 새하얬다. 지하실에서 작업하던 중에 모두 늙어버린 것만 같다. 내 모습은 볼 수 없지만 나도 노파처럼 됐을 게 분명하다.

지하실 전체를 둘러보니 조명 빛이 닿는 부분만 하얀 연기가 모락모락 피어올랐다. 석고 보드가 약해서 흠이 나면 바로 가루가 되어 부서졌다.

콘크리트 천장이 거의 다 드러나기까지 네 시간 정도 시간이 소모되었다. 아직 어둡지만 아침 이슬 같은 냄새가 물씬 풍기기 시작했다.

조금 있으면 학교에 가야 할 시간이다. 그런데 어느새 나는 집착이 생겼다. 앞으로 열 장…… 앞으로 아홉 장이면 끝나……. 그렇게 스스로 응원하며 채찍질했다.

남은 장수를 세며 다시 허리를 굽혔을 때였다. 일순 지하실이 반짝 빛나더니 모든 전기가 꺼졌다.

꺼진 형광등을 올려다보는 구치린의 모습이 어스름 속에서 보였다. 전기가 없어도 흐릿하게 모습이 보일 정도로 밝아졌다.

"이제…… 아침이네."

쓰키시마가 보드를 일단 바닥에 놓았다.

"그러네……."

"피곤해……."

구치린이 이마의 땀을 닦았고 나는 숨을 길게 내쉬었다.

야부가 사다리에서 내려와 머리에 붙은 하얀 가루를 털기 시작했다.

지하실이 정전된 것 같다.

피로는 한계에 달했다. 도저히 작업을 계속할 수 없어서 우리는 석고 보드를 몇 장만 남기고 중단하기로 했다.

냉장고를 열어 보리차 팩으로 만들어둔 차를 네 명의 컵에 따랐다.

"고생했어."

조용히 건배.

차가운 보리차를 단숨에 마시자 온몸이 저릿저릿 촉촉해졌다.

석고 보드를 떼어내기만 했는데 충족되는 기분이었다. 혼자 피아노를 연습하는 시간과는 전혀 다른 시간 같았다. 대학에 있을 때와도, 아르바이트를 할 때와도 전혀 다른 시간이다.

어쩌면 같이 먼지를 뒤집어쓰는 것이 지하실 동료가 되는 조건일지도 모른다.

"나 당첨이야."

야부가 컵을 들여다보며 말했다. 그가 마시던 컵 안에는 석고 알갱이 하나가 마치 보석처럼 들어 있었다.

5 화장

지하실이 생기고 몇 개월이 지나자 집보다 지하실에 있는 시간이 길어졌다. 대학에 갔다가 아르바이트를 마치면 지하실로 갔다.

지하실에서는 매일 밤 심야 작업이 시작된다. 나는 톱밥을 묻혀가며 문을 만들고 방음재를 붙이는 작업을 도왔다. 학교 수업 때 말고 톱을 사용하는 날이 있을 줄은 몰랐다.

몇 시간 동안 작업을 한 뒤 아침이 되면 잠깐 쪽잠을 자고 다시 학교에 간다. 생활이 이렇다 보니 학교에서는 반쯤 졸면서 수업을 듣는 날도 있었다.

나는 지하실을 조금씩 좋아하게 됐다. 지하실에 가는 것을 '돌아간다'고 표현하기 시작하자 더 애착이 생겼다.

엄마는 집에 오지 않는 나를 처음에는 걱정했지만, 자는 시간도 아까워하며 지하실에 다니는 나를 보고 커다란 냄비에 스튜나 카레를 만들어 손에 들려 주었다.

지하실 생활은 그럭저럭 쾌적해졌다. 그러나 딱 한 가지, 개선하지 못하는 점이 있었다. 욕조가 없는 것이었다.

지하실에서 몸을 깨끗하게 하려면 '오후로'*를 쓰는 수밖에 없었다.

지하실에서 말하는 '오후로'는 욕조도, 샤워도 아니다. 아기용 엉덩이 물티슈다.

차갑게 해둔 '오후로'를 몇 장 꺼내 몸 구석구석 닦는다. 지하실에서 '오후로'는 들어가는 것이나 몸을 담그는 것이 아니라 꺼내서 쓰는 것이다.

머리를 감을 때는 부엌 싱크대에 머리를 밀어 넣고 샴푸와 린스를 한다. 요령만 익히면 간단히 할 수 있다.

지하실에는 드라이어가 없어서 나는 집주인한테 받은 선풍기 앞에서 머리를 흔들었다. 야부가 "와일드하네"라고 말하며 뒤에서 웃었다.

지하실에 사람이 하나둘 찾아오게 되었다. 드러머는 여전히 찾지 못했지만, 지하를 음악 활동을 할 공간으로 바꾸기 위해

✦ 일본어로 '오후로ぉふろ'는 목욕, 욕조, 욕실, 나아가 목욕하다 등의 뜻이다.

서 쓰키시마가 친구를 몇 명 불러들였다.

못하는 것은 열심히 노력해야 한다고 생각하는 나는 못하는 것은 할 줄 아는 사람을 부르면 된다는 쓰키시마의 생각이 신선했다.

고등학교도 중퇴했고 유학을 가서도 중도 포기했고 학원도 끝까지 다니지 못했는데 신기하게도 쓰키시마에게는 오래된 친구가 많았다.

지하실에 찾아온 고우나 슈타도 쓰키시마의 학원 시절 친구였다.

"이거 심하네."

고우는 지하실에 들어오자마자 천장을 올려다보고 마구잡이로 뻗은 배선을 만졌다. 고우는 엉망으로 얽힌 코드를 살피며 즐겁다는 듯이 웃었다.

그는 전압계 비슷한 것을 오른손에 들고서 어느 배선이 살아 있고 어느 배선이 필요 없는지 조사하기 시작했다.

전선들을 명확하게 나누어 묶었다. 마치 선물을 예쁜 리본으로 묶는 것처럼.

"이렇게 해놓으면 어쩌라는 거야……."

도중부터는 우리의 목소리도 들리지 않는 것 같았다. 케이블에 말을 거는 그는 황홀해했다.

그러는 동안 슈타는 지하실을 큰 자로 재면서 설계도를 그리기 시작했다. 처음에는 여기서 음악을 같이 하자는 소리를 들었다고 슈타는 웃으면서 말했다.

"나는 음악을 해본 적도 없는데."

"그럼 왜 지하실에 온 거야?"

"재미있을 것 같으니까!"

온화한 목소리가 순진한 소년처럼 신이 났다.

그는 새로 산 게임 상자를 처음 열어보는 어린애처럼 눈을 빛내며 모눈지에 자도 없이 손으로 아름다운 선을 그었다. 슈타의 움직임은 나비처럼 가벼웠다.

새로운 동료들의 힘이 더해지면서 지하실은 조금씩 음악을 만들기 적합한 곳으로 바뀌었다. 그들의 힘 덕택에 지하실은 음악을 만들 뿐만 아니라 손님에게 보여줄 수도 있는 곳으로 변해갔다.

우리가 수작업으로 방음 공사를 하는 옆에서 고우는 여전히 황홀경에 빠져

"아름답다……."

하고 무대가 될 나무를 잘라서 모았고, 슈타는 춤추듯이 바 카운터 도면을 그렸다. 그들은 거의 매일 지하실로 왔고, 어느새 우리는 같이 자고 같이 밥을 먹는 사이가 되었다.

어느 날, 아직 아무것도 없는 벽을 보며 쓰키시마가 어떤 모티브가 있으면 좋겠다고 말했다.

"바늘 없는 시계는 어떨까. 시간은 하나씩 다른 색으로 표시

하는 거야."

쓰키시마가 무대에 올라가 손으로 "이 정도 크기" 하고, 자기 키와 비슷한 크기의 원을 그렸다.

바늘 없는 시계란, 그가 항상 머릿속으로 그리는 모티브 중 하나라고 한다. 나는 '항상 머릿속으로 그리는 모티브' 같은 게 없어서 쓰키시마가 그런 것을 머리에 넣고 다니는 자체에 놀랐다.

매번 쓰키시마를 다 알고 있다고 생각하다가 놀란다.

나는 바늘 없는 시계 모티브가 무대에서 연주하는 그들 뒤에 커다랗게 그려진 모습을 상상하며 말했다.

"그 아이디어 괜찮다."

그런 독특한 모티브가 그려진 라이브 하우스는 본 적이 없다. 오토리이는 도심부에서 접근성이 나쁘므로 독창적인 무대는 하나의 강점이 될 수 있다.

내 생각이 전해졌는지, 쓰키시마는 갑자기 화살을 쏘듯이 매서운 눈빛으로 나를 보고,

"그럼 나쓰코가 사람을 구해와."

라고 말했다.

"엥? 사람을?"

왜 갑자기? 내가 동의했기 때문에?

그러자 쓰키시마는 당연하다는 듯이 대답했다.

"고등학교 친구면 되니까."

나는 꿀 먹은 벙어리가 됐다.

물론 내가 다닌 고등학교에는 음악 이외에 미술 전공 반도 있었다. 음악과와 미술과는 합동 수업이 없어서 만날 기회가 거의 없었지만, 어쩌다 보니 대화를 나누는 정도의 사이라면 몇 명쯤 있었다.

그렇지만 고작 그런 사이인데 갑자기 그림을 그려달라고 하기는 너무 부자연스럽지 않나?

나는 떨떠름하면서도 쓰키시마의 기세에 눌려 휴대전화의 주소록 페이지를 살폈다.

'지하실을 빌려서 라이브 하우스를 만드는 중인데, 벽에 시계 그림을 그려줬으면 해서 연락했어.'

내가 생각해도 뜬금없었다. 그렇게 생각하며 몇 사람에게 문자를 보냈다. 그랬더니 예상을 벗어나 여자애 한 명이 금방 답을 보냈다.

고등학교 동급생이지만 오랜만에 연락을 나눈 그 애는 바늘 없는 시계를 그려달라는 부탁을 문자 한 통으로 흔쾌히 받아들였다.

'재밌겠다. 나 해보고 싶어.'

그 문자를 받고 사흘 후, 그 애가 훌쩍 나타나 지하실 문을 두드렸다.

오랜만에 재회한 그 애는 고등학교를 졸업하던 시절과 그리 다르지 않았다. 그래도 그 애가 지하실에 들어오자 공기가 확

바뀌었다.

지하실에 그 아이는 이물질이었다. 마치 삭막한 주방에 장식된 꽃 한 송이 같았다.

그 애가 문을 열고 몇 걸음 걷자, 안쪽으로 둥글게 곡선을 그린 머리카락이 아름답게 흔들렸다. 뿌리까지 염색한 갈색 머리카락. 머리카락보다 조금 진한 갈색인 눈썹과 연분홍색 아이섀도. 잘 관리한 피부 위에 얇게 파운데이션을 발랐다.

"안녕하세요."

그 애가 수줍게 인사했다. 도톰한 입술 옆에 작은 보조개가 생겼다.

전원 침을 삼켰다. 아주 잠깐의 정적. 지하실 남자들은 지하실에 핀 아름다운 꽃을 칭송하듯이 우러렀다.

그 애는 금방 동료들과 어울렸다. 화기애애해진 분위기 속에서 슬슬 막차 시간이 가까워질 때, 그 애가 가방에서 홍차 페트병을 꺼내 도톰한 입술로 한 모금 마셨다.

작고 부드러운 입술이 페트병 입구를 부드럽게 감쌌다. 그 움직임만으로 그 애가 남자들과 그리고 나와 다른 생물이라는 것을 분명히 알 수 있었다.

"마실래?"

그 애는 자기가 막 마신 페트병 입구를 그대로 쓰키시마에게 내밀었다.

급격히 내 심장 소리가 빨라졌다.

아아, 왜 이러지.

나는 분노를 느꼈다. 내가 그 애를 불렀으니까 지하실에 온 것인데, 그녀가 여자라는 것에 이렇게 분노를 느끼고 말다니.

쓰키시마는 조금 놀란 표정으로 그 애를 보더니 페트병을 받아 들고 꿀꺽 한 모금 마셨다. 후후, 그녀가 웃었다.

그 광경은 나 자신도 놀랄 정도로 충격적이었다. 충격을 받은 나를 조금 멀리서 지켜보는 내가 또 충격을 받았다.

알고 싶지 않았다. 애써 외면했지만 나는 이렇게도 여자였다. 그 사실이 가장 큰 충격이었다.

나는 그 애의 미소를 생각하며 선풍기로 머리를 말렸다. 뺨에 달라붙은 앞머리를 손가락으로 집어 머리 덩어리로 되돌렸다.

지하실에서 생활한 지도 벌써 반년 이상 지났다. 나는 머리를 자르지 않았다. 드라이어를 쓰지 않기 때문인지 말린 머리카락은 늘 여기저기로 뻗치곤 했다.

지하실에 온 후로 여자로서 생활을 버렸다고 생각했다.

언제든 작업할 수 있게 헐렁한 얼룩무늬 바지를 입고 페인트로 지저분해진 운동화에 며칠이나 빨지 않은 까만 티셔츠를 입었다. 그래도 학교는 빠지지 않고 나갔지만 마지막으로 화장을 한 게 언제지 생각도 나지 않았다.

그래도 나는 지금 같은 생활이 좋았다. 먼지투성이인 남자들과 숙식을 함께하는 지하실의 생활이. 여자로서의 생활을 버렸기에 나는 여기에 있을 수 있다, 그렇게 믿었다. 그 확신이 나의 자신감이었다.

그런데 어째서.

나는 그녀와는 다르다. 쓰키시마를 보고 미소 짓는 것만으로는 이곳에 있을 수 없다. 여자를 버리고 동료의 일원이 될 것인가, 아니면…….

나는 고개를 저었다. 둘 중 하나만 선택할 수 없었다. 그래야 한다면 생각할 것도 없이 내 답은 정해져 있다.

그래도 나는 거울을 보며 머리를 조금 예쁘게 다시 묶었다. 이렇게 해봤자 아무 의미 없지만 뻗친 머리칼이 신경 쓰였다.

6

학교를 마치고 지하실로 돌아가자 구치린이 혼자 의자에 앉아 있었다. 360도 회전하는 스툴 의자는 한 개에 천 엔을 주고 산 중고품이다.

"나쓰코, 같이 퍼티하지 않을래?"

구치린이 나를 보자마자 반가워하며 물었다.

퍼티란 움푹 패거나 상처가 난 벽을 메꾸는 재료로, 부드러운 점토 비슷한 소재다.

"괜찮은데, 우리 둘이서?"

"구멍이 그렇게 많지는 않으니까 둘이서도 할 수 있어."

구치린은 무거워 보이는 퍼티 캔을 무릎에 올렸다.

구치린과 단둘이 있는 것은 어쩌면 처음일지도 모른다. 며칠이나 같은 공간에서 잤지만 다른 사람이 없는 적은 드물었다. 구치린과 있으면 참 이상하게도 안심이 된다.

구치린은 내게 여자일 것을 요구하지 않는다. 오히려 더럽게 냄새를 풍기면서 우정이 한층 더 깊어진 인상이다.

캔을 옆에 놓고 시공 방법을 확인하던 구치린이 갑자기 선생님이 학생의 출석을 부르는 말투로 말했다.

"생식기에 악영향."

나는 얼굴을 찡그렸다. 그러자 구치린은 학생을 위협하는 목소리로,

"퍼티 캔에 쓰여 있어. 생식기에 악영향을 미칠 가능성이 있습니다."

라고 말했다.

"생식기가 그 생식기야?"

일단 질문했지만 그것 말고 다른 생식기가 있을 리 없다.

"그래, 고추, 그 생식기."

무슨 대답을 하면 좋을지 몰라 당황했다. 일단 나는 대화를 이어갔다.

"그래서 악영향이 뭔데?"

구치린은 캔을 360도 빙그르르 회전시켜 내게 해골 마크를 보여주었다. 그 아래에 정말로 '생식기에 악영향을 미칠 가능성이 있습니다'라고 적혀 있었다.

구치린은 자기 하반신을 내려다보며 분한 듯이 중얼거렸다.

"이거, 아직 실력을 발휘한 적이 없는데……."

"나도!"

무심코 목소리를 높였다. 침묵이 흘렀다. 허무하다. 우리 대체 무슨 경쟁을 하는 거야.

그래도 구치린이 퍼티로 옷을 더럽히며 몇 시간이나 벽과 싸우는 것을 보자 심장 박동이 차츰 차분해졌다.

우리는 공사 현장용 마스크를 단단히 쓰고 벽의 구멍을 메꾸기로 했다.

둘이서 열심히 벽과 싸우는데, 등 뒤의 문이 벌컥 열렸다.

"계단에 새우가 있어!"

근처 공장에서 일하는 '라디오'가 들어왔다. 그는 쓰키시마의 친구로, 심야에 켜둔 라디오와 비슷하다고 해서 모두 그렇게 불렀다. 아무튼 라디오는 늘 용건도 없이 지하실에 놀러 와서 잡담을 하다가 돌아간다.

새우가 있다고?

한창 작업 중에 무슨 소리지. 라디오 쪽을 보니, 밴드 티셔츠가 뚱뚱한 몸에 짝 달라붙어 있었다. 라디오는 매일 밴드 티셔츠를 입는다. 오늘 티셔츠는 ZAZEN BOYS.

"새우라니, 어떤 거?"

구치린이 물었다.

라디오는 우메즈 카즈오의 『표류교실』이라는 만화에 나오는 괴충 같은 거라고 대답했다. 그 만화의 괴충이라면 다리가 백 개쯤 달린 거대 닭새우 같은 곤충이다. 등줄기가 오싹했다.

다리가 많은 벌레는 질색이다.

"계단 중앙에 있어서 피해서 내려왔는데…… 꿈틀거리는 게 무섭더라. 여기 이제 큰일 난 거 아니냐?"

라디오는 심각하게 바닥을 내려다보았다. 가슴에 적힌 ZAZEN BOYS의 로고도 같이 구겨졌다.

누가 봐도 음악을 좋아할 것 같아서 쓰키시마가 진심인지 농담인지 모를 말투로 라디오를 밴드 멤버로 영입하려고 했는데, 라디오는 심야 라디오처럼 느릿느릿한 말투로 쓰키시마의 제안을 완곡하게 거절하고 있다.

우리 셋은 계단의 새우를 살피러 조심조심 갔는데, 새우는 없었다. 갑자기 긴장이 확 풀렸다.

나는 일부러 차분한 목소리로

"동료를 부르러 갔나 보다……."

하고 중얼거렸다.

"뭐야, 무섭잖아. 나는 집에 갈래."

라디오는 그대로 후다닥 계단을 올라갔다.

나와 구치린은 다시 마스크를 쓰고 퍼티 작업을 재개했다. 작업을 마치자 10시를 넘은 시각이었다. 퍼티로 메꿔 평평해진 벽을 사진 찍는데, 쓰키시마가 문을 열고 들어왔다.

내가 평평해진 벽을 자랑하려고 다가가자, 쓰키시마는 대단하다고 대꾸하고 어딘가 침착하지 못한 모습으로

"저기, 피아노 좀 쳐주지 않을래?"

하고 급하게 말했다.

쓰키시마는 최근에 곡을 쓰기 시작했다.

구치린과 쓰키시마는 둘이서 오리지널 곡을 만들고 있었다.
예닐곱 개쯤 되는 그 오리지널 곡을 사람들 앞에서 보여줄 기
회는 아직 없었는데, 만드는 모습을 실제로 보니 한 곡에 시간
이 제법 많이 들었다.

어려운 기계를 써서 소리를 녹음하는 그들의 뒷모습은 말을
걸기도 꺼려질 만큼 진지했다.

"물론이지. 뭘 치면 돼?"

나는 피아노 의자에 앉았다.

지하실에는 구치린의 집에 있던 전자 피아노를 한 대 가져
다 놓았다.

쓰키시마는 노래하며 허공에서 손가락을 움직이기 시작했
다. 때로는 눈을 감고, 마치 피아니스트 같은 몸짓으로 피아노
악구를 흥얼거렸다.

나는 그가 노래하는 음을 들으며 하나하나 열심히 건반으로
바꿨다. 피아노를 치지 못하는데 어떻게 이 정도로 정확하게
이미지를 상상하지? 신기하게 여기며 건반으로 따라가는데,
쓰키시마가 내 연주를 정정했다.

"따라라가 아니라 따아라라랴, 나쓰코. 좀 더 사이를 두고 쳐
봐."

무슨 소리지? 말도 안 되는 주문에 온몸에 땀이 배어 나왔다.

클래식 연주자가 건반을 칠 때는 반드시 악보를 사용한다.

따라서 나는 입으로 표현하는 소리를 피아노로 옮기는 작업에 익숙하지 않다. 쓰키시마가 흥얼거리는 악구를 머리로 기억하려고 했지만 혼란스러워서 제대로 외울 수 없었다.

"잠깐만 있어 봐."

나는 가방에서 오선지를 꺼내 음표를 하나하나 적었다.

쓰키시마는 나를 보고 귀찮다는 듯이 투덜댔다.

"별로 길지 않으니까 그냥 조금만 쳐주면 되는데."

말은 쉽지, 그 조금이 안 된다고.

쓰키시마의 노랫소리가 머릿속에서 흘러 사라지지 않도록 서둘러 음표를 그리며 나는 쓰키시마에게 물었다.

"이 곡을 어떻게 외운 거야?"

신기했다. 왜 악보가 없지. 악보도 없는데 그들은 어떻게 곡을 쓰는 걸까?

"어떻게라니……."

쓰키시마는 곤란한 표정으로 구치린을 보았다. 구치린은,

"적어놓지 않아도 기억할 수 있어."

하고 자랑스러운 표정을 지었다.

그들은 머리로만 곡을 쓰는 것이 당연하다고 말했다. 믿을 수 없었다. 지금은 기억하더라도 나중에 까먹으면 어쩌려고?

나는 이 경악이 정상적인 반응이라고 인정해줄 고등학교나

대학교 친구가 그리웠다. 뇌리에 떠오른 얼굴을 향해 말을 걸었다.

"들어봐. 내 친구가 밴드를 하는데 악보 없이 곡을 연주한다?"

"그럼 그 곡을 다른 사람이랑 어떻게 공유해?"

"입으로 알려준대."

"왼손이 도 옥타브이고 오른손이 그 장3화음, 이런 식으로? 그러면 시간이 너무 오래 걸리지 않아?"

"아무도 음계를 쓰지 않아. 그냥 딴따라 이렇게 흥얼거린대."

내가 친구들에게 이 상황을 말한다면 다들 놀라서 입을 모아 동정해줄 것이다.

"헉! 그렇게 끝까지?"

"말도 안 돼!"

"석기시대 같아!"

라고 말해줬으면 좋겠다.

그러나 지하실에서는 악보를 읽을 줄 알아도 무용지물이었다. 대체 무슨 공부를 해왔는지 허무했다.

나는 쓰키시마에게 계속 되물어가며 간신히 채보를 마쳤다. 종이 위에 적은 악보는 정말 짧은 악구였다.

처음부터 이게 있었으면 단숨에 쳤을 텐데, 하고 미련하게도 해봤자 소용없는 생각을 했다. 20분이나 되는 긴 곡도 외우면서 악보 없이는 아무것도 못 하는 나 자신에게 낙담했다.

그들의 음악은 눈이 아니라 귀로 시작하나 보다.

귀로 듣고 좋으면 채용한다. 그 '좋다'는 감각에 기대 음악을 만든다. 그게 어떤 코드인지 몰라도, 무슨 조인지 몰라도 좋은 것은 좋다.

내게는 그런 감각이 없었다. 자기가 어떤 음을 연주하는지 모르면서 곡을 만들다니 충격이었다.

악보를 읽지 못하는 쓰키시마를 음악 이론 하나 모르는 바보라고 여기는 마음이 내심 있었던 모양이다. 피아노를 쳐달라고 했을 때도 내가 뭔가 가르쳐주기를 바란다고 의심 없이 믿었다.

건방진 착각이었다.

음악 이론을 몰라도 곡은 만들 수 있고 피아노를 치지 못해도 머릿속으로 음을 울릴 수 있다. 악보가 없어도 곡을 외울 수 있다.

그러나 이 사실을 인정하면 피아노를 친 십수 년이라는 세월을 부정하는 것만 같아 꺼림칙했다. 나도 모르게 쓰키시마의 시선을 피했다.

"어쩔 수 없나."

쓰키시마의 말에 나는 조용히 미안하다고 말했다.

쓰키시마의 머릿속에서 울리는 피아노 음색을 곧바로 형태로 옮기지 못한 것에 사과했다.

그런데 쓰키시마가 이어서 말했다.

"이제 너로 괜찮아."

갑자기 시간이 멈췄다.

무슨 소리야? 뭐가 괜찮다는 거야?

당황하자 쓰키시마는 한숨을 한 번 더 내쉬고 말했다.

"너만은 싫었는데 밴드 멤버, 이제 너로 괜찮다고."

너로 괜찮다고?

내가 밴드 멤버가 된다는 소리야?

무슨 일이 벌어졌는지 전혀 모르겠다.

애초에 나는 그들의 밴드에 들어가고 싶다는 소리를 한 적
도 없다. 부탁한 적도 없는데 너로 괜찮다니, 대체 무슨 소리
지. 무엇보다 나는 밴드에 대해서 전혀 모른다. 내가 밴드에 들
어가면 싸움이 벌어진다고 한 건 쓰키시마이면서 이제 와서
무슨 헛소리인가.

이해가 안 돼 나는 입을 꼭 다물었다. 그러자 쓰키시마가 천
장을 우러르며 양손을 들었다.

"너밖에 없단 말이야. 이런 곳에 매일 올 수 있는 녀석은."

사실 밴드 멤버 후보자가 몇 명쯤 지하실에 오긴 했다.

친구 소개로 알게 된 드럼을 잘 치는 요코야마. 도쿄 예술대
에 다니는 요코야마는 드럼 실력은 좋은데 다른 밴드도 겸업
이어서 지하실에는 아무리 해도 일주일에 한 번 오는 게 한계
라고 했다. 요코야마는 스틱과 브러시를 잔뜩 들고 있었다.

"어떤 사물이든 타악기로 쓸 수 있어. 이 스틱만 있으면."

무슨 iPhone CF처럼 봉을 빙글빙글 돌리며 그렇게 말했는데, 그게 마지막 방문이었다.

쓰키시마와 구치린의 동급생인 유우도 왔다. 유우는 키가 크고 앞머리가 길며 얌전한 남자였다. 드럼은 경험이 없지만 연습하겠다고 하며 지하실에 나타났다.

학교에 다니지 않고 일정한 직업도 없는 유우는 시간만큼은 많은지 종종 지하실에 얼굴을 내밀었다. 그러나 아무리 기다려도 드럼 연습은 하지 않았다. 지하실에 오면 도화지에 그림만 그리다가 만족하며 돌아갔고, 결국 그 긴 앞머리가 드럼 앞에서 흔들리는 일은 없었다.

쓰키시마가 다른 사람들에게도 밴드에 들어오라고 권유한 것은 나도 알았다. 그리고 잘 안 된 것도.

지금까지 아무리 일이 안 풀려도 쓰키시마는 나에게만은 밴드에 들어오라고 권하지 않았다. 내가 들어오면 밴드가 붕괴한다고 생각했기 때문이 아닐까?

나는 금방 대답하지 못했다.

밴드에 들어가는 것이 기쁜지 두려운지 알 수 없었다. 하고 싶은지 하고 싶지 않은지조차 몰랐다.

만약 밴드에 들어가면 이름을 붙이지 못한 우리 관계에 마침내 이름이 붙게 된다. 그러나 밴드 멤버라는 이름이 정말로 우리 관계에 어울릴까?

밴드 멤버가 된다. 이는 쓰키시마와의 관계에서 그 무엇보다도 밴드를 최우선으로 둬야 한다는 의미다. 앞으로 나는 여자로서 고민하는 것조차 허용되지 않을지도 모른다. 여자로서 쓰키시마 옆에 있고 싶다고 은밀하게 바라는 것조차 못 할지도 모른다.

게다가 쓰키시마와 나는 지금까지 단 한 번도 같은 목표를 지닌 적이 없었다. 운명공동체가 되어 음악을 만드는 일이 과연 가능할까?

음악이 아닌 다른 인력에 휩쓸려 이번에야말로 둘 다 쓰러져버리지 않을까.

생각하면 할수록 내가 밴드에 들어가면 안 좋을 것 같았다. 무엇보다 나는 밴드를 꾸려본 적도 없고 아는 밴드라고는 BUMP OF CHICKEN 정도다.

"피아니스트가 늘어도 드러머가 없는 거네."

쓰키시마가 중얼거렸다. 내가 불안하거나 말거나 이미 멤버가 된 모양이다. 내가 불안한 얼굴로 피아노 의자에 앉아 있자,

"둘의 사투는 어느 정도 각오해둘게."

라며 구치린이 어깨를 툭 쳤다.

나는 퍼티가 낀 내 손톱을 보며 어느새 되돌아가지 못하는 곳까지 와버렸다는 사실을 깨달았다.

7   출발점

내가 밴드에 들어갔다고 당장 뭐가 달라지진 않았다. 지하실은 여전히 사람이 늘고 일용품이 늘어 나날이 복작복작해졌다.

하루를 마치고 지하실로 돌아가면 동료들이

"어서 와."

하고 반겨줘서 기뻤다.

내가 걱정이 너무 앞섰나 보다. 밴드에 들어가서 잃은 것보다 얻는 것이 많았다. 숙식을 함께하면서 그들은 매일 무슨 일이 있었는지 말하고 고민을 나눌 수 있는 존재가 됐다.

새해가 되었다. 쓰키시마가 호출해서 우리 넷은 지하실에 모였다.

야부가 가져온 싸구려 일본 술 되들잇병과 내가 편의점에서 산 발포주를 테이블에 펼쳤다. 술 냄새가 지하실에 진동해 평소 술을 마시지 않는 나는 벌써 취할 것만 같았다.

"집에서 맥주를 마시기 시작했더니 발포주는 못 마시겠더라."

내가 고른 발포주를 보고 야부가 불평했다.

"뭐야, 지금 잘난 척하는 거야?"

"아니, 맛이 전혀 다르다니까."

"맥주 좀 마신다고 아주 어른이셔."

발포주와 맥주 맛의 차이를 모르는 나는 일부러 거칠게 발포주를 땄다. 이거면 된다. 맥주 맛을 알아봤자 어차피 비싸서 사지 못한다.

구치린이 사온 포테이토칩을 뜯자 강렬한 냄새가 위를 찌르듯이 자극했다. 배가 고픈 야부와 나는 경쟁하듯이 치즈를 잔뜩 묻힌 과자를 먹었다.

이들과 시간을 보내면서 밴드란 원래 이렇게 화기애애한 것일지도 모른다고 생각을 고쳤다. 불안이 컸던 만큼 이들과 함께 웃으면 안심이 된다.

익숙하지 않은 술 때문에 자꾸 딸꾹질을 하는 나를 보고 야부가 웃었고, 야부가 웃는 것을 보고 나도 웃었다. 딸꾹질과 웃음이 동시에 터지자 이상한 소리가 나서 구치린도 웃었다.

지하실에 있으면 따뜻하고 기분이 좋았다. 새해를 가족이 아니라 친구와 보내는 것은 처음이었는데 색감 화려한 명절 요리나 세뱃돈을 줄 친척이 없어도, 싸구려 술과 포테이토칩만 있어도 충분했다.

그때 가만히 있던 쓰키시마가 입을 열었다.

"다들 알아? 이제 곧 1년이 다 돼가."

팔짱을 끼고 고개를 숙였다.

"지금까지 대체 뭘 했나 싶어."

즐거운 새해라는 그림을 두 조각으로 찢어놓는 말에 나는 일단 발포주를 내려놓았다. 바닥을 노려보는 눈동자가 이쪽을 보진 않았지만 전부 꿰뚫어 보는 것 같았다.

구치린과 야부도 술을 내려놓았다. 쓰키시마는 언젠가부터 이렇게 시간을 얼려버리는 말투를 썼다.

지하실을 빌리고 1년 가까이 지났다. 그동안 생활하기 위한 가재도구를 대충 모았다. 연주해도 주변에 피해가 가지 않게 방음 장치를 했고, 악기도 어느 정도 갖췄다.

환경을 갖춘 후부터는 차츰 사람이 늘어 친구가 놀러 오기도 했다. 우리는 냄비 요리를 해 먹기도 하고 싸구려 술로 수다를 떨며 지하실에서 일상을 보냈다.

확실히 머릿속에 떠오르는 추억은 처음 생긴 아지트를 만끽하는 우리의 모습뿐이었다. 그러나 대학과 아르바이트를 마치고 녹초가 되어 돌아온 몸인데 밥을 먹는 즐거움쯤은 있어도 되지 않나?

내가 고개를 숙이자 질타가 날아왔다.

"아무것도 안 했잖아!"

쓰키시마는 들고 있던 츄하이 캔을 힘껏 바닥에 내던졌다.

말 그대로 밴드는 전혀 진전이 없었다.

드러머가 없는 우리는 언제까지나 미완성인 밴드였다. 아직 밴드가 아닐지도 모른다.

대학과 아르바이트가 하루 시간의 대부분을 차지하는 나와 구치린은 지하실에 단순히 자러 오는 날도 있었다. 그렇다고 해서 대학을 그만둘 수는 없고 아르바이트를 쉬면 월세와 라이브 하우스 시공에 드는 돈을 해결하지 못한다.

그러면 뭘 어쩌라는 거냐고 막 말하려는 찰나, 야부가 옆에서 쓰게 웃었다.

"아무것도 안 한 건 아니지."

나는 입을 다물고 무언으로 그 의견에 동의했다.

나무를 잘라 한 장 한 장 방부제를 발라 지하실에 방음 장치를 하고, 모아놓은 돈으로 생활 잡화를 하나둘 갖추는 것만으로도 힘든 작업이었다.

대학과 아르바이트 때문에 그냥도 잘 시간이 부족한데 이 이상 뭘 어떻게 노력하라는 소릴까. 그래, 밴드는 진척이 없지만 이게 우리가 할 수 있는 한계 속도였다.

나와 구치린은 대학교 방학인 연말을 노려 아르바이트에 몰두했다. 쓰키시마와 야부는 프리터였지만 둘에게만 금전적인 부담을 지게 할 수는 없었다.

우리는 그들과 비슷하게, 혹은 그 이상으로 아르바이트 월급을 매달 바쳤다. 그러지 않으면 집세와 악기 비용을 감당하지 못한다.

나는 모두를 둘러보고 무료함에 두 캔째 발포주를 땄다. 상황에 어울리지 않는 푸슛 소리가 났다.

"아무것도 안 한 거야."

쓰키시마가 말했다.

"이렇게 어중간하게 하는 건 아무것도 안 한 거랑 똑같아. 그냥 지하실에 모여서 충실하게 보내고 있다고 착각하니까 아무것도 안 한 것보다 더 나쁘지. 너희는 괜찮아. 나쓰코랑 구치린은 대학생이니까 밴드가 안 되면 어디든 취직할 수 있다고 생각하겠지."

"그렇지는."

구치린이 바로 받았지만 그 말은 끝을 맺지 못했다. 그는 대학원에 진학할지 말지 고민하는 중이고 나는 아직 대학교 2학년이었다.

나는 대답하지 않고 발포주를 목으로 넘겼다. 아르바이트 월급을 모조리 쏟아붓고 학교 수업을 마치면 매일 지하실에 와서 같이 시간을 보냈는데, 그걸 어중간하다고 한다면 할 말이 없다.

그러자 야부가 옆에서 또 쓸쓸하게 웃었다.

"나도 딱히 도망칠 길은 없어……."

대학에 다니는 우리를 에둘러서 야유하는 말투였다. 나는 발끈해서 야부를 보았다. 쓰키시마가 목소리를 높였을 때부터 그는 계속 거북하게 웃기만 했다.

침묵이 흘렀다. 손톱을 물어뜯는 쓰키시마의 호흡이 점차 빨라졌다. 즐거운 새해 첫날이라는 그림은 완전히 갈기갈기 찢어졌다.

쓰키시마는 침을 뱉듯이 말했다.

"그럼 왜 진심으로 안 하는 건데."

야부가 반론했다.

"나름대로 진심으로 하고 있어!"

쓴웃음은 자취를 감추고, 화를 내고 있었다.

"그게 진심이라면 너는 쓰레기야."

"그러는 너야말로 진심으로 하고 있어?"

"적어도 너보다는."

쓰키시마는 눈도 깜박이지 않고 야부를 노려보았다.

"너는 방음 공사나 라이브 하우스 만드는 일에 거의 손도 대지 않았잖아."

야부도 물러서지 않았다.

"나는 그런 것보다, 해야 할 일이 있으니까."

"그런 거?"

야부의 목소리가 높아졌다.

"그런 게 뭔데? 그게 뭐냐고. 네가 그렇게 말한다면 나도 공사 따위 이제 안 할 거야."

둘은 맞고함을 지르며 먹살을 움켜쥐었다. 목덜미가 새빨개졌다. 야부가 위협하듯이 크게 소리를 질렀다. 나는 놀랐지만, 이런 식으로 쓰키시마를 대하는 야부가 어떤 의미에서 대단해 보였다. 화를 낼 때의 쓰키시마는 무슨 짓을 저지를지 모를 분위기가 풍겨서 보통은 건드리고 싶지도 않다.

지금도 구치린은 여전히 입을 다물고 있었다. 나는 둘의 대화를 들으며 쓰키시마와 싸우는 상대가 내가 아니어서 다행이라고 내심 가슴을 쓸어내렸다.

둘은 난폭하게 손을 뿌리쳤다. 무슨 말을 해야 할지 모르겠는지 페인트로 지저분한 바닥만 노려보았다. 또 긴 침묵이 흘렀다.

쓰키시마의 거친 숨소리가 들렸다. 숨을 몰아쉬느라 어깨가 들썩였고 흰자가 새빨갰다. 맥박이 치는 것을 알 수 있을 정도로 눈이 빨갛게 물들었다.

나는 갑자기 불안해졌다. 쓰키시마의 충혈된 눈을 보면 어쩔 수 없이 떠오른다. 커터 나이프를 내게 겨누고, 집 앞에서 아버지의 품에 안겨 울부짖던 쓰키시마의 모습이.

그때의 쓰키시마로 돌아가버리면 어쩌지? 나는 울고 싶었다. 간신히 여기까지 왔는데 다시 출발점으로 되돌아가면 어쩌지?

그쪽으로 가면 안 돼. 제습기 물로 젖은 카펫의 감촉이 내 손에 다시 느껴졌다. 이제는 그때로 돌아가면 안 된다. 커터 나이프의 차가운 칼날이, 그 감촉이 목덜미에 살아났다.

돌아와. 나는 기도하듯 쓰키시마의 눈을 바라보았다.

쓰키시마의 눈은 여기가 아닌 다른 어딘가를 보고 있는 것 같았다. 나는 상태를 살피며 조심스럽게 다가가 "괜찮아?" 하고 어깨에 손을 올렸다.

쓰키시마는 내 손을 난폭하게 쳐냈다.

"이대로는 위로 가지 못한다고!"

급작스러웠다. 쓰키시마의 목소리가 귓가에 쨍쨍 울렸다.

"나한테는 이제 이거밖에 없어."

쓰키시마의 눈에 눈물이 순식간에 차올랐다.

"진심이 아니라면 차라리 그만둬. 어중간한 마음으로 할 거라면 그만두는 게 나아. 나는 지금까지 실패만 했고 뭐 하나 잘하는 것도 없으니까, 이번에야말로 인생을 걸기로 다짐했단 말이야."

나는 목이 막혔다. 쓰키시마의 뺨을 타고 빗방울 같은 눈물이 뚝뚝 흘렀다.

압도되었다. 쓰키시마는 그때로 돌아가거나 하지 않는다. 나는 입을 꾹 다물었다.

어쩜 이렇게 슬프게 울까.

쓰키시마의 우는 얼굴을 지켜보는 내 뺨에도 눈물선이 그어졌다. 예전과 다르게, 슬프고 처절하고 쥐어짜듯이 우는 모습이었다.

그러자 계속 침묵하던 구치린이 갑자기 바닥에 무릎을 꿇었다. 그리고 그대로 소리 내어 울부짖기 시작했다.

양팔로 얼굴을 감싸 안고 큰 소리로 울었다. 울음소리가 너무 커서 사자가 울부짖는 것 같았다.

"우리는 위로 가야 한다고."

쓰키시마는 울면서 천장을 향해 선언하듯 외쳤다.

위로 가고 싶어도 나는 이제 막 밴드에 들어왔고 드러머도 없다.

그러나 쓰키시마의 말을 듣자 어떻게든 위로 가야 한다는 생각이 들었다. 위가 대체 어딘지도 모르고 뭘 해야 좋을지도 몰랐지만 나는 진심으로 그렇게 생각했다.

우리는 위로 가야만 한다.

그러기 위해서 할 수 있는 것은 전부 하자. 나는 맹세했다. 절대 후회하지 않는다고 장담하는 하루를 쌓아가자. 잘 시간이 부족해서 쓰러질 때까지 하자.

우리는 반드시 위로 가야 하니까.

새해가 눈물로 물들었다. 호소하듯이 우는 쓰키시마, 입술을 악물고 우는 나, 사자처럼 울부짖는 구치린. 그러나 눈물로 물든 새해에 야부만큼은 울지 않았다.

그는 곤혹스러우면서 복잡한 표정으로 아래를 내려다보고 있었다.

8 뒤돌아서기

우리는 목표를 세우고자 지하실에 모였다. 중고로 산 화이트보드를 둘러싸고 원형으로 앉았다.

그 중앙에 펜을 든 쓰키시마가 있었다.

"한 달 후에 라이브 공연을 하려고 해."

쓰키시마가 선언했다. 그는 화이트보드에 라이브라고 쓰고 둥글게 동그라미를 그렸다.

"한 달 후에?"

"그렇게 금방 할 수 있어……?"

우리의 반응이었다. 아무리 생각해도 그럴 돈과 시간이 없다.

지하실은 라이브 하우스로 차츰차츰 변하고 있지만 음향 기재가 너무 비싸서 필요한 전부를 갖추진 못했다. 사람들 앞에서 연주를 선보이기 위한 연습 시간도 충분하지 않았다.

그러나 쓰키시마는 개의치 않고 말을 이었다.

"반년 뒤로 설정하면 실제로는 1년 후에나 라이브를 하게 될 거야. 일단 정하지 않으면 시작도 없어. 처음에는 억지로 밀어붙이는 게 좋아. 서툴러서 실패할 수도 있지만 그래도 괜찮아. 해보지 않으면 시작도 못 하니까. 어쨌든 일정부터 정하고 그때를 위해 공사도 연습도 열심히 하면 돼. 그러니까 한 달 후야!"

쓰키시마의 말에는 당당한 설득력이 있었다. 어디에서 이런 추진력을 얻었는지, 바로 옆에서 쭉 지켜본 나도 짐작이 안 갔다.

가끔은 오싹할 정도로 쓰키시마는 달라졌다. 겨우 하루 만나지 않았는데 다른 사람처럼 성장한 것을 보면, 어쩌면 언젠가 나를 두고 가버릴지 모른다는 걱정도 들었다.

길을 걷다가 녹초가 된 쓰키시마를 돌보며 걷던 지난날이 거짓말 같았다.

우리는 쓰키시마의 의욕에 압도되어 한 달 후에 라이브를 결행하기로 했다.

첫 라이브 준비는 척척 진행되었다. 원래 달려 있던 형광등을 떼고 대신에 중고로 산 샹들리에를 달았다. 늘 보던 불빛이 아닌 크리스털 빛이 벽에 반사되어 반짝반짝했다.

무대에는 빨간 카펫을 깔았다. 객석에 재활용 가게에서 산 소파를 놓자 오래된 영화관처럼 고상해 보였다.

"나쁘지 않은데?"

구치린이 무대 위, 자신이 설 위치에 서 보았다. 콘크리트가 드러난 천장에 달린 샹들리에가 괴이하게 흔들렸다. 지금까지 바닥에 놓아둔 기타 앰프나 드럼 세트를 무대 위로 올리자 단숨에 분위기가 달라졌다.

흥분되었다.

클래식 공연으로 이런 기분이 든 적은 없다. 조용한 홀에서 나 혼자 인사하고 피아노 앞에 앉는 것과 밴드로서 무대에 오르는 것은 하나부터 열까지 달랐다.

나는 무대에 서서 손님이 있는 광경을 상상했다. 눈을 감자, 이제껏 들어본 적 없는 환성과 소용돌이치는 박수가 들렸다.

우리는 이제부터 우리가 빌린 장소에서, 우리가 만든 무대에서 우리가 꾸린 밴드로 연주한다.

나는 이대로 달려서 어디론가 가고 싶었다. 가슴이 터질 듯이 뛸 때면 동시에 도망치고 싶은 기분이 든다는 것을 나는 처음 알았다.

쓰키시마가 하고 싶었던 밴드라는 세계를 조금은 알 것 같았다. 나는 무대에 올라가 키보드를 어루만졌다.

어떻게든 되겠지…….

무리해서 정한 기일을 앞두고 지하실은 몰라보게 변해갔다.

라이브를 위해서 준비하고 매일 밴드 연습에 몰두하자 한 달이라는 시간이 순식간에 흘렀다.

라이브 당일, 개장 시간인 6시 30분이 되자마자 첫 번째 손님이 나타났다.

접수를 맡은 나는 손에 식은땀을 흘리며 간신히

"안녕하세요."

하고 붙임성 있게 말을 붙였다.

손님이 겨우 한 명 왔다고 이렇게 긴장하는 나 자신에게 놀랐다.

직접 만든 라이브 하우스이다 보니 연주하기 전부터 손님의 일거수일투족이 신경 쓰였다. 지하실이 라이브 하우스로 괜찮을까? 불편하지는 않을까?

첫 손님은 구치린의 학원 강사 시절 동기였다. 그는 예의 바르게 인사를 건네고 객석으로 들어갔다.

나는 건네받은 2,500엔을 가만히 바라보았다. 아르바이트를 두 시간 동안 해야만 받는 금액이다. 그걸 우리는 연주로 받는 것이다. 믿을 수 없었다. 클래식 공연을 할 때면 들으러 와 달라고 부탁했으니까 연주로 돈을 버는 것은 처음이었다.

돈을 소중히 금고에 넣는데 가족과 친구들이 접수처에 나타났다. 가슴에 커다랗게 RANCID라고 적힌 티셔츠를 입은 사람은 라디오였다.

그 글자 아래에는 모히칸 머리를 한 청년이 계단에 쪼그리고 앉은 사진이 프린트되어 있었다.

라이브에 오라고 초대하면서 친구들도 데려오라고 했는데, 라디오는 결국 혼자 지하실에 왔다. 늘 용건도 없이 지하실에 찾아오던 때를 떠올리며 라디오는 이벤트에 친구를 데리고 올 타입은 아니라고 내심 생각했다.

그때, 문을 열고 엄마가 들어왔다. 같이 온 친척이

"생각보다 넓네. 나쓰코 엄마도 오늘 처음 와보는 거예요?"

하고 물었다. 그러자 엄마는

"카레나 스튜를 만들어 딸내미한테 들려 보낸 적은 있는데 온 건 처음이에요. 이런 곳에서 먹었다니!"

라고 대답하며 웃었다.

나는 어깨를 축 늘어뜨렸다. 세련된 상들리에가 순식간에 간사이 억양을 뒤집어썼다. 관객이 지인이나 가족으로만 구성될 줄은 당연히 알고 있었다. 그래도 소꿉친구의 어머니가

"나쓰코, 많이 컸구나."

라며 주신 2,500엔을 받으려니 왠지 어색해서 뺨이 경련했다.

공연 시작 시간이 되자 쓰키시마가 갑자기 편의점에서 산 위스키를 마시기 시작했다. 나는 놀라서 비난 어린 눈으로 그를 보았다. 설마 술을 마시고 무대에 올라갈 생각인가?

"뭐야."

쓰키시마는 유난히 기분이 안 좋았다. 혹시 긴장했나……?

야부는 아까부터 자꾸 점프를 했고 구치린은 배가 아프다며 벽에 기대고 있었다. 나도 손바닥에 땀이 진득하게 났다. 피아노를 치는 것만으로도 이렇게 긴장하는데, 앞에 서서 노래하는 사람은 얼마나 긴장될지 상상이 가지 않았다.

오늘만큼은 술을 마시고 노래하는 것도 어쩔 수 없겠다. 옆에서 술을 벌컥벌컥 마시는 쓰키시마를 최대한 보지 않으며, 우리는 공연 시작 시간에 정확히 무대에 올라갔다.

드문드문한 박수 다음, 숨을 들이쉬고 건반에 손을 올렸다. 이번에는 멤버 네 명으로 라이브를 하게 되서 드럼은 없다.

첫 번째 곡은 내 피아노로 시작하는 사잔 올 스타즈의 〈한여름의 과실〉 커버다.

어라……?

피아노를 치기 시작했는데 쓰키시마가 갑자기 마이크를 들고 몸의 방향을 180도 회전했다. 객석에 등을 진 것이다.

왜 저러지?

갑자기 벌어진 일에 손가락이 떨렸다. 무슨 사고인가? 이런 거 협의하지 않았는데. 그런데 쓰키시마는 뒤를 돈 채로 아무렇지 않게 〈한여름의 과실〉을 부르기 시작했다.

뭐야?

무슨 일이 벌어졌는지 판단하지 못한 채 연주를 이어갔다. 어떻게든 멈추지 않고 피아노를 치긴 했지만 도중에 제일 앞

열에 앉은 야부의 남동생과 눈이 마주쳤다.

남동생은 쓰키시마의 등과 내 눈을 교차로 바라보았다. 어색한 공기가 흘렀다.

시선을 피했지만 다른 사람들의 시선 역시 쓰키시마가 왜 뒤를 돌고 서서 노래를 부르는지 궁금해하는 것이 느껴졌다. 당연하지만 나도 무슨 일이 벌어졌는지 이해하지 못했다.

대체 왜 저래?

나는 등을 진 쓰키시마를 변호하듯이 곤란한 표정으로 앞을 바라보았다. 손님은 전부 열다섯 명. 전원의 이름을 댈 수도 있었다.

손님이 다 나간 뒤, 나는 문을 닫고 제일 먼저 말했다.

"왜 뒤돌아서서 노래한 거야?"

손님의 어쩔 줄 모르는 시선이 뇌리에서 떠나지 않았다. 첫 라이브 공연은 완벽한 실패로 끝났다. 공들여 준비했는데, 쓰키시마 때문에 전부 엉망진창이 되고 말았다. 제일 중요한 순간에 왜 그런 짓을 한 거지.

쓰키시마는 한소리 들을 줄 알았는지 부루퉁하게 대답했다.

"나는 앞을 보고 밝게 노래하는 건 멋있지 않다고 생각해."

"밝게 노래하지 않아도 되는데 앞은 보는 게 좋아."

"왜?"

쓰키시마가 눈을 희번덕거리며 뜨고 위협하듯이 물었다. 취했는지 화가 난 것처럼 보였다.

나는 한숨을 쉬었다. 앞을 보고 노래하는 거에 이유가 필요한가? 그런데 쓰키시마는 아무래도 진심 같았다.

싸움을 거는 표정인 것으로 보아 수긍할 만한 이유가 없으면 다음에도 앞을 보고 노래하지 않을 생각이겠지. 나는 쓰키시마를 설득하려고 말을 골랐다.

"뒤를 보고 노래하면 공연히 의미가 생길 거야. 사람들이 왜 뒤를 보고 노래하는지 의문이 들 테니까. 거기에 의미가 없으면 앞을 보고 노래하는 게 좋다고 봐……."

쓰키시마는 턱에 손을 얹고 입을 다물었다. 제대로 설명했나? 나는 길게 한숨을 내쉬었다.

쓰키시마의 '왜?'에는 언제나 긴장한다. 대충 대답하면 상식에 얽매인 시시한 의견이라고 비판하기 때문이다.

스스로 생각하지 않고 남의 말을 그대로 주워 담을 뿐인 의견은 필요 없다고 말한다.

어쨌든 내 생각을 제대로 말하지 않으면 우리의 관계는 분명 의미를 잃을 것이다. 쓰키시마와 대등하게 말하지 못하면 나는 머지않아 이곳에 있지 못할 것이다.

나는 긴장해서 떨며 쓰키시마의 반응을 살폈다. 쓰키시마는 내 의견에 더는 반론하지 않았지만 이번에는 뜬금없이

"그러면 가면을 쓸래."

라고 말했다. 가면이라니……?

쓰키시마가 하는 소리는 왜 매번 당돌할까.

나는 가면이라는 단어를 듣고 고무로 만든 말이나 쭈글쭈글한 마이클 잭슨 가면을 떠올렸다. 엉뚱한 소리야 매일같이 하지만 이번에는 대체 왜 이러는 거야.

평범하게 노래하는 것을 어떻게든 피하려고 하는 쓰키시마에게 나는 짜증이 났다.

"가면을 쓰면 노래를 못 하잖아."

어쨌든 제일 먼저 떠오른 오류를 지적했다. 그런 얼토당토않은 가면을 쓰는 건 싫다. 그냥 평범하게 부르는 게 제일 좋다.

그러나 쓰키시마는 눈을 가늘게 뜨고 말했다.

"그렇게 곧바로 무리라고 하지 마. 쓰고 부를 수 있는 걸 찾으면 되잖아."

무리라는 단어를 말하면 쓰키시마는 어떤 화학 반응이라도 일어나는지 불쾌해한다. 아무리 괴상한 아이디어라도 첫 마디에 무리라고 하면 안 된다. 나는 표현을 바꿨다.

"무리라기보다…… 별로 의미가 없을 것 같아."

"내가 쓰고 싶으니까 의미는 있어."

"왜 그렇게까지 얼굴을 가리고 싶어?"

뒤를 돌거나 가면을 쓰겠다니, 대체 뭐가 그렇게 마음에 들지 않을까.

사람들 앞에 서면 긴장하니까? 노래를 잘 부르지 못할 것 같아서? 그렇다면 그런 것쯤 익숙해지면 그만이다. 처음부터 긴장하지 않고 노래하는 사람은 없다. 어떻게든 평범하게 앞을 보고 노래하게 하려고 나는 집요하게 캐물었다.

"얼굴을 감추고 싶은 이유가 뭔데?"

그러자 쓰키시마는 심각하게 한숨을 내쉬었다.

"얼굴에 자신이 없으니까 그래."

어이가 없었다. 그런 귀여운 이유라고는 상상도 못 한 나는 웃으며 쓰키시마의 어깨를 두드렸다.

"뭐야, 그런 거라면 괜찮아! 가면 안 쓰는 게 좋아. 귀여운 얼굴인걸."

"시끄러워. 내 마음이야."

쓰키시마는 뚱한 표정으로 화를 내며 일어났다.

며칠 후, 쓰키시마는 피에로 가면을 들고 지하실에 나타났다.

설마 진심으로 찾았을 줄이야, 나는 눈을 동그랗게 뜨고 피에로 가면을 보았다.

쓰키시마는 섬뜩한 피에로의 머리를 손에 들고 기쁘게 웃으며 말했다.

"도큐 핸즈에서 샀어!"

머리카락을 붙잡고 이쪽으로 그 목을 들이미는 꼴이 아주

엽기적으로 보였다. 빨간 머리, 빨간 코. 눈만 뚫려 있어서 더 기분이 나빴다.

　진심으로 이걸 쓰고 노래할 생각일까?

　나는 눈썹을 찌푸리고 쓰키시마를 보았다.

　그러자 쓰키시마는,

　"그런데 이 가면은 입을 많이 벌리지 못해서 노래할 때는 못 써……."

라고 아쉽다는 듯이 중얼거렸다.

　"그거 안타깝게 됐네……."

　나는 가슴을 쓸어내리며 마음에도 없는 말을 했다.

　이후로도 쓰키시마는 노래를 부를 수 있는 가면을 찾느라 고생했지만 결국 찾지 못했다.

　나는 지하실에 쓸모없이 뒹구는 섬뜩한 피에로 가면을 쓰키시마 몰래 창고 안쪽에 넣어두었다.

오리지널 곡을 제작하기 시작했다. 클래식을 연주할 때는 악보가 없으면 아예 시작을 못 하는데 밴드는 아무것도 없는 지점에서 음악을 만든다.

나는 처음 해보는 도전에 의욕이 넘쳤다. 그런데 갑작스럽게 예상도 못 한 문제에 직면했다.

"나쓰코. 피아노 박자가 안 맞아."

"내가?"

쓰키시마의 말에 구치린이 연주하던 손을 멈추고 이쪽을 보았다. 아르바이트로 늦는 야부를 기다리지 않고 우리끼리 작업을 시작했다. 무슨 소리지? 쓰키시마는 퉁명스럽게 말했다.

"안 맞는 것도 몰라?"

쓰키시마의 지적에 발끈했다. 나는 15년이나 피아노를 쳤으니까 틀렸다면 당연히 알 수 있다. 그런데 쓰키시마나 구치린은 최근 들어 밴드를 시작했을 뿐이다. 왜 이런 소리를 들어야 하는지 알 수 없었다.

내가 틀렸을 리 없으니까 녹음한 노래를 처음부터 들어보았다.

그런데 정말로 내 피아노 소리가 맞지 않았다. 믿을 수 없어서 뺨이 불타올랐다.

클래식 음악에도 템포에 딱 맞춰서 치는 '인 템포'라는 감각이 있다. 그러기 위해서 똑같은 간격으로 리듬을 알려주는 메트로놈이 있고, 메트로놈의 딸깍딸깍 울리는 소리에 맞춰 연습한 적도 있다.

그러나 그런 것은 어디까지나 지표이고 절대적인 수치가 아니다. 오히려 속도 수치에 정확하게 맞춰서 치기만 해서는 클래식 음악 세계에서 통하지 않는다.

클래식은 시간을 뒤흔드는 음악이다. 연주하는 방법에 따라 폭풍우 치는 바다를 건너는 기분이 들게도, 또 슬로모션으로 내리는 비를 지켜보는 기분이 들게도 할 수 있다. 인 템포로 연주하면 평온한 바다와 평범한 비가 될 뿐이다.

그러나 밴드는 다르다. 모든 음악을 인 템포로 연주하지 않으면 비트에 맞지 않아 음악이 무너진다. 이 비트라는 것이 클래식에는 없는 감각이다. 음악을 균등하게 '새기는' 감각이다. 이론적으로는 이해하고 있는데 이렇게 어려운 줄은 몰랐다.

"연습을 좀 더 해줄래?"

쓰키시마가 말했다. 내게는 그 말이 아주 아니꼽게 들렸다. 본인은 잘 친다고 생각하겠지만 박자에 맞춰서 치는 것조차 못 하네, 라고 말하는 것처럼.

나는 대답하지 않고 건반을 바라보았다. 피아노에 전념한 15년의 세월이 부정당한 기분이 들어 방향을 잃은 짜증이 솟구쳐서 알겠다는 말이 솔직히 나오지 않았다.

"나쓰코, 듣고 있어? 열심히 녹음했는데 다시 해야 한다고."

나는 쥐어짜듯이 목소리를 끌어냈다.

"미안, 왜 이럴까. 다시 하게 해줘."

"집중 좀 해. 제대로 못 하겠으면 다른 사람한테 해달라고 할 테니까."

쓰키시마는 녹음이 중단된 것에 화가 났나 보다. 그냥도 불쾌한 감정이 소용돌이치는데 가시 돋친 말이 쿡 박혔다.

"다른 사람이라면 누구? 그런 사람이 있으면 그 사람한테 부탁하면 되겠네."

이렇게 말하면 안 된다고, 마음속에서 들어본 적 있는 경고음이 울렸다. 그러나 돌이킬 수 없었다.

우리의 대화는 언덕을 굴러 내려가는 것처럼 점점 가속도가 붙어 열기를 띠었다.

"그럼 다른 사람한테 부탁해야겠다. 너보다 피아노를 못 쳐도 되니까 일일이 의욕을 꺾는 소리를 하지 않는 사람이 좋겠어."

"말을 왜 그렇게 해? 그럼 그렇게 하든가."

나는 큰 소리를 내며 일어나 부엌으로 걸어갔다. 냉장고를 열어 보리차 병을 꺼냈다. 컵에 보리차를 따르고 문을 닫자, 낡은 냉장고 문이 퉁겨 나와 다시 열려버렸다. 이런 것 하나하나 다 거슬렸다.

"아아, 나왔네. 또 성질이나 부리지."

쓰키시마는 질린다는 듯이 말하며 기타를 내려놓고 소파에 털썩 몸을 묻었다.

나는 의자에 앉아 보리차를 단숨에 마셨다.

쓰키시마는 내게 유난히 엄격했다.

그렇게 막말하면서 화를 내지 않아도 되잖아. 쓰키시마를 탓하듯이 숨을 내쉬며 빈 컵을 들여다보았다.

쓰키시마가 연인 같으면서 가족 같으면서 친구 같은 우리 관계에 기대어 밴드 멤버로서의 거리감을 착각하니까 싸움이 생기는 거다.

쓰키시마는 구치린과 말할 때는 말투가 전혀 다르다.

"구치린, 거기는 그런 진행이 아니라 이거야."

예의를 지키고 다정하다. 불공평하다.

"그러니까 너를 밴드에 넣고 싶지 않았어."

쓰키시마가 유난스럽게 한숨을 내쉬었다. 나 역시 밴드 따위 들어오고 싶지 않았다.

이런 식으로 중단되는 게 벌써 몇 번째일까.

말다툼 후에 그저 바닥만 내려다보는 시간이 지나기를 기다리는데, 쓰키시마가 내게 다가와 잠깐 산책하러 가자고 했다.

"그래……"

지하실에 구치린을 남기고 나는 문을 열었다. 이럴 때 구치린은 절대 끼어들지 않고 스리슬쩍 다른 일을 시작한다.

계단을 올라가 지상으로 나오자 신선한 공기가 몸에 스며들었다. 지하실 공기가 생각보다 정체되었는지도 모르겠다.

"너한테만 심하게 군다고 생각하지."

쓰키시마는 담배에 불을 붙이며 지하실 앞의 길쭉한 형태의 공원 길을 걸었다. 조용한 골목에서 라이터를 켜면 담배가 불탈 때의 주우욱 하는 소리가 입체적으로 들린다.

"응. 내가 예민한 거야?"

"심하게 굴 때도 있을 거야. 하지만 절반은 네 피해망상이야."

"하지만 나한테만 그렇게 말하잖아."

"너 말고는 그런 말투로 받아치지 않으니까."

"그렇지만 작은 실수인데도 다른 사람으로 바꾸겠다는 협박 같은 소리는 안 해도 되잖아."

조금 전의 그 분노가 서서히 가라앉았다. 공원에 떨어진 작은 가지를 돌 틈으로 걷어찼다.

"나도 조금 세게 말하긴 했는데, 일일이 말꼬리를 물고 늘어지지 않으면 좋겠어."

"조금이 아니야, 진짜 열받는 말투였다고."

"그러니까 그렇게 일일이 덤비는 점을 고치라는 거야."

쓰키시마는 짧아진 담배를 엄지와 검지로 쥐고 한 번 더 연기를 빨아들였다.

"몇 번이나 말했지만, 나쓰코는 옳은 것을 옳다고 과신하는 면이 있어. 옳다고 해서 분위기를 망쳐도 되는 건 아니야. 밴드를 같이 하려면 지금처럼 죄다 받아치면 곤란해."

결국 너한테 맞추라는 소리잖아. 나는 고개를 숙였다.

나는 쓰키시마와 밴드 멤버로서의 거리감을 아직 정확하게 파악하지 못했다. 그래도 쓰키시마가 밴드를 이끄느라 필사적인 것은 안다.

지하실에서는 전혀 다른 사람이 되어 리더십을 발휘한다. 가능하면 나도 방해하고 싶지 않은데 그게 마음대로 되지 않을 뿐이다.

쓰키시마는 담배를 다 피우고 공원을 빠져나가 역 쪽으로 걸었다. 그 뒤를 따라가자 아무 말 없이 빅라이즈라는 이름의 슈퍼로 들어갔다.

뒤를 쫓아 빅라이즈로 들어가니, 노란 종이에 굵은 매직으로 적은 가격표가 채소 위에 가지런히 놓여 있었다. 빅라이즈는 채소도 저렴한데 특히 고기가 싸다. 닭다리 살, 100그램에 29엔.

나는 경쾌한 BGM에 지지 않으려고 목소리를 높여 앞에서 걷는 쓰키시마에게 말을 걸었다.

"다른 애들 앞에서 싸우지 않도록 나도 조심할게. 그렇지만 악의가 있어서 그러는 건 아니니까 앞으로 두 번 다시 안 그러겠다는 보장은 못 해."

간단히 고치겠다고 하면 무책임한 소리니까 그럴 수 없다.

"악의가 있어서 남을 불쾌하게 하는 사람은 사실 거의 없을 거야."

쓰키시마의 목소리는 차분했다.

나는 내 생각이 최대한 전해지도록 천천히 설명했다.

"나는 감정이 일단 격해지면 가끔 냉정하게 말하는 게 힘들어. 자존심은 높은데 자신감이 없어서 그럴 거야. 이대로는 안 된다고 생각하는데 매번 똑같아."

"나도 어려운 건 알아. 그러니까 이렇게 얘기하는 거고."

슈퍼마켓을 한 바퀴 돌며 대화하던 중에 주황색의 커다란 귤이 눈에 들어왔다. 근처에 있기만 해도 잘 익은 주황색에서 달콤한 냄새가 풍겼다.

귤을 사 가면 구치린이 좋아할까? 나는 구치린이 이 빈 시간을 어떻게 보낼지 상상했다.

어쩌면 작곡하고 있을까. 이렇게 갑자기 나왔는데도 연습을 중단한 것에 화를 내는 구치린은 상상되지 않았다.

나는 구치린을 생각하며 귤을 들고 계산대에 줄을 섰다. 다섯 개가 들었다. 하루에 하나씩 먹으면 며칠은 먹을 수 있다.

계산대에 선 내 뒤에 쓰키시마가 같이 서주었다.

"그런데 나도 좀 심하게 말하긴 했어."

겨우 이런 말 한마디로 전부 용서하게 된다. 조금 전까지 느꼈던 분노가 사라졌다. 복잡한 문제 같지만 결국에는 그냥 이렇게 말해주기를 바랐다. 나는 그 사실을 깨닫고,

"아니야, 내가 나빴어."

하고 대답했다.

우스울 정도로 순간적인 사건이었다.

지하실에 돌아와 구치린에게 귤을 주자, 그는 차분하게

"어서 와."

하고 말했다. 그 말에 미안하다는 대답을 돌려주었다.

구치린은 아무것도 묻지 않고 능숙하게 귤을 까서 반을 내게 주었다.

"싸우는 것도 좋은 것 같아. 너희는 또 금방 화해하니까. 그래서 굳이 사이에 낄 필요도 없다고 생각하고. 사실은 별로 걱정도 안 해."

나는 구치린과 소파에 앉았다. 싸구려 귤은 조금 딱딱했지만 그래도 달고 맛있었다.

이 밴드에 구치린이 있어줘서 다행이다. 쓰키시마와 싸울 때마다 구치린이 없으면 벌써 그만두고도 남았다고 생각한다.

혼내지 않고 그저 "어서 와"라고 말해주는 사람과 귤을 먹으며
밴드 활동을 조금 더 열심히 하자는 생각이 들었다.

"나 오늘은 돌아갈게."
지하실에서 자면서 작업할 줄 알았는데, 쓰키시마가 내 옆
에서 짐을 꾸리기 시작했다.
"오늘은 안 자고 가?"
"응.
나는 신시사이저를 연결한 컴퓨터를 탁 닫았다. '응'이라는
대답과 음색만으로도 쓰키시마가 어디에 가는지 알았다.
"무슨 일 있어?"
"스미레를 만나러 가."
예상대로였다.
스미레는 내 대학 친구다. 지하실에 모이는 관객 수가 점점
줄어드는 상황에서, 나는 대학에서 만나는 사람 전원을 라이브
에 오라고 초대했다. 스미레도 그렇게 오게 된 아이였다. 스미
레는 라이브에 한 번 오더니 어느새 내가 오라고 하지 않아도
지하실에 오게 되었다. 그리고 쓰키시마와 사이가 좋아졌다.
쓰키시마는 지갑과 휴대전화를 주머니에 넣고 문 앞에 섰
다. 그 모습이 어찌나 당당한지,
'나는 너한테 비난을 받을 이유가 전혀 없어.'
라고 선언하는 것처럼 보였다.

"그럼 나쓰코, 열심히 해."

"재밌게 놀아."

손을 흔들자 문이 쾅 닫혔다.

나는 머리 위까지 올린 손을 힘없이 내리고 무릎 위에서 꼭 움켜쥐었다.

나도 참 솔직하지 못하다. 쓰키시마가 여기 있어주기를 바라면서 생글생글 웃으며 잘 가라고 손을 흔든다.

하지만 달리 뭘 어쩌겠나. 내게는 권리가 없다. 가지 마, 하필 왜 내 친군데? 쓰키시마에게 이렇게 말할 권리가 없다. 권리가 없는데 항의하면 어떻게 되겠는가.

"너한테 비난을 받을 이유가 없어."

이런 소리를 들을 뿐이다. 그리고 이런 대화를 해버리면 내가 소중히 여긴 관계는 분명 무너진다.

우리는 밴드 멤버다.

그렇게 나를 위로했지만, 쓰키시마는 지금도 우리 관계를 연인이라고 부를 때가 있다.

왜 그러는지 정확한 이유는 모른다. 내가 호감을 품은 것을 알기 때문인지도 모르고, 관계를 질문받는 귀찮은 상황을 회피하고 싶어서인지도 모른다. 어쩌면 내가 다른 남자에게 가는 것을 바라지 않아 그러는지도 모르겠다.

그러나 그런 것은 연인이 아니다. 그건 그저 제 사정에 따라서 쓰키시마가 구사하는 편의상의 말일 뿐이고, 어쨌거나 나는 쓰키시마 곁에 있는 여자로서 지닐 권리는 아무것도 갖지 못한다.

머리로는 다 알고 있다. 그런데도 쓰키시마가 나를 연인이라고 부르면 내심 그 말을 소중하게 여긴다.

"누가 뭐래도 나쓰코랑 대화할 때가 역시 최고야."

쓰키시마는 여자와 만난 후에 이런 소리를 한다.

최고라는 그 울림이 내 눈 속에 반짝임을 전해준다. 그 순간은 지금까지 느꼈던 갈등조차 잊어버릴 정도다.

"나도 네 얘기를 들으면 즐거워."

그래서 나는 이렇게 대답하고 만다.

어떤 의미에서는 사실이다. 설령 여자 얘기라도 쓰키시마의 말을 들으면 즐거웠다. 내게 이성으로서 호감을 보이지 않아도 결국에는 내 곁으로 돌아와 말을 거는 쓰키시마가 좋았다.

어두운 지하실, 나는 신시사이저와 마주했다.

말로 표현하지 못하는 감정처럼, 음의 파형이 이펙트에 걸려 다채롭게 변화했다. 이거면 충분할 것이다. 내 선택은 틀리지 않았다.

그렇게 생각했는데, 어렴풋이 밝아지는 하늘을 바라보는 나는 예전처럼 외톨이가 된 기분이었다.

10 불면증

또 잠들지 못하는 날이 시작되었다.

속에 품은 불안감에 비례하듯이 잠들지 못하는 나날은 마치 24시간 내내 쉬지 못하도록 누군가의 감시를 받는 기분이었다.

알람 시계가 귓가에서 강렬한 소리를 냈다. 지하실은 아침 8시라도 어두컴컴하다. 멍하니 주변을 둘러보니 아직 깊은 잠에 빠진 모두가 보였다.

지하실에서는 다들 재활용 가게에서 산 스무 짝짜리 소파에서 잔다. 소파 세 짝이면 한 명이 충분히 몸을 눕힐 수 있어서 레고 블록처럼 몇 짝을 조합해서 만든 간이침대가 지하실 여기저기에 작은 둥지처럼 놓여 있다.

선풍기를 발 근처에 두고 자는 쓰키시마와 배를 내놓고 자는 야부 옆에 신발을 신은 채 고르게 숨을 내쉬는 구치린이 보였다.

나는 차가운 소파를 손으로 짚고 몸을 일으켰다. 흐릿하게 보이던 드럼 세트와 냉장고에 차츰 초점이 맞자 온몸에 지독한 권태감이 몰려왔다.

새로 받은 약이 안 맞나…….

나는 자기 전에 먹은 약의 알루미늄 패키지를 손에 들었다.

잠을 못 자는 날이 너무 오래 이어져 병원을 찾았다. 의사에게 증상을 말하자, 의사는 담담하게 몇 가지 약을 골라 주었다. 그중 하나가 우울증 치료에 쓰는 약이라고 했다.

"저는 우울증은 아닌 것 같은데요……."

병원 진료실에서 나는 불안에 휩싸여 의사에게 물었다.

"환자분의 불면증은 정신적인 원인에서 왔다고 봅니다. 혹시 뭔가 짐작이 가는 불안 요소는 없나요? 이 약은 그런 불안을 잠재우는 약이라고 생각하면 돼요."

의사가 설명했다. 불안 요소라고 하면 떠오르는 것이 셀 수도 없다. 나는 하라는 대로 약을 먹기 시작했다.

그건 그렇고 권태감이 지나치다. 몸이 나른하고 무겁다. 아침부터 위액이 역류해 토할 것 같다.

몸은 지칠 대로 지쳤는데 내 머리는 도무지 쉬려고 하지 않았다.

결과라곤 전혀 내지 못했으니까 잠이나 잘 상황이 아니라는 초조함이,

'너는 재능이 없어.'

라는 소리로 변해갔다.

나는 매일 밤, 모두 잠든 뒤에 알루미늄 패키지에서 약을 꺼내 물과 함께 삼킨다.

약 효과가 돌기 시작하면 곧 그 음성은 멈춘다. 확실히 잠은 잘 수 있었다. 그러나 의사의 말처럼 불안이 사라지는 효과는 없었다.

음성이 들리지 않는 세계로 기절하듯이 추락한 뒤에는 대체로 이렇게 참혹한 기분으로 눈을 뜬다.

"너무 신경 써서 그래."

갈수록 상태가 나빠지는 나를 보고 구치린이 이렇게 달래주었다.

구치린의 말이 옳다. 그러나 신경을 쓰지 않는 것이 너무 어렵다. 결국 '신경 쓰지 않으려고' 신경 쓰느라 체력을 점점 더 갉아먹었다.

나는 대학에 가려고 전철을 탔다. 며칠이나 똑같은 옷을 입어서 내 몸에서 둥지에 틀어박힌 짐승 같은 냄새가 났다.

만원 전철의 손잡이를 붙잡고, 죄송하다고 생각하며 타인에게 몸을 기댔다. 선 채로 눈을 감았는데 꼭 이럴 때면 졸음이 몰려온다. 지하실에서는 이렇게 졸린 적이 한 번도 없었는데.

나는 내 몸이 원망스러웠다.

지금 여기에 이불을 깔면 푹 잘 수 있을 것이다. 제대로 자지 못한 지 벌써 며칠이나 됐을까.

그런 생각을 하며 꾸벅꾸벅 졸다가 금방 환승역에 도착했다. 먹은 것을 토하듯이 전철이 일제히 사람을 토해냈다. 나도 토사물의 일원이 되어 전철 밖으로 나왔다.

불면의 원인이 나와 쓰키시마의 변해버린 관계인 것은 알고 있다.

밴드를 시작한 뒤, 나와 쓰키시마의 관계는 단숨에 변했다.

병을 극복하고 급격히 성장하는 쓰키시마와 그 변화를 따라가지 못하는 나 사이에 생긴 차이를 나는 좀처럼 소화하지 못했다.

"하지 못하는 것과 하기 싫은 것의 차이가 뭔지 알아?"

곡을 만들지 못하는 내게 쓰키시마는 사흘에 한 번꼴로 분발하라고 채찍질했다.

"하고 싶어서 도전하는데 하지 못하는 것과 하고 싶지 않은 것을 내버려두는 건 달라. 하기 싫은 거라면 다른 사람한테 부탁할게. 하지 못하는 거라면 조금 더 기다릴 거야. 나쓰코, 어떻게 하고 싶어?"

아무리 기다려도 내가 곡을 완성하지 못할 때, 가사를 쓰지 못할 때, 편곡을 끝내지 못할 때, 소리를 만들어내지 못할 때,

쓰키시마는 내게 그렇게 물었다.

사람이 완전히 달라진 쓰키시마가 너는 어떻게 하고 싶으냐고 물으면 나는 대답이 궁해졌다. 쓰키시마가 밴드에 품은 열량과 비슷한 수준을 요구당해서 괴로웠다.

솔직히 말해서 나는 쓰키시마와 같이 있을 수 있으면 그만이었다. 그저 옆에서 대화만 해도 충분했다. 고민을 나누고 말의 의미를 생각하는 게임을 하고 DVD를 빌리러 가자고 말해주면 좋았을 뿐이다.

그러나 쓰키시마는 이제 그런 것을 바라지 않는다. 내 본심을 밝히면 분명 그는 내게 낙담할 것이다. 나는 잠을 이루지 못한 채 아침을 맞이하는 광경을 떠올리며,

"하고 싶어."

하고 조용히 대답했다.

쓰키시마의 말투에서 그렇게 대답하지 않으면 같이 있을 수 없다는 의사가 묻어났다. 이제 쓰키시마는 그저 같이 있으면서 서로를 보듬어주는 관계를 내게 바라지 않는다.

쓰키시마는 스미레나 다른 여자애에게

"어떻게 하고 싶어?"

라고 묻지 않는다. 늘 내게만 그렇게 묻는다.

나는 그 사실이 지니는 의미에 괴로워하는 한편, 그 사실에 기대고 있었다.

기대를 받는다는 기쁨과 기대에 부응해야 한다는 괴로움이

가슴속에서 교차한다. 그냥 여자이고 싶은 마음과 특별한 여자가 되고 싶은 자존심이 이를 드러내고 맞부딪쳤다. 충돌할 때마다 내 마음은 조금씩 닳았다.

"할 테니까 기다려."

나는 그렇게 말하고 머리를 감싸 쥐었다.

작곡을 하고 싶다고 생각한 적은 한 번도 없다.

불타오르는 연심을 노래에 싣고 싶지도 않고, 청중들이 입을 모아 합창할 멜로디를 만들 수 있을 것 같지도 않다.

하지만 그랬다가는 머지않아 여기에 있지 못하게 된다. 그것만은 절대적으로 확신했다.

나는 곡을 만들어야 한다.

쓰키시마는 혼자서도 곡을 쓸 수 있으면서 밴드를 시작하자 내게도 곡을 쓰라고 요구했다. 왜 그러는지 몰라 이유를 물어본 적이 있다.

"혼자 성공해도 즐겁지 않잖아."

쓰키시마는 무슨 당연한 걸 묻느냐며 대답했다. 성공한다는 이미지를 확고하게 가진 것에 놀랐다.

"나쓰코가 나랑 똑같은 경치를 봤으면 해."

그 말에 나는 얼떨떨하게 고개를 끄덕였다. 지금은 아마 다른 것을 보고 있겠지. 나는 아직 성공의 이미지를 보지 못했다.

언젠가 똑같은 경치를 볼 수 있을까. 나는 초조함에 타들어갔다. 쓰키시마가 뭘 보여주고 싶은지 도통 모르겠다. 그래도 여기에서 도망칠 수는 없었다. 그렇게 오늘도 잠들지 못한 채 아침을 맞이했다.

오직 나만이 할 수 있는 일은 뭘까.

내게는 재능이 없다고, 쓰키시마나 구치린과 어깨를 나란히 할 존재가 아니라고 불안해하며 잠들지 못하는 밤이 계속되면 언젠가 한계가 찾아온다.

쓰키시마에게 인정을 받아야만 해.

밴드 멤버로 인정을 받아야만 해.

초조해진 나는 매일 밤 피아노 앞에 앉았다. 그리고 또 잠들지 못한다. 그런 상황의 반복이었다.

음악을 제대로 만들어본 적이 없는 내게 작곡은 하나부터 열까지 힘든 작업이었다.

써본 적 없는 컴퓨터 음악 소프트웨어를 설명서를 참고하며 익혔다. 기계치라는 변명은 통하지 않는다. 내가 하지 못하면 할 수 있는 누군가가 할 테니까. 내가 할 수 있는 일이 한 가지 줄어들 뿐이다.

지금은 모든 작업을 컴퓨터로 할 수 있는데, 음악 소프트웨어에 익숙하지 않으면 시간이 오래 걸린다.

그러면 수면 시간이 줄어든다. 깨어 있다고 해서 작업이 진행되는 것도 아니다.

모두 자는 동안 혼자 부스스 일어나 화면을 응시하는 생활이 이어졌다.

이제 더는 무리일까…….

그러나 음악을 만들지 못하는 것은 곧 쓰키시마와 이 장소를 잃는 것을 의미했다. 어두운 지하실에 마음이 묶인 채, 나는 결국 어디로도 도망치지 못했다.

학교에 도착했는데 수업이 휴강이었다. 게시판 앞에 서서 뭐야, 끔찍한 권태감을 억지로 끌고 왔는데, 하고 대상 없는 불만을 늘어놓았다.

어쩔 수 없이 나는 쉴 곳을 찾아 양호실로 갔다. 약효가 너무 강해서 정신을 놓으면 쓰러질 것 같았다.

"안색이 왜 이래요!"

양호실 의사가 내 얼굴을 보자마자 의자에서 일어났다. 그렇게 심한 얼굴인가. 그러고 보니 거울도 보지 않고 지하실에서 나왔다.

"저기."

조금만 쉬고 싶어요. 이렇게 말하려고 했는데 목소리가 입에서 나오지 않았다. 정신을 차리자 한심하게도 눈물이 뺨을 적시고 있었다.

"계속 잠을 자지 못해요……."

나는 침대에 손을 짚고 토하듯이 울었다. 입으로 한 말과 반대로 머릿속에는 여전히 나를 책망하는 말이 가득했다.

울어봤자 소용없어. 노력하지 않으면 영원히 쫓아가지 못

해. 너는 평범하니까. 재능이 없으니까. 너는 쓰키시마와 다르
니까.

나는 침대 시트를 양손으로 붙들고 뚝뚝 떨어지는 눈물의
흔적을 보았다.

여자인 것은 물론이고 수면까지 포기하면서 나는 무엇을 얻
었을까.

여자를 만나러 가는 좋아하는 사람을 배웅하며, 밤을 꼬박
새워 음악을 만드는 고통에 괴로워하면서 나는 대체 무엇을
얻었을까.

하얀 시트에 물방울이 수없이 흔적을 드리웠다. 이제 소중
한 것이 무엇인지 모르겠다.

11

심박 수

지하실에서 정기적으로 라이브를 열었다.

무대 위에서 스미레가 보였다.

스미레는 열 명이 조금 넘는 관객 틈에 숨어 수줍은 듯이 입을 조그맣게 벌리고 노래를 흥얼거렸다.

스미레의 눈동자가 빛을 반사해 반짝이는 것이 무대 위에서 보였다. 리듬을 타며 조금 높은 무대를 올려다보고 있다.

나는 스미레가 쓰키시마를 좋아하는 것을 안다. 여자가 무대 위에 있는 사람을 사랑할 때, 무대 위에서는 고스란히 다 보인다.

저 애는 자기가 얼마나 무방비한 눈빛으로 이쪽을 보는지 모른다. 무대 위에서는 생각보다 많은 것이 보인다.

나는 안다. 스미레와 쓰키시마. 저 둘이 이미 특별한 관계인 것도.

대학교에서 스미레와 만날 때가 있다.

수업이 몇 개쯤 겹쳐서 필연적으로 만날 때도 있고 교정에 설치된 벤치에서 우연히 만나 잠깐 대화를 나눌 때도 있다.

스미레는 신기한 여자였다.

쓰키시마와 사귀는 사이인데도 쓰키시마 곁에 붙어 있는 나를 싫어하는 낌새도 보이지 않고, 내게 상처를 주려는 의도도 느껴지지 않는다. 심지어 수업이 시작할 때까지 아무 말 없이 그저 내 손을 만지작거리거나 머리카락을 쓰다듬기도 했다.

바깥 벤치에서 혼자 점심을 먹고 있으면, 그 애가 나를 발견하고 옆에 바싹 달라붙어 앉아 조용히 재잘대기 시작한다.

가끔 그 애가 웃으면 목덜미에 뿌린 불가리 향수가 은은하게 풍겨 가슴이 욱신욱신 조여든다. 스미레에게서는 여자의 좋은 향이 난다.

"유스케랑 가와사키에 갔을 때……."

나는 그 애가 말해주는 체험을 상상하며 듣는다. 컵 하나로 같이 나눠 마신 스타벅스 커피의 뜨거움이나 둘이서 처음 손을 잡았을 때 뛰던 가슴.

내가 모르는 쓰키시마를 접하면서 나는 충족감과 동시에 허기짐을 느꼈다. 흥미진진하게 듣다가도 갑자기 가슴이 술렁술렁 흐트러지고, 중독되기라도 한 듯이 더 자세히 캐묻고 싶은 순간이 있었다.

그래서 그때 쓰키시마는 뭐라고 했어?

그래서 그때 스미레는 어떻게 생각했어?

재촉하며 질문을 거듭하는 나를 보고 스미레 역시 상황 묘사에 더 열을 올렸다. 그러다가 때때로 정신을 차리고

"나쓰코…… 이런 얘기 듣는 거 혹시 싫지 않아?"

하고 걱정스럽게 나를 바라본다.

그럴 때면 나는 늘 웃으면서 이야기를 재촉한다.

"왜 그런 소리를 해. 괜찮지. 그래서 다음에 어떻게 됐는데?"

그러면 스미레는 난처한 듯이 웃으며 말을 멈추고, 한동안 침묵하면서 내 눈을 지그시 쳐다보다가 한숨을 쉰다.

"너희 둘은 참 비슷하구나."

누구를 말하는 건지 생각하는데, 스미레가 시선을 내려 내 손가락을 검지로 쓰다듬었다.

"손가락이 역시 길쭉하다……. 이거 봐, 나는 손이 진짜 작아……. 나쓰코, 손톱이 아주 짧다……. 아, 손끝이 정말 딱딱하네. 그래서 피아노로 그렇게 아름다운 소리를 낼 수 있구나……."

그러면서 내 손가락 안쪽을 가느다란 손끝으로 부드럽게 만진다. 몸을 이쪽으로 기울이고 있어서 불가리 향수 향이 코를 간지럽힌다.

학교는 넓고 벤치가 많은 탓에 우리 말고 다른 사람은 없

었다.

그 애가 손가락을 부드럽게 만졌다. 때로는 손가락 옆에 살짝 손톱을 세우기도 하고 손깍지를 끼기도 한다.

나는 자꾸만 입에 고이는 침을 삼키고 싶지만 꾹 참았다.

심박 수가 올라갔다.

"기분 좋아?"

그 애가 바람 같은 목소리로 물었다. 그 애의 눈동자 속에 하늘이 담겼다.

머리카락을 쓸어 넘기듯이 부는 바람에 날려 하나로 묶은 스미레의 머리가 흔들렸다. 엽서 같은 풍경을 앞에 두고 나는 할 말을 찾았다.

"요즘은 무대에 오르면 쓰키시마가 권유해서 밴드에 들어왔다는 걸 깜박하곤 해. 처음에는 할 마음이 전혀 없었는데 어느새 밴드 자체를 소중하게 여기기 시작했어. 지금은 매일 생각해. 밴드에 도움이 되고 싶고 곡을 만들 수 있으면 좋겠다고. 쓰키시마나 구치린과 어깨를 나란히 하는 음악가가 되고 싶다고. 그런데 가끔은 뭐가 뭔지 모르겠는 때도 있어. 내게 가장 중요한 것은 무엇일까. 밤에 혼자 편의점에 뭘 사러 가다가 갑자기 눈물이 펑펑 흐를 때도 있어. 이대로 정말 괜찮을까 싶어서. 스미레, 네 옆에 있으면 그냥 계속 이렇게 있으면서 아무 생각도 하기 싫어져. 그럴 때면 내게 중요한 것이 뭔지 모르겠어."

스미레는 내 말을 들으며 차분하게 고개를 끄덕이더니 다시 손가락을 부드럽게 만졌다. 그녀가 입을 다물면 마스카라를 한 긴 속눈썹이 깜박임에 따라 위아래로 움직이는 것이 아주 느리게 보였다.

나는 쓰키시마의 여자 친구가 되고 싶다고 바라는 한편, 여자로 전락하는 것을 하찮게 여겼다. 마주 보고 싶다고 바라는 한편, 같은 방향을 보고 어깨를 나란히 하고자 바랐다.

나는 언젠가부터 하늘하늘한 스커트 대신에 지저분한 청바지를 입기 시작했다.

남자들과 같이 라면을 먹으러 가고, 혼자서도 지하실에서 작업했다. 싱크대에서 머리를 감는 것도, 지하실 화장실에서 물을 끼얹는 것도 괜찮았다.

거부감이 들었던 컴퓨터 앞에 앉아 아침까지 음악을 만들었다.

어느새 인 템포로 피아노를 연주하는 것도 어렵지 않게 해냈다.

외식도 하지 않고, 대학 친구들과 놀지도 않고, 일절 꾸미지도 않고, 아르바이트로 번 돈을 전부 밴드에 쏟아부었다.

동료들에게 나도 모두와 어깨를 나란히 하는 멤버라고 증명하고 싶었기 때문이다.

그런데.

나는 스미레를 앞에 두면 쓰키시마에 대해 알고 싶어서 안 달이 났다.

쓰키시마가 무엇을 느끼고 어떤 사람을 좋아하고 새롭게 무엇을 배웠는지, 스미레를 통해 똑같이 체험하려고 했다.

내가 사랑할 순 없는 쓰키시마를, 스미레 안에 있는 남자로서의 쓰키시마를, 나는 그를 사랑하려고 했다.

이런 굴절된 애정을 품으면 안 된다. 이런 짓을 해도 진짜 쓰키시마를 알 수 없다.

그런데도 스미레의 이야기를 듣다 보면 내가 모르는 쓰키시마를 알아야 한다는 의무감 비슷한 감정까지 솟구쳤다.

쓰키시마의 모든 변화를 알아야만 해.

누가 그러라고 한 것도 아닌데, 그래야만 하는 이유도 없는데 나는 그런 집념에 사로잡혔다.

"나 저주받은 것 같아."

정신을 차리고 보니 나는 스미레에게 모든 것을 털어놓고 있었다. 아무에게도 한 적 없는 이야기인데 나는 스미레 앞에서는 무방비 상태가 되었다.

스미레는 내 뺨에 살짝 손을 대고, 자기 이마와 내 이마를 맞댔다. 부모가 아이의 열을 이마로 재는 자세다.

그리고 내게만 들릴 목소리로,

"멋지다."

하고 말하고, 입술이 아주 살짝 닿는 정도로 입을 맞췄다.

놀라서 얼굴을 뗐지만 우리는 여전히 코가 닿을 정도의 거리에서 조용히 숨을 내쉬었다.

냉정하게 생각하면 이상하다. 우리의 관계는 연적이다.

그런데 나는 스미레를, 그 애 안에 있는 쓰키시마를 사랑스럽다고 생각하며 시선을 맞추고 이번에는 긴 키스를 나눴다.

살짝 입술을 열자, 그 애의 부드러운 혀가 내 입 안으로 들어왔다. 혀가 녹아내릴 듯한 행위를 하며 우리는 서로의 몸 여기저기를 옷 위로 부드럽게 어루만졌다. 그 애의 옷은 매끈매끈해서 가슴과 허벅지 안쪽으로 내 손가락이 미끄러졌다.

왜 이러지. 행복한 기분이었다. 다른 사람을 만지고 만져지는 것이 오랜만이기 때문일까? 이런 감정을 겉으로 내비치는 것이 오랜만이기 때문일까? 나는 조용히,

"고마워."

하고 속삭였다.

스미레는 웃으며 왜 고맙다고 하는지 물었다.

나는 제대로 설명할 수 없어서 그 애의 손을 다시금 꼭 쥐었다. 스미레 역시 내 손을 부드럽게 맞잡고 고개를 들었다.

"나쓰코는 소중한 것이 무엇인지 사실 다 알고 있어."

그 애의 눈동자에 내가 비쳤다. 이제 지하실에 가야 한다고 생각하는 나와 눈이 마주쳤다.

"그러니까 나를 분명 금방 잊을 거야."

얼굴을 떼고 스미레가 말했다. 잊을 리 없다고 반박해도 그

애는 미소를 지을 뿐이었다.

우리는 건물 틈으로 살짝 보이는 하늘을 보았다. 하얀 구름이 이따금 두둥실 나타나 바람을 타고 멀어졌다.

내가 벤치에서 일어나자 스미레가 조용히, 열심히 하라고 말해주었다.

지하실로 가는 전철에서 확인하는 듯이 손가락으로 입술을 만졌다. 혀의 부드러운 감촉이 아직 남아 있었다.

스미레와의 키스가 이성과 나누는 키스와 전혀 다르지 않아 놀랐다.

여자끼리의 우정 키스도, 호기심에 재미 삼아 입술을 겹치는 것도 아니라, 성애를 담은 키스였던 것을 나는 여러 번 확인했다.

몸이 애달프게 떨렸다. 나는 흥분했다.

스미레 너머로 나는 쓰키시마를 보았다. 그녀의 부드러운 입술을 느끼며 나는 그녀와 닿았을 때 쓰키시마가 어떤 기분이었을지 상상했다. 그녀의 자그마한 혀의 감촉이 쓰키시마와의 공통 언어로 성립된 것에 기쁨을 느꼈다. 어리석다는 것을 알면서도 내 체온은 상승했다.

전철 문이 푸슈 소리를 내며 열렸다. 바깥 공기에 닿은 피부 세포가 일제히 호흡했다.

구름 한 점 없는 하늘 아래에 선 기분으로, 나는 언젠가 쓰키시마와 오늘 있었던 일을 이야기하고 싶다고 생각했다. 마치 어젯밤 정사가 얼마나 대단했는지 말하는 남녀처럼, 우리는 스미레에 대해 말할 수 있지 않을까.

남자와 여자로서 우리는 이 정도가 충분한지도 모른다.

무언가 끝난 기분이었다. 줄곧 이루지 못했던 바람을 은밀히 이룬 기분도 들었다. 오늘 밤에 잠을 잘 수 있을지 여전히 불안했지만, 내 두 다리로 단단히 섰다는 감각이 있었다.

나는 지하실을 향해 걸었다. 전부 다 꿰뚫어 보듯이 금방 잊을 거라고 한 스미레의 목소리가 어디선가 들리는 것 같았다.

지하실에 도착하자 쓰키시마가 소파에 앉아 있었다. 뭔가 생각에 잠긴 표정이어서 말을 걸지 않았는데, 쓰키시마는 갑자기 아버지가 사준 어쿠스틱 기타를 무릎에 올리고 노래하기 시작했다.

"어서 와."

부엌에 있던 구치린이 서 있는 내게 말을 걸었다. 다녀왔다고 대답하며 가방을 내려놓는데, 바로 옆에서 휘파람을 부는 듯한 쓰키시마의 노랫소리가 들렸다.

나는 숨을 멈췄다. 노래하는 목소리는 정말 아름다웠다. 소년 같았다.

가끔 쓰키시마의 목소리는 신께서 주신 선물처럼 들릴 때가 있다.

남에게 아무리 민폐를 끼쳐도, 남에게 아무리 상처를 줘도, 전부 상쇄되고 남을 목소리.

　내키는 대로 부르는데도 왠지 저 먼 세상의 목소리처럼 들렸다. 나는 한숨을 내쉬고 천장을 보았다. 천장의 석고 보드를 떼어내던 때가 오랜 옛날 같았다.

　우리가 정말로 쌍둥이 같으면 좋을 텐데. 경계선이 사라져서 뭐든지 다 공유하면 좋을 텐데.

　그러면 지금 네가 보는 세계를 나도 볼 수 있을 텐데.

　나는 지하실에서 다른 세계의 목소리에 가만히 귀를 기울였다. 이 목소리를 더 멀리까지 울려 퍼뜨리고 싶다. 문득 그런 생각이 들었다.

12

신발 끝

여름에 접어들 무렵부터 야부가 지하실에 오지 않았다.

어느 날, 평소처럼 연습하려고 지하실에 모였는데 야부가 보이지 않았다. 쓰키시마와 구치린과 셋이서 연습하며 기다렸는데, 야부는 늦은 시간까지 나타나지 않았다.

"아르바이트로 지쳐서 잠들었나?"

구치린이 야부 편을 들며 말했다. 그러나 야부는 다음 날도, 그다음 날도 오지 않았다. 지하실에서는 야부가 없는 상태로 연습을 이어갔고, 소식도 모르는 채 일주일이 지났다.

나는 조심스럽게

"방에서 자는 건……."

하고 말을 꺼내자 옆에 있던 쓰키시마가 곧바로

"그럴 리는 없지."

하고 부정했다.

아무리 생각해도 야부는 의도적으로 우리와 관계를 끊었다. 군이 말하지는 않았지만, 야부가 왜 그랬는지 짐작이 갔다.

야부는 원래 노이즈 계열 음악을 좋아했다. 굉음이나 기계음이 울리는 그런 장르 음악을 사랑하는 야부가 하고 싶은 음악은 우리가 하려는 음악과는 확실히 달랐다.

'신발을 보는 사람'이라는 의미의 슈게이징 장르 음악을 듣던 야부의 모습이 떠올랐다.

쓰키시마는 '위로 가자'고 했지만 야부는 아래를 보고 있었는지도 모른다. 자기 신발을 바라보며 음악을 했는지도 모른다.

우리 밴드는 절대 부업으로 할 수 없었다. 쓰키시마가 요구하는 것은 늘 한계치까지 노력하지 않으면 들어줄 수 없는 것이었고, 지하실을 고쳐야 해서 할 일도 늘 쌓여 있었다.

나는 졸업할 수 있는 최소 일수만 대학에 갔고, 구치린은 대학원 진학도 취직도 포기했다. 취직을 권하는 부모의 의견을 무릅쓰고 밴드를 지속한다는 것은 그만큼 단단히 각오했다는 소리다. 야부가 어쩌려고 이러나 걱정하는 구치린의 옆모습을 훔쳐보았다.

"이번에 시모키타자와에서 라이브를 하는데 안 나올 셈인가……."

나는 예정을 확인하며 비난조로 중얼거렸다.

구치린이 휴대전화로 야부에게 몇 번이나 전화를 걸었지만 결국 연결되지 않았다.

만약 야부가 밴드를 그만두면 우리는 다시 출발점으로 돌아간다.

그걸 알면서도 무책임하게 지하에 오지 않는 방식을 선택하다니, 나는 비난의 말을 퍼부었다.

"무책임해. 이렇게 연락을 끊고 도망치는 방식으로 자기 의사를 표현하다니 비겁해."

그러나 이렇게 말하면서도 나는 속으로는 어딘가 안도하고 있었다. 마음속 어딘가에서 '그래, 도망치고 싶을 만큼 힘들었구나' 하고 고개를 끄덕이는 내가 있었다.

야부의 심정은 그 누구보다 내가 가장 잘 이해한다. 쓰키시마와 구치린, 두 사람을 눈앞에 두고 밴드를 그만두겠다고 당당하게 말할 수 있다면 야부 역시 그렇게 했을 것이다.

둘의 꿈은 감히 그러지 못할 만큼 무거웠다. 도망치고 싶을 만큼 무거웠다. 나는 야부의 심정을 절절하게 이해했다.

내가 선택해버릴 뻔했던 길을 지금 야부가 걷고 있었다.

지하실에서의 생활은 즐겁지만은 않았다.

라이브 하우스를 만들고 매월 상당한 금액을 지출해야 하는 불안을 품고 음악을 만드는 나날은, 막 건너려는 다리가 뒤에서부터 무너지는 생활과 똑같았다.

여기에서 살아남으려면 달리는 수밖에 없었다.

다리와 뒤섞여 떨어지지 않으려고 달리고 또 달리고, 동료
들과 함께 계속 달려야 했다. 걸음을 멈추면 앞으로 쓰키시마
와 구치린과 같이 있을 수 없었다.

그래서 나는 무아지경으로 계속 달렸다.

혹시 야부는 다리 아래에서 새로운 길을 발견했을까? 하지
만 나는 지하실에서 두 사람과 함께 달리고 싶었다.

얄궂게도 야부가 사라짐으로써 나는 비로소 내가 '노력하고
있다'고 인정받은 기분이었다.

야부가 없어진 다리를 나는 여전히 달렸다. 쓰키시마와 구
치린의 뒤를 좇아 나는 계속 달려갈 것이다.

야부는 결국 2주가 지난 후에 돌아왔다. 묵묵히 지하실 문
을 열고 들어온 야부는

"미안해."

하고 기운 없이 사과했다. 그리고 밴드를 계속하지 못하겠다고
차분하게 말했다.

아무도 놀라지 않았다. 그렇게 말할 것을 알고서 2주 동안
야부가 없는 지하실에서 지냈으니까.

"알았어."

쓰키시마는 야부에게 아무것도 묻지 않고 그렇게 대답했다.

나는 앞으로 어떻게 해야 하지, 라는 말을 삼키고, 쓰키시마가 무슨 말이든 해주기를 기다렸다. 밴드는 다시 시작점으로 돌아온 걸까.

쓰키시마는 턱에 손을 얹고 생각에 잠겼다. 긴 침묵이 영원히 이어질 것만 같았다.

13 　　　　　　　　　　　　　　　새벽녘

다음 날 밤, 지하실에 돌아왔는데 웬일인지 사람이 아무도 없었다.

아무도 없는 지하실에는 위화감을 느낀다. 마치 그곳에 멤버의 공백이 존재해 사실은 그들이 늘 없었다고 강조해주는 것 같다.

나는 가방을 내려놓고 곧바로 노트와 볼펜을 꺼냈다. 스툴에 앉아 노트 페이지를 넘겼다.

한번에 쓴 글을 쫙쫙 그어서 지워버린 탓에 종이에 올록볼록 요철이 있었다.

손이 떨려왔다. 나는 펜을 쥔 오른손을 왼손으로 살짝 쥐었다.

침착해.

가사를 쓰려고 하면 공포로 손이 떨린다.

또 실패할지도 몰라.

또 내겐 재능이 없다고 증명하게 될지도 몰라.

매번 이런 목소리에 짓눌릴 것만 같다.

아무리 노트에 말을 적어도 나만의 말이 뭔지 모르겠다. 누군가의 말이 아니고, 하물며 쓰키시마의 말도 아닌 내가 고안해낸 말이 뭔지 도무지 모르겠다.

나는 새까맣게 칠해진 노트를 바라보았다. 나는 전하고 싶은 것이 없다. 노래에 실어 누군가에게 들려주고 싶은 사상도 없거니와 음악으로 세상을 바꾸고 싶지도 않다.

그렇다면 나는 왜 가사를 쓰는 거지? 왜 이렇게까지 괴로워하면서 가사를 쓰려고 할까?

꼭 전하고 싶은 말이 있는 것도 아닌데 가사를 써야 한다는 궁지에 몰린 초조함을 느끼는 이유는 뭘까. 세상을 바꾸고 싶은 것도 아닌데 가사를 쓰지 않으면 살 수 없다는 기분이 드는 이유가 뭘까.

쓰키시마가 하라고 해서 시작한 작곡 활동인데 나는 작사에 이리도 휘둘리면서 살고 있다. 곡을 만드는 것에 번민한다. 노력했다가 실패로 끝나 상처만 잔뜩 받는데, 그래도 여전히 결과를 내기를 바란다. 그 이유가 도대체 뭘까.

어쩌면 나는.

문득 한 가지 생각이 떠올랐다. 어쩌면 나는 나를 구하기 위해서 가사를 쓰려는 걸까?

이렇게 생각하고 곧바로 아아, 그럴지도 모른다고 고개를 끄덕였다. 지금까지 쓰키시마가 시켜서 쓴다고 생각했는데 사실은 아니었다.

물론 처음에는 쓰키시마가 하라고 하니까 가사를 썼다. 그러나 잘 써지지 않아 수없이 고치는 와중에 쓰키시마가

"나쓰코만의 말이 분명 있을 거야."

"나는 쓰지 못하는 가사를 써줘."

라고 말했다.

내가 그런 걸 쓸 수 있을까, 나만의 말이 뭘까. 갈등하면서도 그런 것을 쓸 수 있다면 나 자신을 구원할지도 모른다고 마음속 어딘가에서 생각했다.

지금까지 줄곧 그랬다.

피아노 앞에 앉기도 힘들던 때, 나와 쓰키시마의 관계에 고민하던 때, 내가 길을 잃지 않도록 도와준 것은 언제나 말이었다.

말이 있으면 '너는 도움이 안 돼, 너는 재능이 없어'라고 속삭이는 목소리로부터 나를 구할 수 있을지도 모른다.

'네가 있을 곳 따위 없어, 너는 없는 편이 나아'라고 속삭이는 목소리로부터 나를 지킬 수 있을지도 모른다.

가사를 쓰면서 나는 그런 희망을 품었다.

나는 다시 노트를 바라보았다. 심장을 긁어내기라도 한 것처럼 조악한 볼펜의 흔적을 만졌다.

새까맣게 덧칠해진 말의 수만큼 나는 형편없는 인간이라고 생각했다. 뱅글뱅글 제자리걸음을 하면서 재능이 없다고 괴로워했다.

하지만 이것은 내가 희망을 향해 걸어온 흔적일지도 모른다.

나를 구원해줄 곳을 갈구하며 더듬어온 흔적일지도 모른다. 쓰키시마가 한 '나쓰코만의 말이 있을 거야'라는 말을 향해 한 걸음씩 굳건히 걸어온 흔적이다.

나는 노트의 새 페이지를 펼치고 펜을 다시 손에 쥐었다. 몇 번을 해도 역시 손이 떨렸다.

하지만 떨려도 괜찮을 거야.

자신감이 없기에 가사를 쓰고 싶은 거니까. 내게 아무런 가치도 없다고 생각하기에 곡을 만들고 싶은 거니까.

그곳에 구원이 있다고 생각하기에 이 밴드로 뮤지션이 되려는 목표를 포기하지 않는 거니까.

나는 가사를 쓸 기회를 준 쓰키시마를 생각했다. 쓰키시마는 이런 세계 속에서 계속 혼자 곡을 써온 걸까?

어쩌면,

"혼자 성공해도 즐겁지 않잖아."

라는 쓰키시마의 말속에는 불안과 압박이 있었을지도 모른다.

성공도 실패도 혼자 받아들여야 한다는 불안 속에서 도움을 청하듯이 내게 가사를 쓸 기회를 준 것은 아닐까?

나는 지금껏 쓰키시마가 왜 내 감정을 이해해주지 않는지 고민이었다. 곁에 있고 대화만 할 수 있으면 만족했는데 왜 가사를 쓰게 하고 곡을 만들게 하고 무대에 세우기까지 하며 사람을 괴롭게 하는지 의문이었다.

하지만 나야말로 쓰키시마가 어떤 심정으로 나를 아티스트로 만들려고 했는지 이해하지 못했던 것이다.

쓰키시마가 느낀 고독이나 압박을, 내게 "가사를 써"라고 화를 낼 정도의 불안을 나는 전혀 몰랐다.

곡을 만드는 것은 고독하고 두려운 작업이다.

아무것도 없는 지점에서 말을, 멜로디를 창작하는 것은 목이 타고 허기지고 몸에서 마지막 한 방울까지 물을 짜내는 작업임이 분명한데, 그 도중에 오아시스와도 같은 환상을 보여준다.

저기까지만 가면 나는 살 수 있다고 믿고 홀린 듯이 계속 걷게 된다.

쓰키시마는 나보다 한참 전에 도착한 사막에서 계속 나를 부르고 있었다.

나쓰코의 말로 여기까지 걸어와줘.

나는 고요한 지하실에서 노트에 말을 적었다.

한 문장을 쓰고 지우고, 갈팡질팡 돌아다니다가 또 한 문장을 썼다. 재능 없는 나 자신을 통감하며 말을 지우고, 다시 노트를 바라보았다.

사막에서 최소한 아름다운 별이라도 보이면 좋겠다고 갈망하듯이, 나는 가사를 쓰지 못하면 사라질 것만 같은 이 기분이 아티스트가 되는 숙명이기를 바랐다.

밤이 지나 어느덧 아침이 될 때까지 가사를 썼다.

흐릿한 불빛 속에서 노트를 펼쳤다.

완성된 가사는 동료에 대해 노래하는 가사였다.

계속 곁에 있는 줄 알았는데 사실은 멀리 가버린 동료와 마침내 재회하는 가사.

그리고 앞으로 같이 걷자는 가사.

이것이야말로 나만이 쓸 수 있는 말이라고 직감했다.

쓰러질 것만 같아 나는 소파에 몸을 눕혔다. 밖은 벌써 밝아졌겠지만 학교 따위 안 가고 말지라는 기분이었다.

지하실의 아침은 상쾌함과는 거리가 멀었다. 천장 부근에 설치된 작은 창에서 아침 햇살이 미미하게 새어들 뿐이어서 전체적으로 어두웠다.

평소에는 아침 햇살을 보면 하루의 시작에 마음이 조급해졌는데, 오늘은 이 어둠이 기분 좋았다. 지금부터 자도 된다고 허락해주는 기분 좋은 어둠이었다.

나도 모르게 잠이 들었다. 노트를 펼친 채, 옷도 갈아입지 않고 신발까지 신고서 잠이 들었다.

깊은 잠에 빠져 꿈을 꿨다. 계속 가사만 생각한 탓일까, 나는 꿈속에서도 걷고 있었다. 광대한 대지를 큼지막한 가방을 등에 지고 걸었다.

문득 쓰키시마가 부른 것 같았다. 주위를 둘러보니 저 먼 곳에서 "어이, 나쓰코, 여기야" 하고 손을 흔들고 있다. 나는 손을 마주 흔들며 목소리가 들리는 쪽으로 걸어갔다. 그러자 쓰키시마가 보이는 대신에 주변이 점차 밝아지더니 서서히 시야가 트였다.

아아…… 잠에서 깬 거구나.

한 시간도 지나지 않은 기분이다. 나는 왜 이렇게 잠이 얕을까. 모처럼 기분 좋게 잠들어 조금 더 자고 싶었는데.

그렇게 생각하며 멍하니 초점을 맞추는데, 쓰키시마가 놀란 얼굴로 내 앞에 서 있었다.

"어라…… 안녕."

지하실에 언제 왔을까. 문이 열렸다 닫히는 소리에도 깨지 않았으니 아주 깊이 잠들었나 보다. 내가 몸을 일으키자 쓰키시마가 갑자기 표정을 풀었다.

"좋은 가사야."

그리고 내 어깨를 몇 차례 두드렸다.

"진짜 좋은 가사야, 나쓰코."

쓰키시마의 손에 내 새까만 노트가 있었다.

"······정말? 읽었어?"

"응. 대단해."

나는 여전히 꿈을 꾸는 기분이었다. 아까 손을 흔들던 그 쓰키시마가 아닐까? 광대한 대지 저 먼 곳에서 "어이" 하고 나를 부르던 쓰키시마가 아닐까? 그런데 쓰키시마는 내 노트를 들고 내가 쓴 가사를 보고 기뻐하고 있었다.

꿈보다 더 꿈만 같다. 나는 기뻐하는 것도 두려워서,

"다행이다······."

하고 기어드는 목소리로 말했다.

그 말을 하고 나니 내 눈에 찰랑찰랑 눈물이 고였다. 말라버린 몸이 급속도로 촉촉해졌다.

다시 그 목소리를 들려줘. 좋다고, 대단하다고 말하는 쓰키시마의 목소리를 들을 수 있다면 나는 앞으로도 가사를 쓸 수 있을 것이다.

안심하자 또 졸음이 몰려왔다. 시간을 보니 짐작대로 한 시간도 지나지 않았다. 눈꺼풀이 무겁게 내려앉았다. 오늘은 학교에 안 갈 거니까 계속 지하실에 있으면 된다. 일어나면 구치린도 와 있겠지. 그러면 지금 있었던 일을 말하자. 밥을 지으면서, 가사를 썼다고 보고하자.

그다음에, 그다음에······.

"잘 자, 나쓰코."

쓰키시마의 목소리가 바로 옆에서 들렸다. 나는 또 까무룩 잠이 들었다.

라디오

야부가 밴드에서 나갔다.

시모키타자와 라이브 공연까지 한 달도 채 남지 않았다. 나는 쓰키시마의 호출을 받고 아르바이트를 마치자마자 급하게 지하실로 돌아와 스툴에 짐을 내려놓았다.

카운터 위에는 레코드 회사에 작곡한 곡을 보내려고 산 새하얀 CD-R과 보낼 회사의 자료가 놓여 있었다.

야부, 하필 이런 타이밍에 그만두다니.

앞으로 밴드 움직임은 더 활발해질 예정이었다. 그런데 멤버가 없으면 라이브조차 할 수 없다. 나는 카운터에 앉아 엉킨 채로 방치된 줄넘기를 보았다.

연습하다가 쉬면서 넷이 이단 뛰기 기록을 경쟁할 때 썼던 줄넘기다. 그것도 구치린이 128회라는 전인미답의 기록을 세운 후로 아무도 그 기록에 도전하지 않았다.

냉장고에는 야부가 적은 '128회'라는 메모가 자석으로 붙은 채 남아 있었다.

먼저 지하실에 와 있던 쓰키시마와 구치린이 내가 도착한 것을 보고 카운터로 모여들었다.

"나한테 생각이 있어."

쓰키시마가 카운터에 손을 짚었다. 우리는 시모키타자와 라이브 전까지 야부가 빠진 구멍을 어떻게든 해결해야 한다. 쓰키시마의 호출을 받고서 지금부터 의논하자는 줄 알았는데, 이미 생각해둔 바가 있나 보다.

새로운 멤버가 될 후보가 있다는 소린가?

딱히 짐작 가는 사람이 없어서 헛되이 허공에 시선을 주는데, 쓰키시마가 바지 주머니에서 휴대전화를 꺼내더니

"잠깐 교섭하고 올게."

라는 말을 남기고 문을 열고 나가버렸다.

황당했다. 곧 문이 끼이익 소리를 내며 닫혔다.

카운터 너머로 나와 구치린은 얼굴을 마주 보았다.

"누구랑 교섭하러 간 거야?"

나는 구치린에게 물었다.

"나도 몰라. 찜해둔 사람이 있나?"

구치린도 전혀 짐작이 안 가는 표정이었다.

야부를 대신할 사람을 상상하려 했지만 그 모습은 장막에

덮여 흐릿했다.

쓰키시마는 지금 누구랑 교섭하는 걸까?

나는 엉킨 줄넘기를 풀며 쓰키시마를 기다렸다.

쓰키시마와 구치린의 분위기는 독특하다.

쓰키시마와 초등학교부터 같이 다닌 구치린. 구치린은 아침에 좀처럼 일어나지 못하는 쓰키시마를 매일 집까지 데리러 갔다고 한다.

수학여행을 다녀온 곳도, 학교에서 받은 수업도, 유행하던 것까지 똑같이 경험한 쓰키시마와 구치린은 음악을 만들면서 나는 모르는 독특한 리듬을 탈 때가 있다.

호흡만 해도 서로의 음악을 이해하는 것처럼 보인다. 그런 두 사람 옆에서 똑같이 호흡할 수 있는 사람은 쉽게 찾지 못할 것을 쓰키시마와 구치린이 제일 잘 알 터이다.

그들은 밴드 멤버를 고심해서 찾았지만 결국 자신들과 가장 가까이에서 호흡한 나를 선택했다. 야부도 안 됐는데 그들의 리듬에 맞춰줄 멤버가 또 있을까?

쓰키시마에게 어떤 비책이 있는 것처럼 보이기도 했다.

그러나 그렇게 애타게 찾았던 밴드 멤버다. 쉽게 발견했다면 애초에 나를 끌어들이지도 않았을 것이다. 나는 밴드 권유를 받았던 때를 떠올렸다.

"너만은 싫었는데 밴드 멤버, 이제 너로 괜찮다고."

나조차도 이런 소리를 해가며 강제로 밴드에 끌어들였는데, 달리 누가 매일같이 지하실에 올 수 있을까?

나는 묵묵히 시계를 보았다. 쓰키시마가 나가고 30분이 지났다.

"계속 통화 중인가?"

안절부절못하며 구치린에게 말을 걸었다.

"교섭한다고 하긴 했는데……."

구치린은 냉장고를 열었다가 아무것도 꺼내지 않고 닫기를 자꾸 반복했다.

그때 갑자기 문이 시원하게 열렸다.

놀라서 그쪽을 보니 쓰키시마가 들어와 휴대전화를 카운터에 가볍게 올려놓았다. 나는 의자에서 몸을 쑥 내밀고 그를 살폈다.

누구한테 전화한 거야? 교섭은?

입을 다물고 스툴에 앉은 쓰키시마를 보며, 나와 구치린은 대답을 재촉하듯이 의자에서 일어났다.

"새 멤버가 정해졌습니다."

쓰키시마는 양손을 카운터에 짚고 말했다.

"정말로?"

내 목소리가 높아졌다.

30분 동안 대체 무슨 일이 있었던 거지? 나와 구치린은 다시 얼굴을 마주 보았다.

전에는 그 고생을 하고도 못 찾았던 밴드 멤버인데, 이번에는 쓰키시마의 전화 한 통으로 찾았다는 건가?

밴드를 시작할 무렵과 지금의 쓰키시마는 분명 다른 사람이다. 지금은 추진력도 있고 믿음직하다. 하지만 아무리 그래도 일이 간단히 풀릴까?

"새 멤버는……."

거기까지 말하고 쓰키시마가 말을 끊자, 머릿속에서 드럼 소리가 들렸다.

앞으로 함께 생활하며 이 지하실에서 음악을 만들 수 있는 사람의 이름.

도대체 누구에게 전화를 한 걸까. 30분 동안 뭘 했을까. 마술사가 손에서 비둘기를 꺼내듯이, 그 이름은 놀라움 가득한 기대와 함께 발표되었다.

"라디오입니다!"

그 라디오?

맨날 밴드 티셔츠를 입는 라디오? 지하실 계단에 새우가 나왔다고 겁을 집어먹은 라디오……?

나는 고개를 갸웃거렸다. 라디오라면 쓰키시마의 친구이긴 하다. 지하실 근처 공장에서 일한다. 어쩌면 음악 취향도 쓰키시마나 구치린과 맞을지도 모른다.

그러나 나는 밴드 권유를 수차례 거절하는 라디오를 보았다. 그런데 지금은 승낙한 이유가 뭐지?

무엇부터 질문해야 하는지 혼란스러워하는 내게 쓰키시마가 통화 내용을 설명해주었다.

쓰키시마 "밴드에서 야부가 빠졌어."

라디오 "응."

쓰키시마 "그래서 밴드에 들어와줬으면 해."

라디오 "……그런데 나는 악기를 못 다뤄."

쓰키시마 "DJ라면 할 수 있잖아?"

라디오 "밴드에 DJ가 필요해?"

쓰키시마 "응. 평생 소원이야. 밴드에 들어와주라."

라디오 "……."

라디오는 오랜 공백을 둔 후에 알겠다고 대답했다고 한다.

평생 소원이라면서 라디오에게 매달렸다는 이야기를 들은 나는 나 때와 너무 다른 태도에 저절로 얼굴을 굳히고

"흐응……."

하고 대꾸했다. 라디오의 잘못은 아니지만 대우가 달라도 너무 달라 나는 부루퉁해졌다.

라디오는 악기를 다루지 못한다. 그래도 라디오를 붙잡은 이유는 음악을 워낙 좋아해서 취미 생활로 턴테이블을 샀기 때문이다. 그래서 예전부터 DJ로 영입하려는 계획이 있었다고 한다.

그런 것까지 생각했다니, 쓰키시마는 꽤 예전부터 이렇게 될 줄 예상했나 보다.

그로부터 얼마 후, 라디오가 지하실로 왔다.

라디오는 여전히 밴드 티셔츠를 입고 있었다. 오늘의 티셔츠, 레드 핫 칠리 페퍼스.

"평생 소원이라고 하니까……."

그렇게 말하며 카운터로 다가온 라디오에게 구치린이 의자 하나를 옮겨 가까운 자리를 양보했다.

라디오가 앉자 카운터의 의자가 작아 보였다.

"그런데 이번에는 왜 밴드에 들어올 마음이 들었어?"

나는 라디오에게 허심탄회하게 물어보았다.

예전에도 쓰키시마의 권유를 받았던 라디오가 지금에 와서 들어오기로 한 이유가 궁금했다.

라디오는 의자를 좌우로 흔들며 느릿느릿 입을 열었다.

"나, 공장에서 일하잖아. 전에 들어오라고 했을 때는 회사에 기계가 막 새로 들어왔고 경기도 좋았어. 그래서 일이 많으니까 밴드는 무리라고 생각해서……."

"그럼 지금은 경기가 안 좋아?"

"뭐, 까놓고 말해서 불황의 여파를 받고 있습니다."

라디오가 진지하게 말했다.

라디오 티셔츠의 가슴 부분에 있는 레드 핫 칠리 페퍼스의 멤버도 심각한 표정으로 이쪽을 보고 있었다.

"중소기업이 가장 큰 타격을 입는다는…… 그 불황의 여파라는 녀석입니까…….”

구치린이 학원 강사 같은 말투로 끼어들었다.

라디오는 "그렇습니다” 하고 심각하게 대답했다. 사무실에서나 들을 법한 목소리 톤이 웃겨서 나는 와락 웃음을 터뜨렸다.

쓰키시마가 카운터 안으로 들어와 냉장고에서 맥주를 꺼냈다. 언제 사두었을까, 마셔본 적 없는 금색과 남색의 캔은 발포주가 아니었다. '더 프리미엄 몰츠'라는 문자가 눈부셨다.

모두 맥주를 손에 들자, 쓰키시마가 캔을 푸슛 따고 눈높이까지 들었다.

"그럼…… 새 밴드 멤버를 위해 건배.”

"불황에도 건배!”

맥주는 한 캔이면 충분했다. 모두 떠드느라 정신없는데 나는 금방 취했다.

카운터에 앉아 계속 술을 마시는 셋에게서 멀어져 혼자 소파에 누웠다. 가죽 소파의 차가운 감촉이 기분 좋았다.

굴러다니는 담요를 끌어당겨 덮자, 셋의 대화 소리가 편안하게 들렸다. 전에 쓰키시마가 라디오를 '심야에 틀어놓는 라디오 같은 녀석'이라고 표현했던 것이 떠올랐다. 그 말대로 라디오의 목소리에는 편안함을 주는 성분이 포함된 것 같다.

쓰키시마는 라디오와 대화할 때면 몹시 즐거운 듯이 웃는다. 나나 구치린과 대화할 때와는 약간 다르다.

구치린과 웃을 때는 좋은 곡을 완성했을 때다. 나와 웃을 때는 평소처럼 말에 대한 이야기를 나눌 때다. 어쩌면 쓰키시마에게 라디오는 가장 '친구'에 가까운 존재가 아닐까.

쓰키시마가 라디오를 왜 밴드에 끌어들였는지 조금은 알 것 같았다. 이렇게 부드러운 분위기는 오랜만이었다.

나는 소파 위에 누워 오랫동안 셋의 대화 소리에 귀를 기울였다.

15 중국식 덮밥

본격적인 여름이 찾아왔다. 지하실 계단을 내려오면 썰렁하니 시원했다. 우리는 아르바이트를 마치면 해가 들지 않는 콘크리트 안으로 쏜살같이 도망쳤다.

"오늘은 뭐 먹을까?"

여름방학부터 나는 매일 지하실에서 보냈다. 곡을 만들고 라이브 하우스를 만들고 밥도 만들었다.

"중국식 덮밥은 어때?"

나는 세 사람에게 제안했다. 지하실에서는 손수 밥을 지어 먹으며 생활하는 게 기본이다. 매달 나갈 돈이 많은 우리는 외식할 여유가 없어 한 푼이라도 싸게 식사를 해결해야 했다.

중국식 덮밥은 지하실의 인기 메뉴였다. 저렴하고 빠르고 맛있는 데다가 영양도 풍부하다. 라디오가 온 후로 밥 먹을 때마다 밥을 반 되나 하는데, 그걸 마지막 한 톨까지 다 먹어 치운다.

"라디오, 혹시 좋아하는 애 있어?"

식사 준비를 마치고 밥이 되기를 기다리며 구치린이 넌지시 물었다. 나도 귀를 쫑긋 세웠다.

사실 나도 궁금했다. 라이브 하우스에는 스미레 말고도 내 고등학교나 대학교 친구들이 오는데, 라디오가 그중 한 명을 좋아하는 것처럼 보였다.

"아, 그게 말입니다……."

라디오는 갑자기 존댓말을 쓰며 얼굴을 붉혔다. 그러자,

"혹시 밴드에 들어온 것도 좋아하는 애가 있어서였어?"

하고 쓰키시마가 옆에서 놀렸다.

아, 그렇구나. 라디오가 밴드에 들어온 이유는 불황이 아니라 내 친구를 좋아하기 때문이구나.

나는 카운터 의자에 앉아 발을 띄우고 몸을 뱅글뱅글 돌리며

"그랬구나."

하고 중얼거렸다. 그러자 라디오가 허둥지둥

"아니, 아닙니다. 그건 아닙니다."

하고 말하며 의자에서 일어났다. 호들갑스럽게 손사래를 쳤다.

밥 냄새가 났다. 축축한 공기가 후끈했다.

"내가 전에 하자고 했을 때 거절한 건 좋아하는 여자가 없었

기 때문이고.”

옷으며 라디오를 추궁하는 쓰키시마를 곁눈질하면서 나는
일어나 환풍기를 껐다. 이제 덮밥에 반숙 달걀을 올리면 완성
이다.

“밴드를 진심으로 할 마음이 없었다면 내 수집품을 팔 리가
없잖아!”

라디오의 항의하는 목소리가 환풍기 소리가 멈춘 지하실에
울렸다.

“다들 노력해서 라이브 하우스를 만드는 거 아니까 계속 모
아온 CD랑 DVD를 전부 중고 가게에 팔았단 말이야! 나, 고
등학생 때부터 아르바이트를 하면서 사 모았으니까 엄청나
게 많아서 다 팔았더니 생전 본 적 없는 길이의 영수증이 나왔
다고!”

그는 진짜 이 정도는 됐다고 하며 양손을 활짝 펼쳐 영수증
의 길이를 표현했다. 아무리 봐도 2미터는 될 것 같았다.

“그건 말도 안 된다.”

“허풍도 적당히 쳐야지.”

나와 쓰키시마가 한 마디씩 하자 라디오가 “진짜야, 진짜라
니까!” 하고 발을 쿵쿵 굴렀다. 모두 웃었다. 뚱뚱한 사람이 어
쩔 줄 몰라 하는 모습은 왠지 모르게 귀염성이 있다.

우리는 덮밥에 올린 달걀을 걸쭉하게 반으로 갈라 밥을 먹
기 시작했다. 뜨끈한 덮밥에서 피어오른 김 너머로 대량의 밥

을 먹어치우는 남자 셋이 흐릿하게 보였다.

라디오가 들어온 후로 신기하게도 웃는 시간이 늘어났다. 나와 쓰키시마, 구치린이 있을 때는 작사나 작곡을 하느라 긴장해서 분위기가 살벌했다.

지하실의 공기는 여유가 없을 때도 있다. 일하기 위해 모인 회사원처럼 지낼 때도 있다.

그런데 똑같은 지하실인데도 라디오의 존재 하나만으로 우리가 친구 사이라고 상기할 수 있다.

라디오는 정말 라디오였다. 긴장된 분위기를 쉽게 누그러뜨린다.

쓰키시마는 이렇게 될 줄 알고 라디오를 데려온 걸까?

"정말이야, 이 정도였다고. 이 정도였다니까."

크게 외치며 자기 팔을 좌우로 한껏 벌린 라디오는 아마 이런 것을 짐작도 못 하겠지. 나는 웃으며 덮밥을 먹는 쓰키시마를 힐끔 보았다.

라디오의 수집품은 전부 해서 20만 엔이나 되었다. 매달 지출로 허덕이는 우리에게 20만 엔은 어마어마한 돈이었다. 2천 엔에 산 CD가 100엔에 팔리는 시대에 20만 엔을 받은 라디오의 CD 수집품은 정말 대단한 양이었나 보다.

음악을 하려고 음악을 팔았던 그는 우리 넷 중에서 가장 음악에 해박하다. 악기를 다루지 못하는 대신에 그 누구보다 음악 팬이다.

"자기 수집품을 내 친구를 위해서……."

"밴드를 위해서라고!"

라디오는 항의하면서도 덮밥을 꿀떡꿀떡 해치우고는 밥을 추가로 더 푸려고 했다. 그걸 본 구치린도 자기가 먹을 몫을 확보하려고 숟가락을 든 손이 바빠졌다.

쓰키시마는 허둥거리며

"내 것도 남겨 놔."

하고 구치린에게 부탁했다.

이들과 만나지 않았다면 지금쯤 나는 뭘 하고 있을까?

내가 어떤 사람인지 알려준 것은 지하실과 이 동료들이다. 이들의 웃음소리를 들으며 덮밥을 먹는 나, 내가 줄곧 꿈꿔왔던 나라는 생각이 들었다.

오랜만에 집에 가려고 혼자 자전거를 몰았다.

며칠이나 입은 티셔츠를 가방에 넣고, 심야의 간파치 도로를 달렸다. 트럭이 시끄러운 소리를 내며 바로 옆을 지나갔다. 소리 없이 바뀌는 신호를 보고 발을 멈춰, 한밤중의 공기를 마셨다. 밤공기와 아침 공기는 맛이 다르다.

나는 언제나 고독을 곱씹는 인생을 살아왔다.

쓰키시마와 만난 후에도 내가 없는 편이 나을지도 모른다는 문답을 반복했고, 마음을 놓을 장소가 보인다 싶으면 항상 종종걸음으로 쫓아갔다.

그런데 신호가 파란불로 바뀌기를 기다리면서, 틀림없이 외로운 귀갓길인데 지금 나는 왜 '외롭지 않지?'라는 의문이 든 순간, 눈물이 터질 것 같았다. 파란불로 바뀐 것을 확인하고 나는 얼른 페달에 체중을 실었다.

쌍둥이처럼 계속 옆에서 시간을 공유해온 쓰키시마는 나를 외톨이로 만들긴 했어도 함께 꿈을 꿀 친구를 만들어주었다.

돌아간다고 말할 수 있는, 내가 머물 곳을 만들어주었다.

그래, 이거면 충분하다. 그렇게 생각하며 오른발과 왼발에 교대로 체중을 실었다. 내 인생은 행복을 향해 걷기 시작했다. 트럭이 달리는 고속도로에서 나는 조용히 그 말을 중얼거렸다.

　　라디오의 첫 무대는 시모키타자와의 GARAGE였다. 우리
가 만든 라이브 하우스가 아닌 곳에서 다른 밴드와 함께 공연
하는 것도 좋은 경험이라는 이유로 라디오가 들어오기 전부터
결정한 라이브여서 라디오는 들어오자마자 바로 연습을 해야
했다.

　　DJ 연습은 우선 기재를 숙지하는 것부터 시작이다. 라이브
에서는 중추가 되는 드럼과 베이스 소리를 DJ 기재로 내고 그
에 맞춰 우리가 연주하는데, 곡 중간에 연주를 멈추거나 재개
하는 부분의 호흡을 DJ와 잘 맞춰야 한다.

　　라디오는 기계를 잘 다뤄서 설명서를 손에 들고 연습에 참
여했다. 갑자기 들어왔지만 골치 아픈 전문용어에도 굴복하지
않고 불평도 없이 묵묵히 연습에 임하는 모습에 감동했다.

나였다면 난리가 났을 텐데.

라이브 하우스에서 연주하려면 보통 아티스트가 라이브 하우스 측으로부터 2천 엔 정도 하는 티켓을 스무 장쯤 먼저 산다. 실질적으로는 장소 대여비인 셈이다.

티켓을 산 후, 관객에게 팔아도 되고 아티스트가 부담해도 된다. 우리는 한 사람이라도 많이 오게 2천 엔에 산 티켓을 1,500엔에 팔았다.

스무 장 이상 팔리면 아티스트의 수입이 된다. 그러나 매번 관객을 스무 명이나 모을 아마추어 밴드는 거의 없어서 밴드는 대부분 적자를 각오하고 라이브에 임한다.

시모키타자와 GARAGE의 무대는 지하에 있다. 엘리베이터가 없어서 악기를 하나하나 지하까지 옮겨야 한다. 어린아이 정도의 무게가 나가는 앰프를 양손으로 들고 좁은 계단을 내려갔다.

대기실은 오래된 소파나 앤티크 앰프 따위가 놓여서 복작복작했다.

나는 소파에 앉아 이미 사용한 스태프 전용 패스가 몇백 장이나 붙은 벽과 인기 있는 밴드의 사인이 들어간 포스터 등을 구경했다.

오늘 여기에서 라이브를 하는구나…….

대기실에 있으면 늘 오싹오싹했다. 느껴졌다, 이곳에서 라이브를 한 밴드들의 원넘 비슷한 것을.

나는 롤랜드 키보드를 케이스에서 꺼냈다. 롤랜드 제품은 진짜 피아노와 감촉이 비슷해서 선호한다. 옆에서는 라디오가 DJ 기재의 배선을 연결하고 있었다.

"긴장돼?"

"그야, 되지요."

라디오는 이마에 땀을 송골송골 맺고 열심히 기재를 세팅했다. 그 옆에서 기타를 튜닝 중이던 쓰키시마도 라디오에게 말을 걸었다.

"첫 라이브는 완전 최악이야."

쓰키시마가 말하니 설득력이 있었다. 우리 밴드의 첫 라이브는 말 그대로 최악이었다. 보호자 모임이나 마찬가지인 관객층과 술을 마시고 뒤돌아서서 노래하는 보컬. 가족의 당황한 표정을 떠올리면 지금도 쥐구멍에 숨고 싶다.

"나는 요즘도 긴장해. 지금도 배가 아파……."

구치린이 라디오를 위로하며 말했다. 그는 라이브를 할 때마다 배가 아프다고 하고, 라이브를 마친 뒤에도 둥글게 몸을 말고 복통을 호소했다.

벌써 라이브를 몇 번이나 했는지 셀 수도 없다. 그런데도 무대에 오를 때면 매번 긴장한다.

"나쓰코는 긴장을 안 하네."

"그야 뭐."

구치린의 말에 이렇게 대꾸하고 나서 5분 후, 나도 화장실에서 토할 뻔했다. 그래도 무대에 오르기 전에는 일부러 평소보다 여유 있어 보이려고 한다.

입 밖에 내면 공연히 더 긴장할 것 같아서 무서우니까.

무대에 오르자, 객석에 우리보다 앞서 연주한 밴드와 다음에 연주할 예정인 밴드 사람들이 보였다. 라이브 하우스에서는 보통 하룻밤에 넷에서 다섯 밴드가 연주한다. 그날 연주하는 전원의 얼굴을 알진 못하지만 무대에서 보면 다른 밴드 소속임을 금방 알 수 있다.

얼마나 잘하는지 보자는 식으로 팔짱을 끼고 이쪽을 험악한 표정으로 노려보니까.

"신곡을 불러드리겠습니다. 동료를 생각하는 마음에 대해 쓴 노래입니다."

나는 마이크에 대고 말했다. 키잉, 하울링을 유발하는 소리만 커졌을 뿐, 객석에서는 아무 반응이 없었다. 신곡을 기다리는 사람은 당연히 없었다. 그래도 나는 내 노래를 이 밴드에서 연주한다는 사실에 기뻐서 흥분했다.

연주하며 나는 밴드 멤버를 보았다. 긴장한 라디오, 걱정스럽게 지켜주는 구치린, 그리고 앞을 보고 당당히 노래하는 쓰키시마.

"감사합니다."

쓰키시마가 곡을 마치며 외쳤다. 고개를 꾸벅 숙이고 무대

뒤로 걸어갔다. 소심한 박수가 짝짝짝짝 등 뒤로 들려왔다. 지금은 이 정도로 충분하다.

　연주를 마치고 연주한 곡명을 적은 세트 리스트를 바닥에서 떼고, 무대 옆에서 피아노를 정리하기 시작했다. 기타와 DJ 기재 정리를 먼저 마친 멤버들이 종종대며 대기실로 돌아갔다.
　그러고 있는데 무대 아래에서 하우스 스태프가 말을 걸었다.
　"인사를 하고 싶다는 사람이 왔어요."
　인사라는 말을 들어도 무슨 소리인지 모르는 나는 악기에 묶은 받침대를 벗기며 김빠진 반응을 보였다.
　"네에."
　티켓 요금이라면 악기를 정리한 후에 내려 갈 텐데. 나는 라이브 예정을 잡거나 지출 등의 사무도 담당하고 있어서 하우스 스태프와 말을 나눌 기회가 많았다. 이번에도 그런 줄 알고 내가 멍청한 표정을 짓자, 스태프가
　"음악 업계 쪽 사람인 것 같아요."
하고 서두르라는 듯이 덧붙였다. 갑자기 심장이 쿵쿵 울렸다.
　음악 업계 쪽 사람.
　손꼽아 기다리던 사람 아닌가.
　녹음한 CD를 수십 장이나 보냈는데도 대답 하나 주지 않던 사람. 앞으로 어떻게 하면 좋을지 상담하고 싶었던 사람. 만나고 싶어서, 우리를 발견해주기를 바라며 계속 어필하던 세계에

속한 사람.

"어떻게 하실래요?"

스태프가 귀찮은 듯한 태도로 물었다.

"아, 알겠습니다. 지금 멤버를 불러올게요."

이 말을 하는 동안에도 심장 박동이 점점 빨라졌다.

어쩌지. 음악 업계 사람이래! 어쩌지, 어쩌지. 혹시 이거 스카우트인가? 오늘 라이브를 봤을까? 데뷔할 수 있을까? 아니, 아직은 몰라. 사기일지도 모르니까!

무대에 오를 때보다 심장이 더 빠르게 뛰었다. 두근거리는 소리가 귓가에 울렸다.

급한데도 웃음이 터질 것 같았다. 정신 차려야 한다고 생각하면서도 갑자기 큰 소리로 비명을 지르고 싶었다. 대기실로 가는 계단을 올라갈 즈음에는 혼란이 최고치에 달했다.

저 벽에 붙은 스태프 전용 패스도, 감사하다고 적힌 포스터도, 죄다 뜯어서 갈기갈기 찢고 싶었다. 자잘한 파편을 모아 눈보라처럼 뿌리고 싶었다.

말도 안 되는 일이 생겼다. 빨리 말해야 해. 빨리 말하고 싶어!

"저기, 들어봐!"

대기실에 들어가자 쓰키시마가 소파에 앉아 있었다. 숨을 헐떡이며 입을 열자 쓰키시마가 놀라며 일어나 걱정스럽게 내 어깨에 손을 댔다.

"왜 그래? 괜찮아?"

쓰키시마의 불안한 얼굴이 거칠게 숨을 몰아쉬는 내 앞에
있었다. 쓰키시마의 얼굴을 보자 이번에는 울고 싶어졌다. 학
교를 그만두고, 유학 가서 돌아오고, 정신병원에 입원하면서
병과 싸웠던 쓰키시마.

밴드를 시작한 쓰키시마.

쓰키시마가 걸어온 여정을 나는 누구보다 잘 안다. 기쁘고
즐거운 일보다 힘들고 괴로운 일이 더 많았던 쓰키시마의 인
생을.

나는 심호흡을 하고 천천히 쓰키시마에게 말했다.

"음악 업계 사람이 왔어."

쓰키시마는 나처럼 어딘가 슬프면서도 기쁜 복잡한 표정을
지었다. 기뻐해야 하는지, 마음을 다잡아야 하는지 판단하지
못하는 것 같았다. 그리고 무서운 것을 건드리는 표정으로,

"그 사람 아직 있어?"

하고 물었다.

"인사를 하고 싶대."

"그럼 같이 가자."

"그래, 같이 가자."

계단을 내려갈 때는 혼자 올라올 때보다 조금 차분해졌다.
어쩌면 사기일지도 모른다고 생각하며 폴짝폴짝 뛰고 싶은 마

음을 잠재웠다.

사실은 울음을 터뜨릴 만큼 기대했던 마음을 음악 업계 사람에게 들키기 싫어서 나는 숨을 가다듬으며 한 계단, 두 계단 내려갔다. 쓰키시마의 얕은 호흡이 옆에서 들렸다.

접수 쪽으로 가자 우리와 비슷한 또래로 보이는 편안한 복장의 남자가 서 있었다. 양복을 입은 아저씨가 기다릴 줄 알았던 탓에 그가 정말 음악 업계 사람일지 조금 불안했다.

짧은 머리에 안경을 쓴 그는 미리 듣지 않았으면 대학생으로 보일 정도였다. 진짜 대학생이면 어쩌지.

우리가 접수에 도착하자, 그가 꾸벅 고개를 숙였다.

"라이브, 잘 보았습니다."

발음이 좋지 않아서 잘 들리지 않았지만 분위기로 보아 칭찬인 것 같았다. 우리는 동요하면서 감사하다고 대답했다.

평소보다 공기가 희박한 느낌이었다. 긴장해서 한 번 호흡할 때 들어오는 산소가 적었다.

어지러움을 느끼며 서 있는데, 남자가

"몇 년생이세요?"

하고 물었다. 이번에는 또렷하게 들려서 쓰키시마가 1985년이라고 대답했다.

그러자,

"비슷한 세대네요. 제가 세 살 위예요."

하고 말했다.

심장이 쿵쾅쿵쾅 뛰었다. 다행이다, 대학생이 아니다.

"오늘은 어떻게 라이브를 보러 오셨어요?"

내가 과감하게 물었다. 손에 땀이 흥건했다.

"저는 신인 발굴을 하려고 인터넷에서 여러 음원을 듣고 있어요. 그러다가 여러분 밴드를 발견했는데, 인터넷에 라이브 일정도 적혀 있어서 한번 들어보려고…… 그래서 오늘 처음 왔습니다."

남성이 정중하게 경위를 설명했다. 라이브를 할 때마다 여러 사이트에 일정을 올린 것은 사실이다. 그 고지를 보고 오는 사람은 지금까지 한 명도 없었지만.

"그런 걸 올렸었나?"

쓰키시마가 옆에서 고개를 갸웃거렸다.

"내가 올렸어! 지금까지 몰랐어?"

나는 쓰키시마를 찌르며 속삭였다.

남성은 우리를 살피며 손바닥을 옷에 문질렀다. 중요한 말을 하려는 신호 같아서 귀를 기울이는데,

"곡이 정말 다 좋았어요. 신곡이라고 하신 동료에 대한 노래도 좋았습니다."

라고 말해주었다.

내가 눈을 휘둥그렇게 뜨고 쓰키시마를 보자, 쓰키시마는 그거 보라는 표정으로 싱긋 웃었다.

온몸이 저릿했다. 내게는 재능이 없다고 괴로워하던 나날도, 잠들지 못하고 아침을 맞은 나날도, 전부 이 순간을 위해 존재한 것만 같았다.

곧 그 남성은 결심한 듯이 입을 열었다.

"저희 음악 회사와 부디 같이 일을 해주셨으면 합니다. 혹시 타사에서 연락을 받으셨는지……."

왔다. 진짜로 왔다.

충치가 생길 정도로 달콤한 냄새를 풍기는 말을 듣고 꿀꺽 침을 삼켰고, 내 머릿속에서 그 소리가 생생하게 울렸다. 옆을 보니 쓰키시마도 눈이 있는 대로 커졌다.

"저기, 아직 받은 건 없어요."

우리는 마주 보고 솔직히 대답했다. 그러자 남성은 들고 있던 가방에 손을 뻗어 작은 종이를 한 장 꺼냈다.

"네, 저는 미야케라고 합니다. 여러분의 음악을 함께 세상에 내보내고 싶습니다."

남성은 우리와 눈을 마주치지 않고 네모난 종이만 앞으로 내밀었다.

내밀어진 작고 네모난 종이를 쓰키시마가 받았다. 옆에서 들여다보니 중앙에 영어로 된 회사명과 미야케 쇼타라는 이름이 적혀 있었다.

"아……."

쓰키시마는 뭘 어떻게 해야 할지 모르는지 한 손으로 명함을 받았다. 그리고 머리를 긁적이고는 무슨 생각을 했는지 손으로 구깃구깃 둥글게 말아 자기 주머니에 억지로 찔러 넣었다.

놀라서 쓰키시마를 보았다. 아무리 명함 다루는 법을 몰라도 굳이 둥글게 말 필요는 없잖아.

긴장이 조금 풀려서 나는 푸훗 웃었다.

미야케 씨는 다시 연락하겠다고 하고 돌아갔다.

심장이 여전히 두근거렸다. 쓰키시마의 바지 주머니에는 우리가 인생 최초로 받은 음악 업계 사람의 명함이 들어 있었다.

우리는 또 한 번 얼굴을 마주 보고, 곧바로 구치린과 라디오에게 보고하러 갔다.

구치린은 시종일관 떫은 얼굴로 보고를 들었다. 그리고

"사기일 가능성이 없는 건 아니야."

라고 진중한 반응을 보였다. 사실 기뻐해버리기는 두려웠다. 만약 사기라면 기뻐한 만큼 슬퍼해야 할 테니까. 그래도 조금쯤은 기뻐해도 좋잖아. 나는 험악한 표정으로 구겨진 명함을 펼쳐 보는 구치린을 바라보았다. 그래도 기대가 컸기에 이렇게 무서운 표정을 짓는 거겠지.

라디오는 곤혹스러워 보였다.

"나, 어쩌지, 오늘 첫 라이브였는데……."

사기를 의심하는 구치린 옆에서 라디오는 기뻐해야 할지 동조해야 할지 몰라 손을 부산하게 움직였다. 인생 첫 라이브에 스카우트되었다는 소리를 들어도 당연히 감이 안 올 것이다.

무작정 기뻐하기에는 그 기쁨이 너무 컸다. 아무래도 반동이 올지 모른다고 의심하게 된다. 나도 조금 전까지의 흥분이 서서히 가라앉자, 대화를 나눈 것도 명함을 받은 것도 전부 다 꿈이지 않았을까 의심했다.

우리는 각자의 감정을 정리하지 못해 갈팡질팡했다. 펄쩍 뛰며 기뻐하고 싶은 마음을 모두 속으로 꾹 억누르고 있었다. 나는 모두의 얼굴을 살폈다. 그러자 쓰키시마가 불온한 공기를 몰아내려는 듯이 입을 열었다.

"오늘은 다 같이 맥주를 마시자!"

그것은 기쁨을 드러내도 된다는 신호였다.

시모키타자와 역 건널목 옆에 '생맥주 180엔'이라고 적힌 커다란 간판을 단 술집이 있다. GARAGE에서 그 술집까지 도보로 5분도 걸리지 않는다.

우리는 라이브를 보러 와준 슈타, 고우와 함께 술집 문을 열었다. 평소 직접 밥을 해 먹으니까 다 같이 하는 외식은 거의 처음이나 마찬가지여서 모두 발걸음이 들떴다.

가게는 붐볐다. 자리에 앉자 곧 맥주잔이 나왔다. 바쁘게 움직이는 점원이 잔을 테이블에 놓자 하얀 거품이 사르르 옆으로 흔들렸다.

"그럼…… 건배!"

쓰키시마가 일어나 외치자, 모두의 "건배!"라는 합창과 두꺼운 잔이 부딪치는 짠 소리가 연달아 들렸다.

금색으로 빛나는 물방울을 흘리는 잔을 기울이자, 한 모금 마시기만 했는데도 몸이 부르르 떨렸다. 맥주 맛이다. 얼른 입에서 잔을 떼고 주위를 둘러보자, 모두 비슷비슷하게 어리둥절한 표정이었다. 씁쓸하고 진한 맛이 나는 생맥주. 커다란 맥주잔으로 마시는 특별한 생맥주.

"오늘은 뭐를 위해서 건배하지?"

내가 모두의 의사를 떠보듯 물었다.

"데뷔?"

고우가 화사하게 웃었다. 같이 지하실을 만들어온 그는 우리의 보고를 듣고 진심으로 기뻐했다.

"아직 결정된 거 아니잖아."

구치린은 여전히 험상궂은 표정이었다. 쓰키시마가 옆에서

"맞아. 선전용 사진을 찍자고 해놓고서 나쓰코가 옷을 한 장한 장 벗는 걸 우리가 보게 될지도 몰라."

라며 모두를 웃겼다.

가게 안이 시끌벅적해서 우리의 목소리도 점차 커졌다. 뒷자리에 앉은 커플이 힐끔 이쪽을 돌아보았다.

"만약 진짜로 그러라고 하면 어쩔 거야?"

맥주를 한 모금 마시고 나는 모두에게 물었다.

"그게 데뷔 조건이라면…… 그때는……."

쓰키시마는 일부러 심각한 표정을 짓더니,

"부탁합니다."

하고 양손을 모았다.

그러자 험악한 표정이던 구치린도, 웃고 있던 라디오도 그
옆에서 내게 양손을 모아 부탁했다.

"어? 나 안 구해줄 거야?"

웃으며 맥주잔을 기울이자, 맥주 거품이 코 아래에서 터졌
다. 홀짝홀짝 마셔서 그런지 맥주가 영원히 잔에 남아 있는 것
같았다.

가게는 시끄러웠다. 창밖에 걸린 새빨간 초롱이 흔들렸다.
조금 있으면 가을인데 구치린과 라디오는 반소매를 입고 맥주
를 마셨다.

전혀 줄어들지 않는 맥주를 앞에 둔 내 옆에서 안색이 조금
도 달라지지 않은 슈타와 고우가 두 번째 주문을 하려고 점원
을 수차례 불렀다.

여기요, 하는 목소리가 사방에서 들려 소음 속에 녹았다.

계속 지하에서 남들 모르게 생활하던 우리의 음악은 이런
식으로 공기에 녹아들었는지도 모르겠다. 울어도 소리쳐도 아
무도 알아주지 않고 흘러갔던 시간.

누군가가 알아봐주기를 바라며 소비했던 시간.

점원이 "오래 기다리셨습니다" 하고 테이블로 왔다.

"드디어 여기까지 왔다."

두 잔째 맥주를 받으며 쓰키시마가 기쁜 듯이 말했다. 쓰키시마가 기뻐하는 얼굴은 눈꼬리가 내려가서 우는 얼굴처럼 보인다.

"오래 걸렸어. 전혀 짧지 않았어. 긴 여정이었어."

내가 말하며 눈두덩을 눌렀다. 쓰키시마의 웃는 얼굴을 보면 왠지 덩달아 울고 싶어진다. 나는 지금껏 있었던 많은 일을 떠올리며 다시 맥주를 홀짝였다.

"나도 그렇게 생각해. 긴 여정이었어."

"맞아. 정말 길었어."

나는 고개를 숙였다. 입술을 깨물고 눈물을 참았다.

"많은 일이 있었으니까."

그렇게 말하며 쓰키시마가 맥주잔을 기울이자, 울대뼈가 위아래로 크게 움직였다.

많은 일이 있었으니까.

쓰키시마는 창밖으로 시선을 주고 회상에 잠긴 눈으로 먼 곳을 바라보았다. 나는 줄곧 쌍둥이처럼 살아온 사람이 기뻐서 울고 싶어 하는 모습을 처음 보았다.

만약 우리가 정말로 쌍둥이였다면, 네가 지금 어떤 기억을 떠올리는지 알았을까. 내가 연습을 중단시켜서 멤버들을 힘들게 했던 날이라도 떠올리고 있을까.

　만약 우리가 쌍둥이였다면, 너는 그렇게 화를 내지 않아도 됐을까. 곡을 만들 기회를 주고, 가사를 쓰라고 하면서 나를 몰아갈 필요도 없었을까.

　만약 우리가 쌍둥이였다면 네가 밖으로 나갈 때마다 내가 괴로워하면서 손을 흔들어 인사한 걸 너는 알았을까. 네가 나간 후, 혼자 신시사이저에 몰두하던 시간을 알았을까.

　만약 우리가 쌍둥이였다면 너는 지금 내가 바라는 꿈을 알았을까.

　잠도 못 자고 곡도 만들지 못하고, 너는 재능이 없다는 소리에 번민하며 며칠이나 걸려 만든 곡을 칭찬받았을 때, 내가 이 세계에서 살아가고 싶다고 생각한 것을 알았을까.

　만약 우리가 쌍둥이였다면.

　너의 꿈이 어느새 나의 꿈이 된 것을 알았을까.

　나는 맥주잔을 들고 한 모금만 머금었다.

　많은 일이 있었으니까.

　만약 우리가 쌍둥이였다면 이런 날은 분명 오지 않았을 거야.

　"우리는 반드시 성공할 거야."

　아아.

쓰키시마는 저 세계를 흡수해버릴 듯한 차가운 눈동자로 이쪽을 보며 말했다.

이것이 나쁜 마법인 것을 나는 잘 알고 있다. 앞으로 들어갈 세계에서 일어날 일을 나는 잘 알고 있다.

고개를 끄덕이면 엉망진창으로 휘둘려 울고 비명을 지르고, 이제 이런 곳에 있기 싫다며 도망치고 싶은 날도 반드시 올 테지. 괴로워도 슬퍼도 앞으로 나아가는 것 이외에는 허락되지 않는 나날이 시작될 것이다.

그런 것쯤 이미 알고 있다.

그러나 나는 정신을 차리기도 전에 이미 고개를 끄덕이고 있다.

그래, "어이, 형제. 당연하잖아?" 이런 뉘앙스로.

작가 후기

프롤로그 「쌍둥이」는 2012년 여름에 쓰기 시작했습니다.

제가 속한 밴드 SEKAI NO OWARI가 메이저 데뷔를 하고 1년 후였죠.

첫 앨범을 내고 전국 25개 도시에서 라이브 투어를 하던 도중이었어요. 혹독하게 더운 날, 밴드 보컬인 후카세가 말했습니다.

"사오리, 소설을 써봐."

무슨 말도 안 되는 소리를 하나 싶었습니다.

글을 쓰는 것은 좋아했지만 소설을 쓰는 것은 마음 내키는 대로 글을 쓰는 작업과는 전혀 다를 테니까요.

나는 곧바로,

"그건 무리야."

라고 대답했습니다.

지금까지 쓴 글이라고 해봤자 취미로 쓰는 일기와 블로그 정도였어요. 소설이라면 뭘 써야 할지, 또 어떻게 써야 할지 짐작도 가지 않았죠.

그러자 후카세는

"해보지도 않고 무리라고 하지 마."

라고 저를 꾸짖었어요.

그래요, 일리 있는 말입니다. 해보지 않으면 모르는 것도 있으니까요.

저는 소설을 써보기로 했습니다. 전혀 접점이 없던 장르는 쓰지 못할 것 같아서 제 경험을 토대로 밴드 이야기를 쓰기로 했어요. 그것이 지옥의 시작이었습니다.

소설은 쓰면 쓸수록 끝이 요원해지는 작업이었어요.

아무것도 모르고 글을 쓰기 시작한 저는 무작정 쓰고 쓰고 또 썼는데, 그 대부분이 쓰레기였어요. 쓰레기 같다는 비유가 아니라 말 그대로 쓰레기였습니다.

투어를 끝내고 호텔로 돌아와 혼자 쓰레기를 쓰는 매일. 아침에 일어나 다시 읽어보면 그대로 휴지통에 처넣고 싶은 문장이 컴퓨터에 남아 있었습니다.

비참했어요. 후카세를 원망했죠.

몇 년이나 걸려 원고용지 100페이지쯤 썼을 때, 아무리 써도 마음에 드는 문장을 만들지 못해 소설을 중도 포기하기로 했습니다.

후카세에게

"최선을 다했는데 역시 무리였어."

라고 보고했어요.

그러자 후카세는 이번에는

"지금 원고를 편집 일을 하는 친구한테 보내자."

라는 거예요.

놀랐죠. 왜 자기 일도 아닌데 이렇게까지 내 소설을 세상에 내보내주려고 하는 걸까.

후카세는 나의 100페이지 정도 되는 데이터를 가져가 정말로 편집자에게 보내고 의견을 구했어요. 그리고,

"좋은 것도 있대. 나도 그렇게 생각해. 그러니까 조금 더 해봐."

라고 말해주었습니다.

저는 지고 말았어요. 아는 것 없이 혼자 쓰기 시작해 발버둥 치며 긴 시간을 투자했던 만큼 좋은 것도 있다는 그 말이 정말 기뻤고 다시 노력하기로 맹세했습니다.

그리고 또 지옥과도 같은 나날이 돌아왔습니다.

이 소설은 크게 2부 구성인데, 양쪽 다 괴로운 장면이 대부

분을 차지합니다.

저는 나쓰코가 괴로워하고 울 때면 똑같이 괴로워하고 울지 않고서는 문장을 쓸 수 없었어요. 어느 날은 스타벅스에서 눈물을 꾹 참고, 어느 날은 비행기에서 가슴을 움켜쥐며 문장을 썼죠.

쓰키시마가 비명을 지르는 장면에서는 저도 제 방에서 비명을 질렀어요.

그래서 소설을 쓴 후에 취재나 텔레비전 일이 있으면 멤버들에게 "오늘 왠지 좀 어두워 보이네"라는 소리를 들었습니다.

『쌍둥이』의 세계에서 빠져나오지 못해 잠을 이루지 못하는 날도 있었죠.

자신이 있을 곳을 찾지 못하던 시절부터 언제나 성실하게 자신과 대면하고 동료들과 데뷔에 이르는 여정을 걸어온 나쓰코.

그런 이야기를 쓰려면 당연히 괴로운 일이 더 많겠죠. 그런데도 어느새 나쓰코의 이야기를 쓰는 것이 제 인생의 중요한 주축이 되었습니다.

저는 소설을 쓰지 않고는 견딜 수 없었어요.

원고를 정말 많이 썼습니다. 본편이 320페이지 정도인데요, 적어도 그 배가 넘는 원고를 썼을 겁니다.

등장인물도 열 명 정도 더 있었어요. 어쩔 수 없이 삭제한

에피소드 중에 야쿠자부터 노숙자까지 다양한 인물이 나왔
어요.

 출연 기회를 놓친 그들에 대해서도 언젠가 쓸 날이 오면 좋
겠습니다.

 '이런 거 다 집어치우고 싶어!'라는 충동을 느끼면서도 거듭
새로 쓰며 간신히 책 한 권을 완성할 수 있었습니다.

 무려 5년이라는 세월이 걸렸습니다.

 그동안 계속 응원해준 멤버들, 그리고 함께 뛰어주신 편집
자 사사하라 이치로 님에게 진심에서 우러나오는 고마움을 전
합니다.

                              후지사키 사오리

옮긴이의 말

　반 친구들과 어울리지 못해 피아노에만 매달리던 소녀 나쓰코는 이 세상에 적응하지 못하고 괴로워하는 소년 쓰키시마를 만나 인간으로서, 또 이성으로서 사랑에 빠진다. 나쓰코와 쓰키시마는 태어나서 지금까지 모든 것을 공유한 쌍둥이처럼 닮았지만 정말로 피를 나눈 쌍둥이는 아니었기에 적절한 거리감을 파악하고 유지하는 방법을 찾기까지 부단히 부딪치고 깨지며 고통을 겪는다.

　한 소녀가 한 소년이 만들어내는 소용돌이에 휘말린 끝에 꿈을 찾아 미래를 향해 첫걸음을 내딛기까지의 과정, 이 책 『쌍둥이』는 그런 이야기다.

　이 책을 처음 읽으면서 누군가를 이토록 아끼고 사랑하는 동시에 미워하고 슬퍼하면서도 같은 꿈을 꾸며 나아갈 수 있다는 것에 감탄했다. 이 소설에서 그리는 시간은 중학생이던 나쓰코가 대학생이 된 후까지이므로 약 10년 정도이다. 사람의 평균 수명을 생각하면 10년은 눈 깜짝할 사이에 흘러가는 짧은 시간이지만, 10대 중반에서 20대 중반까지의 이 시기는 한없이 어리고 불안하기에 한편으로 긴 시간이다. 불확실한 미래에 대한 공포감, 무엇을 하든 안 될 것 같은 패배감, 세상에 동떨어진 것 같은 외로움. 그런 감정을 안고 질주하는 나쓰코의 일거수일투족을 읽고 번역하는 동안 문득 나의 그 시절을 떠올렸다. 다른 사람은 다 잘 사는데 나만 힘들고 괴로운 것 같았던 그 시절을.

그래서일까, 나쓰코가 쓰키시마에게 품은 애증, 번민, 질투, 이 온갖 감정이 예전의 내가 느꼈던 감정들과 뒤섞여 번역을 할 뿐인데도 문득 가슴이 답답해질 때가 있었다. 「작가 후기」에서 후지사키 사오리는 '이런 거 다 집어치우고 싶어!'라는 심정이었다고 했는데, 그 심정이 충분히 이해가 됐다. 물론 번역을 집어치우고 싶은 마음은 없었고, 그저 나쓰코와 쓰키시마의 이야기가 괴로워하며 끝나지 않기를 바랐다.

후지사키 사오리는 SEKAI NO OWARI라는 4인조 밴드의 멤버이다. '세상의 종말'이라는 뜻인 밴드명이 참 독특한데, 초대 리더이자 보컬인 후카세가 지었다. 인터뷰를 보면 ADHD,

정신병원 입원, 약 부작용 등을 겪으며 이 세상에 절망했지만 음악과 동료들을 의지해 '종말', 즉 끝에서부터 다시 시작하겠다는 의미를 담았다고 한다. ADHD와 정신병원, 약 부작용. 이런 단어에서 자연스럽게 소설 속의 쓰키시마가 떠오른다. 후카세를 투영한 인물이 쓰키시마라면 나쓰코는 작가 본인을 투영한 인물일 것이다.

후지사키 사오리의 성장 과정을 찾아보면 나쓰코와 비슷한 면이 많다. 음대 출신인 사오리도 나쓰코처럼 어려서부터 피아노를 배웠고, 친구들 사이에서 왕따를 당했다. 나쓰코와 쓰키시마가 동료들과 함께 공장 부지를 빌려 라이브 클럽을 세운 것처럼, 이들도 실제로 라이브 클럽이자 비밀기지인 club EARTH를 세웠다. 쓰키시마가 나쓰코에게 했던 "네가 있을 곳은 내가 만들게"라는 인상적인 말도 후카세가 사오리에게 직접 했던 말이라고 한다. 소설 속 쓰키시마가 무대에서 얼굴을 보이기 싫다고 피에로 가면을 가지고 와 고집을 부리는 재미있는 장면이 있는데, SEKAI NO OWARI의 DJ LOVE는 실제로 피에로 가면을 쓰고 있다. 즉, 이 소설은 나쓰코의 이야기이자 후지사키 사오리의 자전적인 소설이며 SEKAI NO OWARI의 과거를 보여주는 실화 기반 소설이다. 어디까지 실화이고 어디서부터 창작인지는 작가만이 알겠지만, 이 두 사람의 미래가 지금 사오리와 후카세라고 생각하면, 자세한 생활 이면까지는 감히 짐작할 수 없어도 살짝 미소가 지어진다.

옮긴이의 말

이 책을 읽다 보면 SEKAI NO OWARI를 잘 모르던 사람
도 자연스럽게 그들의 세계에 흥미가 생길 것이다. 내가 그랬
다. SEKAI NO OWARI는 한국에도 몇 번 내한했고 올해 11월
에도 내한 예정이다. 락 팬들에게는 유명한 밴드인데, 고백하
자면 나는 이 책과 만나기 전까지는 노래를 한두 곡 들어봤을
뿐이어서 팬들만이 알 수 있는 이모저모나 관계성을 속속들이
는 잘 모른다. 그래도 나쓰코와 쓰키시마의 이야기를 읽으면서
사오리와 후카세, 그리고 밴드 자체에 흥미가 생겼다. 여담이
지만 번역을 막 시작했을 때는 유튜브 공식 사이트에 접속해
서 뮤직비디오를 틀어놓았다. 음악을 들으면서 우아하게 분위
기를 잡고 일할 생각이었는데 뮤직비디오 분위기가 좋아서 몇
번이나 정신을 팔았는지…… 나중에는 자체적으로 '유튜브 접
속 금지!'라고 적어 책상 앞에 붙여놓았을 정도였다.

후지사키 사오리는 책을 좋아하는 것으로 유명하다. 직접
운영하는 개인 SNS인 트위터 계정에 들어가보면 '책을 읽는
것을 좋아합니다'라고 적혀 있을 정도다. 책을 좋아하는 사람
이 보통 그러듯이 글을 쓰는 것도 좋아해서, 어려서부터 블로
그를 운영했고 밴드로 데뷔한 후에 문예춘추文藝春秋의 잡지
《문학계》에서 '독서 간주문読書間奏文'이라는 제목의 독서 에
세이도 연재했다. 자신이 읽은 책과 일상을 이야기해주는 이
에세이는 같은 제목의 단행본으로 2018년 말에 출간되어 팬

인 사람에게도, 그렇지 않은 사람에게도 호평을 받았다. 음악가로도, 문필가로도 활발하게 활동하는 중이고 한 아이의 엄마이기도 하니 사생활도 무척 바쁠 것이다. 그래도 첫 소설인 이 작품으로 나오키상 후보에 오르기도 한 만큼 작가로서의 행보도 무척 기대된다.

이소담

옮긴이 이소담

동국대학교에서 철학 공부를 하다가 일본어의 매력에 빠졌다. 읽는 사람에게 행복을 주는 책을 우리말로 아름답게 옮기는 것이 꿈이고 목표이다. 옮긴 책으로 『양과 강철의 숲』, 『하루 100엔 보관가게』, 『당신의 마음을 정리해 드립니다』, 『오늘의 인생』, 『같이 걸어도 나 혼자』, 『다시 태어나도 엄마 딸』, 『이사부로 양복점』 등이 있다.

쌍둥이

지은이 후지사키 사오리
옮긴이 이소담
펴낸이 김영정

초판 1쇄 펴낸날 2019년 11월 2일

펴낸곳 (주)현대문학
등록번호 제1-452호
주소 06532 서울시 서초구 신반포로 321(잠원동, 미래엔)
전화 02-2017-0280
팩스 02-516-5433
홈페이지 www.hdmh.co.kr

© 2019, 현대문학

ISBN 978-89-7275-136-6 03830

＊ 책값은 뒤표지에 있습니다.
＊ 이 도서의 국립중앙도서관 출판예정도서목록(CIP)은 서지정보유통지원시스템 홈페이지(http://seoji.nl.go.kr)와 국가자료공동목록시스템(http://www/nl/go/kr/kolisnet)에서 이용하실 수 있습니다. (CIP제어번호: CIP2019038878)